HEYNE BÜCHER

SCIENCE FICTION

Herausgegeben
von Wolfgang Jeschke

Aus der Serie »Die Abenteuer des Raumschiffs ›Enterprise‹«
in der Reihe HEYNE SCIENCE FICTION & FANTASY
sind bereits erschienen:

Vonda N. McIntyre, *Star Trek II: Der Zorn des Khan* · 06/3971
Vonda N. McIntyre, *Der Entropie-Effekt* · 06/3988
Robert E. Vardeman, *Das Klingon-Gambit* · 06/4035
Lee Correy, *Hort des Lebens* · 06/4083
Vonda N. McIntyre, *Star Trek III: Auf der Suche nach Mr. Spock* · 06/4181
M. S. Murdock, *Das Netz der Romulaner* · 06/4209
Sonni Cooper, *Schwarzes Feuer* · 06/4270
Robert E. Vardeman, *Meuterei auf der Enterprise* · 06/4285
Howard Weinstein, *Die Macht der Krone* · 06/4342

Liebe Leser,

um Rückfragen zu vermeiden und Ihnen Enttäuschungen zu ersparen: Bei dieser Titelliste handelt es sich um eine Bibliographie und NICHT UM EIN VERZEICHNIS LIEFERBARER BÜCHER. Es ist leider unmöglich, alle Titel ständig lieferbar zu halten. Bitte fordern Sie bei Ihrer Buchhandlung oder beim Verlag ein Verzeichnis der lieferbaren Heyne-Bücher an. Wir bitten Sie um Verständnis.

Wilhelm Heyne Verlag GmbH & Co. KG, Türkenstr. 5–7, Postfach 20 12 04, 8000 München 2, Abteilung Vertrieb

ROBERT E. VARDEMAN

MEUTEREI AUF DER ENTERPRISE

Die neuen Abenteuer des Raumschiffs ›Enterprise‹

Science Fiction Roman

Deutsche Erstveröffentlichung

WILHELM HEYNE VERLAG
MÜNCHEN

HEYNE SCIENCE FICTION & FANTASY
Band 06/4285

Titel der amerikanischen Originalausgabe
MUTINY ON THE ENTERPRISE
Deutsche Übersetzung von Hans Maeter
Das Umschlagbild schuf Boris Vallejo

Redaktion: Rainer Michael Rahn

Printed in Germany 1986
Umschlaggestaltung: Atelier Ingrid Schütz, München
Gesamtherstellung: Ebner Ulm

ISBN 3-453-31295-3

Den besten Freunden
in diesem oder jedem anderen Universum:
Geo und Lana

KAPITEL 1

CAPTAIN'S LOGBUCH, STERNZEIT 4769,1

Kartographierung und erste Kontaktaufnahme des Planeten der Q Klasse Delta Canaris IV abgeschlossen. Nach diesem Unternehmen benötigt die *Enterprise* eine gründliche Überholung, und die Crew braucht dringend Erholung auf Starbase Eins. Ich habe mehrere Angehörige der Besatzung für Auszeichnungen vorgeschlagen, besonders Mr. Spock für seine unermüdlichen Bemühungen um Verständigung mit den waffeldünnen Intelligenzformen auf dem Schwerkraftplaneten. Seine Techniken der Kontaktaufnahme werden einen Standard schaffen, der während des gesamten restlichen Zeitraums unserer auf fünf Jahre angelegten Aufgabe angewandt werden wird, und möglicherweise auch während vieler kommender Jahre von anderen Schiffen, die Erstkontakt mit neuen Lebensformen herstellen.

»Dort ist sie«, sagte Lieutenant Sulu erregt. »Starbase Eins. Und noch nie hat sie so einladend ausgesehen.«

James T. Kirk lehnte sich in seinem Kommandantensessel zurück und blickte auf den Bildschirm. Die Docks im Orbit, die ein so gewaltiges Schiff wie die *Enterprise* aufzunehmen imstande waren, schwebten in einer perfekten geometrischen Anordnung auf einer Seite des Planeten. Ein winziges Stück rechts vom Kurs, unter den wachsfarbenen Wolken, die hin und wieder von Gewitterschwärze und dem Zucken von Blitzen perforiert wurden, lag der riesige Komplex von Starbase Eins. Kirk schloß für einen Moment die Augen und erinnerte sich lebhaft an seinen letzten Aufenthalt hier.

Es war vor dem Start für die derzeit laufende Forschungsreise der *Enterprise* gewesen. Vor Alnath II, und vor der Entdeckung der erstaunlichen, nur Millimeter starken Intelligenzformen auf Delta Canaris. Es war gewesen, bevor er ein Kommando über ein Schiff erhalten hatte. Als junger Lieutenant hatte er sich bei den Festen dieser Starbase gründlich ausgetobt. Er konnte sich noch immer an die langen Nächte erinnern, an die Parties, an die Aufregungen.

Kirk seufzte und öffnete die Augen; die Erinnerung verblaßte. All das lag jetzt weit hinter ihm. Er besaß mehr Verantwortung, als ein Mensch tragen sollte. Das Kommando über ein Raumschiff von der Größe der *Enterprise* war eine Aufgabe, die den ganzen Mann forderte, ihn völlig auslastete. Sollten seine jüngeren Offiziere losziehen und versuchen, es an Eskapaden ihm gleichzutun, als er in ihrem Alter gewesen war. Kirk wußte, daß er den größten Teil seiner Zeit an Bord verbringen und sich darum kümmern würde, daß jedes Stück der Schiffsausrüstung repariert und auf den strikten Standard von Starfleet gebracht werden würde.

Nicht die geringsten Abstriche würde er dulden.

»Eine Gesprächsanmeldung, Captain«, sagte Uhuras sanfte Stimme. »Von Admiral McKenna.«

Kirk stieß einen langen, tiefen Seufzer aus. Der letzte Mensch, mit dem er zu sprechen wünschte, war ein Admiral, und besonders mit einem Admiral von einer solchen Kaltschnäuzigkeit wie Mrs. McKenna.

»Schalten Sie die Dame auf den Bildschirm, Lieutenant«, sagte er. Das Bild des Planeten verschwand und wurde durch das einer Frau ersetzt, deren streng zurückgekämmtes Haar nicht dazu beitrug, sie anziehender wirken zu lassen.

»Wie geht es Ihnen, Admiral?« sagte Kirk höflich.

»Gut, Kirk«, sagte sie kurz und hart. »Ersparen Sie sich die Mühe des Eindockens. Sie werden dazu nicht lange genug im Orbit sein.«

»Wie bitte?« sagte Kirk und war mit einem Schlage hellwach. Seine Augen wurden schmal, als er sie prüfend anblickte. Strähnen von Grau durchzogen ihr schwarzes Haar und verliehen ihrem Gesicht Autorität. Die einstmals feinen Falten auf ihrer Stirn und um die Augen waren zu Schluchten geworden – harten Schluchten, welche die Belastung verrieten, die das Kommando ihr aufbürdete. Kirk hatte nicht vor, ihr diese Last zu erleichtern, indem er sie sich aufladen ließ. Nicht jetzt. Nicht nach den schweren Schlägen, die sein Schiff und seine Crew gerade über sich hatten ergehen lassen müssen.

»Wenn Ihr Bordarzt entscheiden sollte, daß sie hörbehindert sind, werde ich dafür sorgen, daß man Sie Ihres Kommandos enthebt. Andernfalls bereiten Sie sich darauf vor, drei Personen an Bord zu beamen.«

»Admiral McKenna, Sie haben Zeit gehabt, meinen Statusreport durchzusehen. Dieses Schiff benötigt dringende Instandsetzungsarbeiten. Unsere Maschinen müssen gründlich überholt werden. Beim Computer hätte längst ein Check durchgeführt werden müssen, den allein ein Kybernetiker einer Starbase durchführen kann. Meine Crew ist...«

Die Frau schnitt ihm mit einer Handbewegung das Wort ab.

»Sie haben Commander Scott zahllose Belobigungen ausgesprochen. Er sollte in der Lage sein, die Maschinen am Laufen zu halten, ganz gleich, in welchem Zustand sie sich befinden mögen. Ihr Mr. Spock hat unseren Chef-Kybernetiker ausgebildet. Sie haben die Führung jeder Abteilung Ihres Schiffes immer wieder als ›exzellent‹ bezeichnet. Waren das Falschmeldungen?«

»Das ist unfair, Admiral. Meine Crew ist die beste im ganzen Raum. Das bewiesen die erbrachten Leistungen, aber wir brauchen Landurlaub. Ich *verlange* ihn für meine Crew. Die Leute sind schließlich keine Maschinen, die ewig laufen können. Sie sind aus Fleisch und Blut.«

Admiral McKenna ignorierte Kirks Ausbruch.

»Sehen Sie sich die Schiffe an, die in den Docks eins und vier liegen. Sagen Sie mir, was Sie sehen.«

Kirk lehnte sich zurück und trommelte mit den Fingern auf die Armlehnen. Sein Blick wich nicht eine Sekunde von dem Bildschirm, auf dem das Gesicht des Admirals in Überlebensgröße auf ihn herabstarrte. Auf seiner Konsole rechts von Kirk gab Spock ihm die Information, die Mrs. McKenna angefordert hatte.

»Die beiden Docks zeigen Raumschiffe im Zustand der Totalreparatur. Das eine hat keine Triebwerke. Bei dem anderen scheint ein großer Teil der Brücke demontiert worden zu sein.«

»Es hat überhaupt keine Brücke – nicht mehr.« Admiral McKennas Gesicht verhärtete sich noch mehr, ihre Lippen wurden zu einem Strich, der kaum breiter war als ein Messerschnitt. »Die Romulaner haben dafür gesorgt. Sie haben die Brücke der *Scraborough* atomisiert, zusammen mit Captain Virzi und seinen Offizieren. Auszeichnungen sind an vier Fähnriche verliehen worden, die danach das Kommando übernommen hatten.«

»Die Romulaner?« fragte Kirk skeptisch. »Ich habe nichts von Schwierigkeiten mit denen gehört.«

»Ich weiß von Ihrem Zusammenstoß mit den Klingonen, und diese Situation ist potentiell genauso gefährlich. Klar ausgedrückt: Es gibt *keine* anderen Raumschiffe, die auch nur annähernd so einsatzbereit wären wie die *Enterprise*. Außerdem haben wir keine Zeit zu verlieren. Dieser Auftrag erfordert keinen Kampfeinsatz. Ich bedaure, Sie ohne eine Überholung des Schiffes wieder hinausschicken zu müssen, doch Sie haben ja nichts weiter zu tun, als ein Spezialistenteam nach Ammdon zu bringen.«

»Das ist alles?« faßte er nach.

»Fast alles. Botschafter Zarv und seine Unterhändler werden Sie über Ihre weiteren Aufgaben informieren. Ich habe den Lademeister von Trockendock vierzehn angewiesen, Sie sofort zu verproviantisieren. Wenn Ihr Maschinenpersonal sich beeilt, könnten Sie alles anfordern, was benötigt wird, um Ihre Maschinen unterwegs instand zu setzen.«

»Admiral McKenna, ich protestiere gegen Ihren Befehl. Auch wenn die Situation bedrohlich sein mag...«

»Das ist sie, Captain. Botschafter Zarv wird Sie darüber informieren. Ich möchte Sie darauf hinweisen, daß er mehr ist als nur ein Passagier.«

»Ich stehe unter seinem Befehl?«

»Nein, Captain Kirk, davon kann keine Rede sein. Das wissen Sie. Aber alles, was der Botschafter Ihnen *vorschlägt*«, setzte die Frau hinzu und räusperte sich, »sollte als etwas verstanden werden, das einem Befehl sehr nahe kommt. Habe ich mich klar ausgedrückt?«

»Ja, Admiral.«

»Gut.« Sie blickte Kirk einen Moment direkt ins Gesicht, und ihre fahlgrauen Augen wurden ein wenig weicher. »Es tut mir ehrlich leid, Jim.« Das Bild zerriß und fügte sich wieder zu dem des Planeten zusammen. Die weißen Wolken waren erheblich dunkler geworden, und Gigavolt-Blitze zuckten nun um den abgeflachten Berg, auf dem sich Starbase Eins befand.

»Captain«, meldete Spocks ruhige Stimme, »drei Personen beamen von der Starbase an Bord. Wollen Sie sie in Empfang nehmen?«

»Haben wir eine andere Wahl, Mr. Spock?« fragte er mit einem Anflug von Bitterkeit in der Stimme. Er blickte zu seinem Wissenschaftsoffizier empor und sah, wie sich eine seiner Brauen ein wenig hob, das Höchste an Gemütsbewegung, das Spock sich über Kirks Widerwillen gegen einen Befehl zu zeigen erlaubte. »Dann kommen Sie und lassen Sie uns Botschafter Zarv und seine Friedensexperten in Empfang nehmen. Mr. Chekov, Sie haben das Kommando.«

Die Türen des Turbo-Lifts glitten auf und schlossen sich, öffneten sich dann erneut, bevor es Kirk zu Bewußtsein gekommen war, daß er die Brücke verlassen hatte. Seine Gedanken waren so stürmisch wie die Unwetter, die um den Planeten tobten. Seine Crew hatte einen Landurlaub verdient.

»Captain, ist Ihnen nicht gut?« fragte Spock. Der Vulkanier war zur Seite getreten, die Hände auf den Rücken gelegt.

»Nein, verdammt noch mal, mir ist gar nicht gut. Sie hat nicht das Recht, uns wieder in den Raum zurückzuschikken. Meine Crew braucht Erholung. Dieses Schiff benötigt umfassende Reparaturen. Selbst Sie könnten etwas Entspannung brauchen.«

»Ich, Captain? Kaum.« Spock wandte sich um und sah die tanzenden Staubkörnchen an, die um die Transporter-Strahlen flirrten. Die Säulen schimmernder Energie verfestigten sich zu Gestalten.

Kirk trat vor, um die Unterhändler zu begrüßen.

»Kirk?« fragte ein kleiner, schweinsartig wirkender Mann. »Wann können wir nach Ammdon starten? Zeit ist der wichtigste Faktor bei dieser Angelegenheit. Wir dürfen uns nicht aufhalten. Nicht eine Sekunde!«

»Botschafter Zarv«, sagte Kirk. Der Tellarit schien nicht der geeignete Typ für Verhandlungen irgendwelcher Art zu sein. Er war brüsk, grob und gab sich alle Mühe, anzuekken. »Willkommen an Bord des Raumschiffs *Enterprise*.«

»Ich weiß, wie diese Blechkiste heißt!« Der Techniker des Transporters zuckte zusammen. Kirks Lächeln erlosch. Scotty hatte seinen Männern des Maschinendepartments dieselbe Liebe zur *Enterprise* eingeimpft, die er empfand. Wenn Scotty gehört hätte, daß *Enterprise* als ›Blechkiste‹ bezeichnet wurde, würde er den Botschafter in den Transporter zurückgewuchtet und in den leeren Raum gebeamt haben.

»Dann wissen Sie auch, daß wir Versorgungsgüter an Bord nehmen, daß wir gewisse Instandsetzungsarbeiten benötigen, daß wir...«

»Captain Kirk«, unterbrach ein anderes Mitglied des

Trios. »Botschafter Zarv hat recht, wenn er sich über den bei dieser schwierigen Angelegenheit bereits eingetretenen Zeitverlust aufregt. Wir müssen so rasch wie möglich nach Ammdon gelangen, worüber Ihre Vorgesetzten Sie zweifellos informiert haben.«

»Wofür sollen wir unser Leben riskieren?« fragte Kirk. Der Mann, mit dem er sprach, schien von der Erde zu sein. In seinem hellblauen Samtjackett, einem spitzenbesetzten Hemd und einer enganliegenden schwarzen Hose wirkte er eher wie ein Dressman als wie ein Diplomat. Kirk machte jedoch nicht den Fehler, ihn als Fatzke abzutun. Die Augen des Mannes waren so kalt wie Polareis, und nur die Worte, die er sprach, zeigten Wärme. Alles andere an ihm deutete darauf hin, daß sich unter dem Samt Stahl befand.

»Die Planeten Ammdon und Jurnamoria befinden sich in benachbarten Sonnensystemen. Ihre diplomatischen Gepflogenheiten sind ein wenig primitiv und lassen im Vergleich zu den unseren einiges zu wünschen übrig.«

»Kommen Sie zur Sache, Lorritson«, sagte Zarv scharf. »Was er Ihnen klarzumachen versucht, ist, daß diese Barbaren aufeinander schießen werden, falls wir sie nicht daran hindern. Die Föderation hat ein gerechtfertigtes Interesse daran, den Frieden in dieser Region zu erhalten. Bergbau, Industrie und so weiter. Das Schlimmste aber ist, daß sich Ammdon und Jurnamoria im Arm des Orion befinden.«

»Und die Romulaner unternehmen aggressive Vorstöße in diesen Sektor«, setzte Kirk hinzu. Die bitteren Bemerkungen Admiral McKennas über die *Scarborough* fielen ihm ein.

»Genau. Es besteht tatsächlich noch Hoffnung für Sie, Captain«, sagte Zarv. Wenn er sich zur vollen Höhe aufrichtete, reichte er Kirk kaum bis zur Mitte der Brust. Winzige, eng beieinanderstehende Augen bohrten ihre Blicke in Kirks Gesicht und glänzten mit einer an Fanatismus grenzenden Intensität. »Wir sind Experten für diese Situation, Kirk. Bringen Sie uns hin.«

Zarv deutete auf Spock und sagte: »Sie. Führen Sie uns zu unseren Quartieren. Sofort. Und bringen Sie dieses Schiff nach Ammdon.«

Spock blickte Kirk an, welcher nickte. Wortlos führte Spock den Botschafter fort. Lorritson und der andere Diplomat blieben zurück.

»Wir sind nicht formell miteinander bekanntgemacht worden, Captain«, sagte Lorritson. »Ich bin Donald Lorritson, Erster Attaché beim Ammdon-System.«

Kirk blinzelte überrascht. Lorritson war kaum dreißig Jahre alt, viel zu jung für einen so hohen diplomatischen Posten – falls er nicht ein hochbefähigter Unterhändler war. Das ließ Botschafter Zarv noch kompetenter erscheinen.

»Und das dritte Mitglied unseres Teams ist Mek Jokkor. Mek Jokkor ist ein Experte für landwirtschaftliche Produkte, besonders für die, welche im Orion-Arm angebaut werden.«

Kirk reichte Jokkor die Hand und fühlte eine leichte Klebrigkeit in der Handfläche. »Mek Jokkor ist nicht animalischer Natur, wie wir es sind, Captain. Keine DNS. Er ist mehr den Pflanzen unseres Planeten verwandt als uns.«

»Sie können nicht sprechen?« fragte Kirk und starrte das seltsame Wesen offen an. Ein winziges Schütteln des menschlich wirkenden Kopfes war die einzige Antwort, die er erhielt.

»Mek Jokkors Expertise liegt in der Anpassung der Pflanzen von Ammdon für den Anbau auf Jurnamoria und umgekehrt. Er ist wirklich erstaunlich. Wir werden diesen Umstand als Druckmittel unserer Verhandlungen benutzen, da viele der Probleme zwischen den beiden Planeten mit der Nahrungsversorgung zu tun haben.«

Ein lauter Schrei hallte durch den Korridor vor dem Transporterraum.

»Ich danke Ihnen für Ihre Erklärung, Mr. Lorritson«, sagte Kirk rasch. »Doch so sehr es mich auch interessiert, mehr über Ihre Aufgabe zu erfahren, es scheint mir, als ob Ihr Botschafter – brüllt.«

Lorritson lächelte und nickte dann Mek Jokkor kurz zu. Die beiden eilten hinaus, und stießen dabei fast mit Dr. Leonard McCoy zusammen, der durch die Tür kam.

»Was ist los, Jim?« fragte McCoy sofort. »Was hat die ganze Aufregung um den Tellarit zu bedeuten? Und was haben diese Leute hier an Bord zu suchen?«

»Botschafter Zarv wird es eine Freude sein, dir alles zu erklären, Pille«, sagte Kirk grinsend. »Was mich betrifft, so glaube ich, soeben befruchtet worden zu sein.« Er wischte seine klebrige Handfläche an der Uniformjacke ab, dann ging er fort, bevor McCoy ihm noch eine Frage stellen konnte, die er nicht beantworten wollte.

»Das ist unmöglich, Sir«, protestierte Commander Montgomery Scott. »Meine Kinder hier halten die Belastung nicht aus.« Er wirkte, als ob er die mächtigen Maschinen der *Enterprise* umarmen wollte.

»Tun Sie, was Sie können, Scotty. Lassen Sie so viele Ersatzteile wie möglich an Bord beamen, solange wir im Orbit sind.«

»Wir brauchen eine Generalüberholung im Dock, Captain. Alles andere ist nicht genug.«

James Kirk blickte im Maschinenraum umher. Alles hier war peinlich sauber, glänzend, perfekt. Kein anderer Captain von Starfleet hatte einen besseren Chefingenieur als Montgomery Scott es war. Scotty umsorgte seine Maschinen wie Babies, als ob das geringste Abweichen einer Indikator-Nadel von hundertprozentiger Perfektion ein Nagel wäre, der in sein Fleisch getrieben wurde.

»Dies wird eine reine Spazierfahrt. Keine Hochgeschwindigkeit. Keine Notfallsituationen, die äußerste Kraft oder riskante Manöver erfordern könnten. Unser Auftrag besteht lediglich darin, ein Team von drei Diplomaten nach Ammdon zu bringen.«

»Ammdon!« rief der Ingenieur. »Das ist am anderen Ende des Universums!«

»Nicht ganz«, sagte Kirk lächelnd. »Aber das Schiff wird zusammenhalten, nicht wahr?«

»Ja, das wird es«, antwortete der Ingenieur mit einigem Bedauern. Kirk sah, daß Scotty darauf brannte, die Maschinen auseinanderzunehmen und liebevoll von Grund auf neu zusammenzusetzen, um sie noch mächtiger zu machen, ihre Leistung noch mehr zu steigern. »Aber ich kann es nicht empfehlen.«

»Was ist das Schlimmste, das passieren könnte?«

»Die magnetischen Energiebehälter. Die Kraftfelder sind an einigen Stellen verdammt dünn geworden. Ein Riß, und wir verlieren die gesamte Energie. Und vielleicht würden wir das nicht überleben, Sir.« Scotty machte mit seinen Händen eine ausdrucksvolle Geste, die zeigte, wie alles auseinanderfliegen würde.

Kirk dachte darüber nach, dann fragte er: »Welchen Warp-Faktor halten Sie für das sichere Maximum? Ich meine, abgesehen von Impuls-Antrieb zu einem Dock?«

»Nichts über Warp-Faktor drei, Sir. Die Belastung...«

»Ich weiß, Scotty. Wie gut ich es weiß.« Kirk atmete tief durch, blickte noch einmal im Maschinenraum umher und sagte dann: »Weitermachen. Und ich werde versuchen, nicht mehr als Warp-Faktor zwei anzufordern.«

»Ich habe nicht gemeint, daß es sicher ist, sogar diese Geschwindigkeit einzuhalten, Sir. Ich meinte nur, daß Warp drei das absolute Maximum ist.«

Kirk ließ Scott allein, der düster vor sich hinmurmelte, während er die Anzeigen überprüfte und unaufhörlich Notizen über neue und andere Möglichkeiten machte, seine kostbaren Maschinen noch feiner und genauer einregulieren zu können. Trotzdem machte die Instabilität der magnetischen Energiebehälter in den Warp-Antrieben Kirk Sorgen. Die mächtigen Magnetfelder hielten die Materie und Antimaterie zusammen, die das Schiff durch den

Warp-Raum katapultierten. Die geringste Schwächung dieses Kraftfeldes bedeutete im günstigsten Fall den totalen Verlust der Antriebsenergie, und im schlimmsten die Zerstörung des Schiffes.

Kirk verdrängte diese Gedanken. Er hatte seine Aufgabe. Mochte Scotty sich um die seine kümmern.

»Status-Meldung, Mr. Chekov.«

»Alles in Ordnung, Captain«, antwortete der Navigator. »Auf Kurs. Warp-Faktor zwei, wie befohlen.«

»Spock?« fragte er. »Status des Schiffes?«

»Die Computerkontrolle verläuft nach Plan, Sir. Es wird dabei ein neues Programm verwendet, das ich speziell für eine solche Situation erarbeitet habe.«

»Bestimmt haben Sie das in Ihrer Freizeit getan, Mr. Spock.«

»Selbstverständlich, Captain.« Spocks Stimme klang fast indigniert. »Ein persönliches Projekt wie dieses würde ich niemals während meiner Dienststunden ausarbeiten.«

Kirk schüttelte den Kopf und ließ sich auf den Kommandantensessel fallen. Während der drei Wochen seit Verlassen von Starbase Eins hatte die *Enterprise* perfekt funktioniert. Allein die Anwesenheit der drei Diplomaten störte die normale Bordroutine. Und Botschafter Zarv tat alles ihm mögliche, um jedem Mitglied der Crew das Gefühl zu geben, persönlich dafür verantwortlich zu sein, daß er Verzögerungen hinnehmen mußte, Ammdon und die Friedenskonferenz zu erreichen. Kirk hatte mit Donald Lorritson über das Verhalten des Botschafters gesprochen, und Lorritson hatte ihm wenig Tröstliches sagen können.

»Botschafter Zarv«, sagte er, »ist ein Besessener. Er sieht Gefahr in jedwedem Krieg, der im Orion-Arm ausbrechen könnte. Falls die Romulaner intervenieren sollten, verlieren wir entweder jeden Kontakt mit den freien Planeten, die entlang dieses Arms verstreut liegen, oder wir müssen einen interstellaren Krieg beginnen. Zarv ist ein sehr fähiger Verhandler, einer der besten, den wir in der Föderation haben. Nehmen Sie ihn also noch ein paar Tage in Kauf.«

Kirk gefiel dieser Vorschlag gar nicht, doch blieb ihm nichts anderes übrig, als sich mit der Situation abzufinden. Die ständigen Beschwerden des Botschafters über die niedrige Geschwindigkeit des Schiffes zerrten an den Nerven der Besatzung und steigerten ihre Wut darüber, keinen Landurlaub erhalten zu haben.

»Mr. Spock, da es sich hier um eine relativ wenig kartographierte Region handelt, lassen Sie bitte von den zuständigen Mitgliedern der Besatzung genaue Aufzeichnungen durchführen, die sich später als nützlich erweisen könnten. Die *Enterprise* sollte schließlich nicht nur als Taxi fungieren. Wenn wir nach Starbase Eins zurückkehren, möchte ich Admiral McKenna komplettes Kartenmaterial über unsere Reise vorlegen können.«

»Die Kartographierung läuft bereits, Captain. Ich habe mir erlaubt, sie von mir aus anzuordnen, um die Crew zu beschäftigen.«

»Gut.« Kirk lehnte sich in seinem Sessel zurück und ließ seinen Blick von einer Konsole zur anderen gleiten. Sulus Arbeit an der Navigation war kompetent und präzise. Doch gab es auch keinerlei Grund dafür, daß sie hätte anders sein können. Abgesehen davon, daß er sein Fach beherrschte, hatte der asiatische Navigationsoffizier kaum etwas zu tun. Der Kurs war eingegeben worden, und damit hatte es sich. Nur die Weite des mit Gaswolken durchsetzten Raums lag zu allen Seiten des Schiffes. Pavel Chekov nutzte die Zeit, um seine Phaser Crew zu exerzieren und ihre Reaktionszeit um Sekundenbruchteile zu verkürzen. Spock arbeitete mit seinem Computer. Uhura hing Tagträumen nach, da ihre Dienste als Kommunikationsoffizier für mindestens eine weitere Woche nicht benötigt werden würden. Und selbst dann würden die Kontakte mit Ammdon nach Vorschrift und Routine ablaufen.

Routine. Überall um ihn herum nichts als Routine. Und er langweilte sich.

Das Blinken der Alarmleuchten und das Heulen der Sirenen rissen ihn aus seinen Gedanken.

»Spock, Meldung!« sagte er scharf.

»Unidentifiziertes Fahrzeug backbord voraus, Captain.«

»Deflektor-Schilde auf halbe Leistung schalten.«

»Jawohl, Sir.« Chekov wechselte sofort von der Übung in die Realität. »Was ist mit den Phasern, Sir?«

»Energie aufladen, aber nicht feuern.«

»Captain, das andere Schiff treibt, ohne Antrieb – es ist ein Wrack. Doch ich kann schwache Werte von Lebensformen auffangen. Berichtigung: von *einer* Lebensform ungewöhnlicher Natur.«

»Erklären Sie.«

Spock blickte von seiner Konsole auf und schüttelte den Kopf. »Das kann ich nicht. Die Werte dieser Lebensform stimmen mit keinen der in unseren Datenbanken gespeicherten überein. Und auch die Konstruktionsform des Schiffes ist unbekannt.«

»Sulu, bringen Sie uns auf einen Kurs parallel zu diesem Wrack.« Kirk drückte auf einen der Knöpfe in der rechten Armlehne seines Sessels. »Transporterraum! Fertigmachen zum An-Bord-Beamen einer Lebensform unbekannter Species.« Er drückte einen anderen Knopf. »Dr. McCoy zum Transporterraum. Mit Instrumentarium für fremde Lebensformen.« Bevor McCoy antworten konnte, hatte Kirk mehrere andere Intercom-Knöpfe gedrückt.

Er genoß die Aktion. Er fühlte sich nicht länger gelangweilt. Aufgabe der *Enterprise* war es nicht, unsympathische Diplomaten zu befördern; sie bestand darin, das Unbekannte zu erforschen, neue Lebensformen zu entdecken und Kontakt mit ihnen aufzunehmen.

»Dieser Auftrag könnte sich doch noch als recht interessant herausstellen«, sagte er, mehr zu sich selbst als zu irgendeinem anderen.

Das Auf- und Zugleiten der Türen des Turbo-Lifts hinter ihm gab ihm ein paar Sekunden, sich auf den verbalen Überfall vorzubereiten, der ihm bevorstand.

»Kirk, was hat diese Unverschämtheit zu bedeuten!« brüllte Zarv. »Wir können es uns nicht leisten, Zeit zu vertrödeln und in abgelegenen Winkeln der Welt herumzustochern. Ammdon und Jurnamoria gehen einander an die Kehle – *jetzt!* Ich muß dorthin kommen, um das zu verhindern. Ich muß dorthin kommen, um die Romulaner aufzuhalten!«

»Botschafter Zarv«, sagte Kirk leise und ruhig, »wir dürfen das havarierte Schiff nicht ohne Hilfe lassen. Sie, als Spezialist für Weltraumrecht, sollten wissen, daß ein Notruf den Vorrang vor allen anderen Aufgaben hat. Vor *allen* anderen.«

»Notruf? Was für ein Notruf? Hat es Funkkontakt mit dem Schiff gegeben?« Zarv wandte sich um und deutete mit seiner molligen Hand auf Uhura. »Sie da! Was für ein Funkspruch war das?«

»Die Anzeige für die Anwesenheit einer Lebensform ist ausreichend, um eine Rettungsaktion zu rechtfertigen«, erklärte Spock. »Wir sind dabei, den einzigen Überlebenden der Katastrophe an Bord zu beamen.«

»Er könnte Träger einer Raumpest sein. Wir alle könnten daran sterben. Dann würde ich niemals nach Ammdon gelangen. Beim Antares-Maelstrom. Ich bin von schwachsinnigen Bauern umgeben. Überall um mich herum nur schwachsinnige Bauern!« Der Botschafter warf seine plumpen Arme in die Luft und stakte von der Brücke.

»Mr. Spock. Wir wollen uns ansehen, was wir an Bord gebeamt haben. Mr. Chekov, Sie haben das Kommando.«

Im Transporterraum sahen sie Dr. McCoy schon über eine kleine Gestalt gebeugt stehen. Alles, was Kirk erkennen konnte, war ein leichtes Wehen von durchscheinendem, meergrünem Material, bis er an McCoy vorbeiging, um einen besseren Blick zu haben.

Die Augen der Frau öffneten sich und sahen ihn an. James Kirk trat unwillkürlich einen Schritt näher und hob die Hand, um sie ihr entgegenzustrecken.

»Sie befindet sich im Schock, glaube ich«, sagte Dr. McCoy.

»Wie, Pille? O ja. Schock. Bist du sicher?«

»Ich bin nur Arzt, kein Gedankenleser. Ihre äußere Erscheinung ist sehr menschenähnlich.«

»Das kann man wohl sagen.«

»Aber sieh dir nur die Tricorder-Werte an.« Er hielt das Instrument vor Kirks Gesicht. Die blinkenden Lichter deuteten alle ernste Gesundheitsprobleme an – für einen Menschen. »Sie dürfte eigentlich gar nicht leben. Schwere Strahlenaussetzung, und dennoch lebt sie. Kein Hinweis auf eine nennenswerte metabolische Aktivität, aber dennoch ist ihr Körper warm.«

»Warm«, sagte Kirk zertreut. Sein Blick wich nicht eine Sekunde von ihren Augen. Ein winziges Lächeln verzog ihre Mundwinkel, und eine leichte Rötung breitete sich über ihre Wangen. »Sie ist sehr schön.«

»Hilf mir, sie ins Bordlazarett zu schaffen. Vielleicht kann ich dort mehr über ihren Zustand herausfinden.«

»Das ist nicht nötig, Dr. McCoy«, sagte sie. Ihre Stimme klang hell und leicht, wie eine Frühlingsbrise im Gezweig hoher Kiefern. »Ich bin zwar nicht ganz gesund, doch ich werde leben.«

»Wie kommt es, daß Sie unsere Sprache sprechen?« fragte McCoy. »Ich habe Ihre Bio-Werte vom Schiffscomputer überprüfen lassen, und der Föderation ist eine Rasse wie die Ihre völlig unbekannt.«

»Ich... ich lerne Sprachen sehr rasch. Alle Sprachen.« Sie setzte sich auf und strich ihr durchscheinendes Kleid zurecht. Sie beugte sich vor und blickte wieder in Kirks Augen. »Die gesprochenen Sprachen sind am leichtesten zu erlernen. Die ungesprochenen sind erheblich schwieriger.«

»Was ist mit Ihrem Schiff passiert?« fragte Kirk schließlich.

Sie zuckte mit den Schultern. »Eine mechanische Panne. Die gesamte Crew ist gestorben. Ich weiß nur wenig von Raumschiffen. Ich bin eine Sprecherin.«

»Eine Sprecherin? Von welchem Planeten?«

»Ich stamme von Hyla.«

Kirk blickte zu Spock auf, der den Kopf schüttelte. »Der Planet ist uns nicht bekannt. Können Sie uns näheres über ihn sagen?«

»Gewiß, obwohl meine Kenntnis über seine Lage recht beschränkt ist. Ich bin für fast zwei Monate an Bord der *Sklora* gewesen. Während des größten Teils dieser Zeit haben unsere Triebwerke hin und wieder gezündet. Als der Treibstoff zu Ende war, ist die *Sklora* auf ihrem letzten Kurs weitergetrieben.«

»Sie wissen also nicht, wo Hyla liegt?«

»Ich weiß auch nicht, wo wir uns jetzt befinden.«

»Jim! Verdammt, kannst du nicht sehen, daß sie eine Menge durchgemacht hat? Höre auf, sie auszufragen, als ob sie eine Spionin wäre. Ich muß ein vollständiges Bio von ihr machen.«

»Bitte, Doktor, glauben Sie mir, wenn ich Ihnen sage, daß ich relativ unverletzt bin. Ich befinde mich in keinerlei Gefahr.«

Ihr Blick wandte sich wieder Kirk zu.

»Haben Sie einen Namen?« fragte der Captain. »Sie ›Sprecherin‹ zu nennen, wäre ein wenig... unpersönlich.«

»Aber diese Freunde von Ihnen nennen Sie doch auch Captain.« Sie lächelte und nahm damit ihren Worten die winzigen Stacheln. »Wir haben keine Name, so wie McCoy und Spock und Kirk.«

»Also werden wir Sie ›Sprecherin‹ nennen.«

Sie lächelte, und Kirk zerschmolz beinahe in dem Strahlen dieses Lächelns. »Nennen Sie mich ›Lorelei‹.«

KAPITEL 2

CAPTAIN'S LOGBUCH, STERNZEIT 4801.4

Die Reise ist bis jetzt reine Routine gewesen, mit Ausnahme der Rettung von Lorelei, Sprecherin des Planeten Hyla. Spock hat unsere Computeraufzeichnungen überprüft und nicht den geringsten Hinweis dafür gefunden, daß ein solcher Planet existiert. McCoy ist jedoch sicher, daß Loreleis Biologie in etwa der terranischen Norm entspricht. Die Unterschiede, die bestehen, schließen sie nicht davon aus, unsere Luftzusammensetzung zu atmen und unsere Nahrung zu essen. Sie ist eine außergewöhnliche Frau, intelligent, hübsch und von einer undefinierbaren Ausstrahlung, die ich unwiderstehlich finde.

Ich wünschte, Botschafter Zarv besäße auch nur einen Bruchteil ihres Charmes.

Dicke blaue Funken schossen aus den Konsolen, in denen sich die Terminals der Warp-Antriebe befanden. Einer der Techniker wurde von ihnen erfaßt. Der Geruch brennenden Fleisches zog durch den Maschinenraum, als seine Schmerzensschreie zu leisem Stöhnen verebbten.

»Holen Sie sofort McCoy her!« rief Scotty. »Die Maschinen! Leistung um zehn Prozent reduzieren! Sie, McConel, bewegen Sie sich! Ich brauche einen Computerausdruck, bevor ich sie ganz abschalte.«

Die rothaarige Crew-Chefin machte sich sofort an die Arbeit, während Scott den verletzten Techniker behutsam von dem Kurzschluß fortzog. Der Chefingenieur kümmerte sich nicht um die Funken, die knapp einen Zentimeter über seinen Kopf hinwegschossen, als er die kraftlosen Unterarme des Mannes ergriff und zu ziehen begann. Erst als der Verletzte ein gutes Stück von der Konsole entfernt war, setzte Scotty sich auf die Decksplatten und seufzte tief auf.

»Meine Maschinen. Meine lieben, kleinen Maschinen.« Er schüttelte den Kopf. Der Funkenbogen wurde stärker, erhob sich wie eine Regenbogenbrücke des Todes zwischen der Konsole und der Maschine. Schon wurde verbranntes Metall zu Schlacke und rieselte zu Boden. Komplizierte Stromkreisplatten, integrierte Schaltungen und Drähte, die der Hitze ausgesetzt waren, zerschmolzen und tropften auf das Deck. Innerhalb weniger Sekunden würden auch die Erreger-Stromkreise der Materie-Antimaterie zerstört werden.

»Ich hab's, Scotty«, rief die Rothaarige durch den ganzen Maschinenraum. »Schalten Sie die Energie von Dreiundzwanzig aus.«

»Aber, Mädchen, das würde die Lebenserhaltungssysteme in der Hälfte des Schiffes lahmlegen!«

»Ich sage Ihnen das, was ich festgestellt habe«, kam sofort die Antwort.

Scott zögerte nicht mehr, den Befehl zu geben. Es war besser, einen guten Teil der *Enterprise* für eine Weile ohne Licht und Luft zu lassen, als zuzusehen, wie die Maschine in die Luft flog.

»Was ist hier los, verdammt noch mal?« McCoy verlangte nach Information. »Sie haben alle Beleuchtung in den Korridoren abgeschaltet. Die Türen öffnen sich nicht mehr.«

»Tut mir leid, Doktor, aber ich brauche Ihre medizinische Hilfe, bevor ich Ihnen das erkläre.«

»Warum haben Sie das nicht gleich gesagt?« McCoy kniete sich neben den verletzten Techniker, verzog das Gesicht und blickte zu Scott empor. »Verbrennungen dritten Grades an Schultern und Rücken. Elektrisch?«

»Ja.« Der feurige Bogen war so plötzlich verschwunden wie er entstanden war, als Scott den Stromkreis dreiundzwanzig abgeschaltet hatte.

»Hier kann ich nicht viel für ihn tun. Er muß isoliert werden. Brand-Gel. Ein paar leichte Eingriffe an diesen Venen und Arterien.« Während McCoy sprach, versorgte er den Verletzten. Sein medizinischer Tricorder zeigte die geschwächten Vitalwerte des Mannes an, dem er Beta-Endorphin injizierte, um die Schmerzen zu lindern.

»Ihr Team ist da, Doktor«, meldete Crew-Chef McConel. Sie gab den Trägern mit der Bahre einen Wink, den verletzten Mann sofort aufzuladen. Sie dirigierten die Antigrav-Trage neben ihn, hoben den Techniker behutsam hinauf, und knapp eine Minute später war er auf dem Weg zum Bordlazarett.

»Noch jemand?« fragte McCoy.

»Nein, sonst ist niemand verletzt, Doktor, dem Himmel sei Dank. Andres war der einzige, den es erwischt hat.«

Leonard McCoy blickte umher, zuckte dann die Schultern. »Ich werde tun, was ich kann, aber liefern sie keinen Nachschub, bevor ich mit ihm fertig bin. Ich mag kein Gedränge im OP.«

»Berichten Sie, McConel«, sagte Scotty. »Was ist passiert?«

»Es ist nicht so schlimm, wie es im ersten Moment aussah. Der Erreger-Stromkreis kann repariert werden. Bis dahin mag unsere Energieleistung ein wenig reduziert sein, aber es gibt nichts, womit wir nicht fertig werden können.«

Scotty grinste seinen Crew-Chef an. Es war gut, einen Menschen bei sich zu haben, der Maschinen genau so liebte wie er. Und es war noch besser, das Heather McConel ebenfalls aus Schottland stammte.

»Commander Scott: Status.« Als Scott sich umwandte, sah er Captain Kirk durch die halboffene Tür treten. Die Stromkreise für den Türmechanismus waren mit dem Lebenserhaltungssystem in einem großen Teil des Schiffes verbunden. »Ich brauche Energie auf den Decks vier bis acht.«

»Captain, die Lage ist so, wie ich sie Ihnen gemeldet

habe. Ich weiß nicht, wann wir wieder Normalzustand haben.«

Kirks Blicke wanderten umher, entdeckten die Ursache des Schadens und versuchten, seine Größe abzuschätzen.

»Es ist nicht zu schlimm, Captain«, beantwortete Heather McConel seine unausgesprochene Frage. »Aber die magnetischen Behälter des Steuerbord-Triebwerks werden immer schwächer und nähern sich dem Zerreißpunkt.«

»Ist das die Ursache dieses Schadens? Daß die Magnetfelder geschwächt sind, so daß Strahlung austreten konnte?«

»Die Stromkreise wurden überlastet, weil sie die Magnetfelder zu stabilisieren versuchten, Sir.« Scotty deutete auf die angekohlte Konsole, und seine Erregung war ihm deutlich anzumerken. »Wir können nicht mehr tun, als wir bereits tun.«

»Würde es Ihnen bei den Reparaturen helfen, wenn ich die Geschwindigkeit auf Warp eins reduziere?«

»Es wäre besser, wenn wir ein Dock fänden, Sir. Ich brauche Strahlenabschirmung, um wirklich an den Maschinen arbeiten zu können.« Scottys schmerzvoller Gesichtsausdruck sagte Kirk, daß dies kein eitler Wunsch war. Sein Chefingenieur überlegte jedes Wort, das er sagte.

»Wir sind noch immer etwa fünfzehn Tagesreisen von Ammdon entfernt. Wenn wir die Geschwindigkeit verringern, sogar noch mehr. Sie wissen, warum wir dieses diplomatische Team dorthin bringen müssen, Scotty. Tun Sie, was Ihnen möglich ist. Halten Sie die Maschinen am Laufen.«

»Jawohl, Sir. Ich kann sie am Laufen halten, aber nicht sicher.«

»Tun Sie, was Sie tun müssen, Scotty. Ich habe Vertrauen zu Ihnen.« Kirk wandte sich zum Gehen, blieb dann stehen und blickte McConel an. »Heather, haben Sie noch immer die Destille im Laboratorium auf Deck vier?«

»Sir!« protestierte sie, richtete sich auf und blickte mit ihren grünen Augen direkt in die seinen. »Es ist ein Verstoß gegen die Dienstvorschrift, eine Alkoholdestillation zu betreiben.«

»Oh, ich verstehe. Nun, meine Erfahrung lehrt mich, daß eine Stromabschaltung eine bereits im Gärungsprozeß befindliche Maische abkühlen läßt. Das reduziert sowohl den Ertrag als auch die Qualität.«

»Sir!«

»Die Ertragsmenge interessiert mich nicht, aber alles an Bord der *Enterprise* muß von erstklassiger Qualität sein. Weitermachen.«

James Kirk lächelte, dann ging er hinaus und machte sich auf den Weg zum Bordlazarett.

»Ich weiß nicht, Pille«, sagte Kirk, lehnte sich zurück und nahm einen Schluck von dem Brandy, den McCoy ihm gereicht hatte. »Es sieht so aus, als ob unsere Reise unter keinem guten Stern steht.«

»Wenn du damit auf den Techniker anspielst, der beinahe durch einen Stromstoß hingerichtet worden wäre und der sich unter meiner Fürsorge sehr gut erholt – das gehört zu den Dingen, die an Bord eines Raumschiffs immer wieder vorkommen.«

»Immer wieder, Pille? Nicht an Bord der *Enterprise*.«

»Du weißt, was ich damit meine. Wenn man ständig mit Starkströmen herumfummelt, muß man damit rechnen, sich hin und wieder zu verbrennen.«

»Immer noch ein Maschinenfeind? Und wie hast du ihn versorgt? Nein«, setzte Kirk hinzu und hob die Hand. »Laß mich raten. Du hast ihn auf einen Bio-Scan-Tisch gelegt und durch einen Computer jede einzelne interne Funktion untersuchen lassen. Dann hast du eine graphische Untersuchung durchgeführt und den Computer feststellen lassen, wie er vor der Verbrennung aussah. Ein wenig Hokus-Pokus mit automatisierter Operationstechnik, ein bißchen plastischer Rekonstruktion mit Hilfe von Holographie-Vergleichen, und dann hast du ihn in die liebevolle Obhut eines

Monitor-Computers gegeben, der jede seiner biologischen Funktionen überwacht.«

»Du hast recht«, sagte McCoy bitter. »Aber das bedeutet noch immer nicht, daß ich Maschinen liebe. Sie übernehmen alles. Überall.« McCoy nahm einen tiefen Schluck von seinem Brandy, verzog das Gesicht und goß sich wieder zwei Finger hoch von dem starken Stoff ein.

»Was ich damit meinte, als ich sagte, daß diese Reise unter einem unguten Stern steht, betrifft Zarv und die beiden anderen. Sie tigern auf den Korridoren hin und her. Sie scheinen sich alle Mühe zu geben, sich bei der Crew unbeliebt zu machen.«

»Von einem Mann wie Zarv habe ich das erwartet. Er besitzt alle Eigenschaften eines Keilers in der Brunft. Aber dieser Lorritson... Er macht doch einen recht netten Eindruck. Kannte mal einen Burschen, der ihm sehr ähnlich sah. Ein Farmer in Georgia.«

»Ah, jetzt werden wir idyllisch«, sagte Kirk lächelnd. »Aber ich glaube, daß du Lorritson nicht richtig einschätzt. Der hat etwas verdammt Hartes an sich. Und Zarv ebenfalls. Ich glaube, daß die Oberen der Föderation sehr gute Gründe dafür hatten, sie für diese heikle Mission auszuwählen. Doch bedeutet das nicht, daß wir sie mögen müssen.«

»Ich mag diesen Mek Jokkor. Redet nicht viel.«

Kirk blickte McCoy an, dann erkannte er, daß der Arzt nichts von dem Alien wußte.

»Ich weiß nur, daß er in sich zusammenkriecht, wenn jemand in der Messe Broccoli ißt.«

»Eine seltsame Phobie«, murmelte McCoy. »Muß auf seine Kindheit zurückgehen.«

»Zweifellos.«

Eine Weile saßen und tranken die beiden Männer schweigend und hingen ihren Gedanken nach. Bis die harten Laute eines Streits aus dem Korridor die Stille zerriß.

»Ich wünschte, du würdest dafür sorgen, daß die Wände

des Lazaretts schalldicht gemacht werden«, beschwerte sich McCoy. »So etwas muß ich ständig ertragen.«

»Sei still, Pille. Höre zu.«

»Jetzt spionierst du sogar schon der Crew nach? Wo wird das enden?« sagte McCoy mit gespielter Empörung.

»Höre zu, habe ich dir gesagt.«

Die Stimmen klangen immer lauter, immer erregter. Eine von ihnen sagte: »Die Behälter reißen. Ich weiß es. Das ganze Schiff wird explodieren.«

»Der Captain ist verrückt«, sagte eine andere Stimme. »Er bringt uns mitten in einen Krieg.«

»Was kommt es darauf an, wenn wir ohnehin alle in einer Materie-Antimaterie-Explosion draufgehen?« fragte die erste Stimme.

Kirk kam auf die Füße und sagte ruhig: »Dem werde ich sofort einen Riegel vorschieben.«

McCoy zuckte die Schultern, als Kirk die Tür öffnete und auf den Korridor hinaustrat.

Zwei Männer der Crew standen an die Wand gelehnt und stritten miteinander. Als einer von ihnen Kirk entdeckte, schwieg er, zupfte dann den anderen am Ärmel und deutete auf den Captain.

»Sehr gut, Gentlemen«, sagte Kirk beherrscht. »Ich konnte nicht vermeiden, Ihre wilden Mutmaßungen und uninformierten Ansichten über den Zustand dieses Schiffes zu überhören.«

»Sie werden uns töten. Es ist ein Verbrechen, unser aller Leben auf eine solche Art zu verschwenden«, stieß einer von ihnen, ein Fähnrich, hervor.

»Was? Wer tötet wen? Niemand ist tot. Ein Techniker ist bei einem Unfall verletzt worden, das ist alles. Dr. McCoy hat mir versichert, daß Mr. Anders in ein paar Tagen geheilt sein wird.«

»Sie versuchen, uns zu töten. Und das dürfen Sie nicht.«

»Was meinen Sie damit, Mister?« sagte Kirk hart. »Wie kommen Sie darauf, daß ich irgend jemanden töten will? Sie sind Mitglied dieser Crew und werden sich zu allen Zeiten entsprechend benehmen. Habe ich mich klar ausgedrückt?«

»Jawohl, Sir«, sagte der zweite Mann. Furcht belegte seine Stimme wie dicker Sirup. Er wich rückwärts gehend vor Kirk zurück, als ob er seinen Captain mit einer blutigen Mordwaffe in der Hand erwischt hätte.

»Er wird uns alle töten«, murmelte der andere. »Ich weiß das. Sieh ihn doch an. Seine Augen. Er ist ein Killer!«

»Stillgestanden!« bellte Kirk. Beide Männer nahmen Haltung an. »Sie beide sind im Dienst, nehme ich an. Ich hoffe, daß Sie sich nicht zuviel von McConels Raketenstoff hinter die Binde gegossen haben – vor allem nicht, wenn Sie im Dienst sind.«

»Wir sind nicht betrunken, Sir.«

»Ihr Verhalten spricht nicht gerade dagegen. Sie beide werden sich wegen Ungehorsams und Respektlosigkeit gegenüber einem Vorgesetzten bei Ihrem Sektionschef melden. Mr. Spock wird Ihnen entsprechende Strafarbeiten zuteilen.«

Beide Männer warteten, bis Kirk sich umgewandt hatte und in McCoys Büro zurückging. Erst als die Tür sich hinter Jim geschlossen hatte, entspannte er seine Muskeln.

»Ich habe alles gehört, Jim. Was ist los?«

»Ich weiß es nicht, Pille. Noch nie bin ich mit einem solchen Verhalten konfrontiert worden. Ungehorsam habe ich schon erlebt, aber hier scheint er... anders zu sein.« Er trat zum Schreibtisch des Arztes und schaltete das Intercom ein. »Brücke? Ich möchte mit Mr. Spock sprechen.«

Sofort sagte die ruhige Stimme des Vulkaniers: »Was kann ich für Sie tun, Captain?«

»Ich brauche Informationen. Sind Bretton und Gabriel jetzt im Dienst?«

»Ja, Captain«, antwortete Spock ohne zu zögern. »Beide sind dazu abgestellt, der Alien Lorelei auf jede mögliche Weise behilflich zu sein.«

»Lorelei?«

»Sie zeigen ihr die Datenbanken des Schiffscomputers und andere Einrichtungen, wie die Messe, die Sportgeräte und sonstige Dinge, die ihr unbekannt sind.«

»Lorelei«, wiederholte Kirk.

»Das ist richtig, Captain.«

»Sind die beiden die einzigen, die direkten Kontakt mit ihr haben?«

»Das weiß ich nicht, Captain. Ich nehme an, daß sie sie mit zahlreichen Mitgliedern der Crew bekannt gemacht haben. Stimmt etwas nicht?«

»Ich... ich denke, es ist alles in Ordnung. Danke, Mr. Spock.« Kirk schaltete das Intercom ab und blickte McCoy an. »Zumindest hoffe ich, daß nicht irgend etwas entsetzlich falsch läuft.«

»Setzen Sie sich, bitte«, sagte Kirk, als er die Offiziersmesse betrat. Seine leitenden Offiziere hatten sich erhoben. Nur die drei Diplomaten waren sitzengeblieben. Kirk setzte sich auf seinen Platz am Kopfende des Tisches, schaltete das Aufzeichnungsgerät ein und nickte Botschafter Zarv zu.

»Gut«, sagte der schweineähnliche Mann mit harter, knarrender Stimme. »Sie haben also doch beschlossen herzukommen.«

»Ich bin durch eine dienstliche Angelegenheit aufgehalten worden, Botschafter. Sie haben um diese Besprechung gebeten, also fangen Sie an.«

»Besprechung?« schrie Zarv. »Dies ist nichts dergleichen. Dies ist eine Forderung nach mehr Geschwindigkeit. Wir müssen Ammdon schnellstens erreichen und haben keine Zeit mehr für Kindereien.«

»Der Botschafter will damit sagen«, erklärte Donald Lorritson, »daß die Reduzierung der Geschwindigkeit zu diesem Zeitpunkt nicht akzeptiert werden kann.«

»Nicht akzeptiert werden kann, Mr. Lorritson? Von wem?«

»Von den Führern der Föderation, Kirk!« brüllte Zarv. Er sprang auf und trommelte mit seinen plumpen Händen auf die Tischplatte.

Kirk blickte die Offiziere am Tisch der Reihe nach an und erkannte in ihren Gesichtern verschiedenartige Ausdrücke von Ekel, Amüsiertheit und Entsetzen über diesen Gefühlsausbruch. Uhura war am meisten darüber schockiert, daß irgend jemand es wagte, in einem solchen Ton zu ihrem Captain zu sprechen. Sulus Gesicht zeigte eine Mischung von Amüsiertheit und Ekel. McCoy sah aus, als ob er gleich überkochen würde. Irgend etwas an Zarv irritierte den Arzt unbeschreiblich. Selbst Spocks Gesicht zuckte ein wenig. Kirk würde den Vulkanier später nach dem Grund dafür befragen.

»Die *Enterprise* ist nicht zu Reparaturen im Dock gewesen, Botschafter«, sagte er langsam. »Folglich kommt es leichter zu Fehlfunktionen von Maschinen als unter optimalen Bedingungen.«

»Sie können nicht im Ammdon-System erscheinen, wenn das Schiff so aussieht, als ob es gleich auseinanderbrechen würde!«

»Warum nicht? Mein Befehl lautet, Sie und Ihre Leute nach Ammdon zu schaffen, nicht mehr.« Doch Kirk wußte, daß es noch mehr sein würde. Er erinnerte sich an Admiral McKennas Worte zu diesem Thema.

»Captain«, sagte Lorritson und räusperte sich. »Diese Mission erfordert eine starke Präsenz. Eine starke Präsenz durch die *Enterprise*, wenn Sie verstehen, was ich meine.«

»Mr. Lorritson, ich verstehe es nicht. Der Admiralität war bekannt, daß dieses Schiff sich nicht in gefechtsbereitem Zustand befand, als man uns losschickte. Wollen Sie etwa im Ernst andeuten, daß wir militärische Aktionen durchführen sollen, wenn wir das Ammdon-System erreicht haben?«

»Nein, davon kann nicht die Rede sein, überhaupt nicht!« protestierte Lorritson eilig. »Lassen Sie es mich so ausdrükken: die Demonstration von Stärke ist hier wichtiger als die Feuerkraft.«

»Sie wollen also die *Enterprise* als Hebel bei Ihren Verhandlungen mit Jurnamoria benutzen«, sagte Spock. Wenn wir auf der Seite Ammdons zu stehen scheinen, wird Jurnamoria sich Ihren Forderungen fügen, glauben Sie.«

»Etwas grob ausgedrückt, doch durchaus adäquat in diesem Kontext.«

»Das heißt, Spock hat den Nagel auf den Kopf getroffen«, murmelte McCoy. »Sie benutzen uns als Tontaube auf einem Schießstand.«

»Kirk, wir brauchen Geschwindigkeit. Noch zwei Wochen bis Ammdon – das ist einfach unmöglich. Wir müssen es in einigen Tagen schaffen. Dies ist schließlich ein Raumschiff. Bringen Sie die Fahrt auf Warp-Faktor acht hoch. Sofort. Das ist ein Befehl!«

»Botschafter Zarv, Sie sind nicht der Captain dieses Schiffes. Wenn Sie es wären, wüßten Sie, daß Ihre Forderung Selbstmord ist. Mein leitender Ingenieur nimmt nicht an dieser Besprechung teil, weil er damit beschäftigt ist, die Schäden zu reparieren, die bereits bei einer Geschwindigkeit eingetreten sind, die für uns kaum mehr als Schnekkentempo ist. Mr. Scott ist der beste Ingenieur von Starfleet; und er sagt, daß unsere Maschinen Warp drei nicht durchhalten können, gar nicht zu reden von Warp acht.«

»Feuern Sie ihn. Stellen Sie diesen... diesen Vulkanier an seinen Platz. Er weiß, wie man die Maschinen zum Arbeiten bringt.« Zarv deutete mit einem plumpen Finger auf Spock. Die einzige Reaktion war ein leichtes Heben einer Braue und die Andeutung eines deprimierten Ausdrucks auf Spocks bleichem Gesicht.

»Unsere Offiziere sind zwar in der Lage, die Position von anderen zu übernehmen, doch ziehe ich es vor, die Spezialisten auf ihren Plätzen zu belassen. Scott ist Spezialist, und auch Spock. Sie erbringen die besten Leistungen dort, wo sie sind.«

Zarv verschluckte sich vor Wut und sprang so abrupt auf, daß sein Stuhl umfiel und auf das Deck krachte. Ohne einen Blick zurückzuwerfen stürmte er aus der Messe. Lorritson und Mek Jokkor blickten einander an. Der Pflanzen-Mann folgte seinem Vorgesetzten und ließ Lorritson allein zurück.

»Zarv ist nicht gerade der umgänglichste Mann in der Galaxis, Captain«, erklärte Lorritson. »Aber versuchen Sie bitte, die Bedeutung seiner Mission zu begreifen.«

»Ich hatte Sie ursprünglich zu einer Besprechung hergebeten. Würden Sie die Güte haben, uns einiges zu erklären, Mr. Lorritson?«

Der Mann atmete tief durch. Er erhob sich, schnippte ein unsichtbares Staubkörnchen vom Revers seines purpurfarbenen altairanischen Samtjacketts, nahm die Schultern zurück und nahm eine Rednerpose ein.

Kirk sah fasziniert, wie Lorritson sich von einem gehetzten Untergebenen in eine dynamische, kraftvolle, dominierende Persönlichkeit verwandelte.

»Das Romulanische Imperium grenzt an die Systeme von Ammdon und Jurnamoria. Die Romulaner haben seit mehreren Monaten Einfälle in den Raum der Föderation unternommen. Nichts Ernsthaftes, jedenfalls nicht vor dem *Scarborough*-Zwischenfall. Der hat die Führer der Föderation davon überzeugt, daß die Romulaner entschlossen sind, sich mehrere Planeten anzueignen, und zwar hier und hier und hier.« Lorittson wandte sich zu der Computer-Holographie um, die den Orion-Arm zeigte. Die Planeten, auf die er deutete, begannen zu blinken, um seine Worte zu unterstreichen.

»Das würde einen Keil durch den von uns besetzten Sektor treiben. Wir würden dadurch eine große Menge von Mineralvorkommen verlieren, und vor allem – ein Dutzend bevölkerter Planeten.«

»Der Plan erscheint logisch«, sagte Spock. »Die Romulaner gewinnen wertvollen Besitz ohne viel riskieren zu müssen. Die Region ist zu weit entfernt, um durch die Föderation ständig und ausreichend überwacht werden zu können.«

»Richtig, Mr. Spock«, stimmte Lorritson ihm zu. »Das kann die Föderation nicht tun, doch Ammdon und Jurnamoria gemeinsam können es. Wenngleich diese beiden Planeten primitiver sind als die meisten anderen zur Föderation gehörigen, besitzen sie den Vorteil einer strategisch günstigen Lage.«

»Mit Unterstützung der Föderation könnten sie die Romulaner an ihrem Vorhaben hindern. Ist es das, was Sie vorhaben?« fragte McCoy. »Sie wollen Ammdon und Jurnamoria zum Frieden bewegen; und dann versorgt die Föderation beide mit Kriegsmaterial zum Kampf gegen die Romulaner.«

»So ungefähr, Doktor. Wir sind im Prinzip gegen jeden Krieg, doch ein Krieg zwischen Ammdon und Jurnamoria würde für die Föderation auf Jahrzehnte hinaus verheerende Folgen haben. Vielleicht verstehen Sie nun den Zustand von Frustration, in dem Botschafter Zarv sich durch die Verzögerung seiner Arbeit befindet.«

Kirk studierte das Hologramm und ließ seinen Soldatenverstand die Einzelheiten durchdenken. Er sah keinen Schwachpunkt in dem Plan, den Lorritson umrissen hatte. Wenn es dem Romulanischen Imperium gelingen sollte, an den Stellen des Orion-Arms, die der Diplomat genannt hatte, Brückenköpfe zu errichten, würde es zu einem langen und blutigen Krieg kommen. Es war jedenfalls besser, den kleinen Krieg zwischen zwei Planeten zu verhindern, als den größeren zwischen zwei ganzen Zivilisationen zuzulassen.

»Ich kann Zarvs Grund für seine Eile einsehen, aber meine Bemerkungen über den Zustand der *Enterprise* waren nicht aus der Luft gegriffen. Wir können ohne jede Schwierigkeit mit einer Geschwindigkeit von Warp eins laufen. Bei Warp zwei besteht schon ein gewisses Risiko. Warp drei kommt nicht in Betracht, bevor wir im Orbit eines Planeten sind, der uns die Einrichtungen und Materialien bietet, um größere Reparaturen durchführen zu können.«

»Gibt es keine Möglichkeit, wenigstens etwas mehr Geschwindigkeit aus diesem Schiff herauszukitzeln, Captain?« Lorritsons Stimme klang fast flehend.

»Leider nicht. Die Gesetze der Physik sind unumstößlich. Wir werden sie so rasch wie möglich nach Ammdon bringen. Aber das wird für keinen von uns rasch genug sein, fürchte ich.« Kirk verzog das Gesicht, als er Zarv im Korridor brüllen hörte.

»Tun Sie Ihr Möglichstes, Captain. Der Botschafter, Mek Jokkor und ich müssen jetzt die letzten Feinheiten unseres Vorgehens ausarbeiten.« Lorritson schob ein paar Papiere zusammen, die vor ihm auf dem Tisch lagen, und verließ eilig den Raum.

Spock deutete an, daß er etwas zu sagen hätte. Kirk gab ihm durch eine Geste seine Zustimmung.

»Die Diplomaten haben den Schiffscomputer für das umfassende Durchspielen von Theorien benutzt, um alle möglichen Resultate ihres Plans zu überprüfen. Ohne die Absicht zu haben, sie zu bespitzeln, bin ich durch die übliche Überprüfung des Computers in den Besitz einiger Informationen gelangt.«

»Also haben Sie spioniert, Spock. Sprechen Sie weiter. Was haben Sie herausgefunden?« McCoy lehnte sich vor, begierig, saftige Gerüchte zu hören.

»Ich verwahre mich gegen Ihre Andeutungen, Doktor.« Spock blickte starr geradeaus, während er berichtete. »Wenn Mek Jokkors Angaben über Produktion und Bestand an Nahrung zutreffen sollten – ich habe keinerlei Möglichkeit, seine Ausgangswerte zu überprüfen –, wird das diplomatische Team seinen Auftrag erfolgreich durchführen können. Trotz der persönlichen Reibungen, die sie mit der Besatzung haben, sind die drei für diese sehr delikate Mission hervorragend geeignet.«

»Ich danke Ihnen, Mr. Spock.« Kirk blickte die anderen

Offiziere am Tisch der Reihe nach an. »Wenn niemand sonst noch etwas zu sagen hat, ist diese Besprechung beendet.« Ihm mißfiel die lethargische Haltung, mit der seine Offiziere hinausgingen, fast so, als ob sie eben ihr Todesurteil gehört hätten.

»Captain Kirk, kann ich mit Ihnen sprechen? Allein?«

Kirk wandte sich um und sah Lorelei um die Biegung des Korridors eilen, wie ein im Wind schwebender Nebelschleier. Als ihre schokoladenfarbenen Augen in die seinen blickten, fühlte er, wie sein Herz rascher zu schlagen begann. Irgend etwas an ihrem Blick berührte ihn wie die erste Liebe, wie eine verlorene Romanze, ein gestohlener Kuß.

»Aber natürlich. Was brauchen Sie? Behandelt die Crew Sie nett?«

»Sehr nett, Captain – James.« Sie sprach seinen Namen auf eine Art aus, daß er wie das Flüstern einer Liebenden klang. Kirk schüttelte sich innerlich, um die Vorstellung zu verdrängen, die sich in seinem Kopf formte. Es war eine sehr angenehme Vorstellung, doch nur Fantasie.

»Meine Kabine ist nur ein paar Schritte entfernt. Bitte leisten Sie mir bei einem Glas Gesellschaft.«

»Ich mag Ihren Alkohol nicht, doch Ihr Kaffee hat eine anregende Wirkung auf mich.«

Als sie seine Kabine betraten, setzte Kirk sich sofort hinter den Schreibtisch und fühlte sich wie ein Verteidiger in einer Festung. Er war erleichtert, daß die massive Holzplatte ihn von der hübschen Frau trennte. Über den Rand seines Glases hinweg blickte er Lorelei an und versuchte zu entscheiden, ob sie wirklich hübsch war oder nicht. Sie besaß regelmäßige Gesichtszüge, durchscheinend wirkende Haut mit dem Anflug einer nußbraunen Tönung, weiches, brünettes Haar und diese weit auseinanderstehenden braunen Augen, die ihn anzogen, wenn immer er sie anblickte.

Nicht wirklich hübsch, entschied er. Attraktiv, vielleicht. Ja, anziehend. Im wahrsten Sinne des Wortes anziehend.

»Captain, ich habe einige Gespräche Ihrer Crew mitgehört, mit einigen der Leute gesprochen. Ich mache mir ernste Sorgen um die Sicherheit dieses Schiffes.«

»Des Schiffes? Spielen Sie damit auf den Unfall im Maschinenraum an? Das war ein Mißgeschick, doch der Techniker ist bald wieder auf den Beinen. Unsere medizinischen Einrichtungen sind ausgezeichnet.«

»Ich meine nicht die Verletzung, obwohl sie schlimm genug ist. Ich meine die Gefahr, in die Sie die *Enterprise* bringen, indem sie zum Ammdon-System gehen.«

»Woher wissen Sie davon?«

»Die Datenspeicherung Ihres Bordcomputers ist sehr ergiebig, und ich besitze einige angeborene Fähigkeiten zum Ziehen von Schlußfolgerungen.«

Er blickte die Frau mit gerunzelter Stirn an. »Ich bedaure, daß es mir unmöglich ist, Sie sofort nach Hyla zurückzubringen. Unsere Aufgabe ist, den Frieden zu sichern. Wir wollen zum Ammdon-System, um dort einen Krieg zu verhindern, nicht, um einen zu beginnen, wie Sie andeuten.«

»Ihre Anwesenheit wird den Krieg heraufbeschwören. Die Herrscher von Ammdon werden Ihre Anwesenheit dazu benutzen, einen Präventivkrieg gegen Jurnamoria zu führen.«

»Für jemanden, der nicht einmal von der Existenz der Föderation wußte, bevor wir Sie retteten, haben Sie eine ganze Menge Vermutungen über Zusammenhänge.«

»Ich kenne die Wesensart vernunftbegabter Wesen. Wir alle sind von Natur aus gewalttätig, Captain. Gewalttätigkeit hat uns in unserem primitiven Anfangsstadium das Überleben ermöglicht. Doch jetzt ist es nicht mehr nötig, daß wir einander töten. Wir stehen heute vor anderen, friedlicheren Herausforderungen. Sie können nicht in das Ammdon-System eindringen, ohne die Sicherheit der *Enterprise* aufs Spiel zu setzen.«

Kirk spürte, daß seine Hände leicht zu zittern begannen. Vorsichtig stellte er sein Glas auf der Tischplatte ab.

»Ich muß meinen Vorgesetzten und deren Ernennung von Zarv zum Leiter dieser Mission vertrauen. Er und seine beiden Mitarbeiter sind fähige Männer.«

»Ammdon benutzt Sie.«

»Erklären Sie mir das.« Kirk wollte ihr die Worte ins Gesicht schleudern, sie als Befehl aussprechen. Statt dessen aber kamen sie zögernd heraus, als ob er Loreleis Erklärung nicht hören wollte, weil er wußte, daß sie allem widersprechen würde, woran er glaubte.

»Ammdon und die Föderation sind durch einen Verteidigungspakt verbunden. Die Föderation und Jurnamoria nicht. In jedem Kriegsfall erwartet Ammdon also die Unterstützung der Föderation.«

»Woher wissen Sie von diesem Pakt?«

»Er ist in Ihrem Computer verzeichnet.«

Er schluckte hart, als er den Abruf dieser Information eintastete. Die Kurzfassung des Vertrages bestätigte alles, was Lorelei gesagt hatte.

»Wenn Sie in dem System erscheinen, wird Ammdon das als Gelegenheit zum Angriff wahrnehmen. Sie werden einen Krieg auslösen, anstatt ihn zu verhindern.«

Kirk hatte das Gefühl, in einem Meer widersprüchlicher Gefühle zu treiben. Lorelei sprach überzeugend, logisch. Doch Zarv und Lorritson und Mek Jokkor waren erfahrene Profis. Sie wollten keinen Krieg; sie wollten nur den Frieden sichern. Sie würden nichts tun, um die Position der Föderation im Orion-Arm zu gefährden. Die ständige Bedrohung durch die Romulaner war dafür zu stark.

»Ich...«, begann er.

»James«, sagte Lorelei, und ihre sanfte Stimme war ein Vibrieren, das in seine Seele griff und an ihr zerrte. »Sie gefährden Ihr Schiff, Ihre Crew und das Leben der Bewohner von zwei Planeten. Befolgen Sie Ihre Befehle nicht. Kehren Sie zu Starbase Eins zurück.«

»Das kann ich nicht, Lorelei«, sagte er mühsam. Sie senkte den Kopf, nickte und verließ dann seine Kabine. Er fühlte sich, als ob er gerade aus Unachtsamkeit seine Katze in Brand gesteckt hätte.

Die Bürde des Kommandos lastete schwer auf James T. Kirk, als er in seiner Kabine saß, die kahle Wand anstarrte und darüber nachdachte, was Lorritson und Lorelei ihm gesagt hatten.

Krieg? Oder Frieden? Es lag in seiner Macht, beides auszulösen oder zu verhindern. Eine falsche Entscheidung – eine richtige Entscheidung. Wem sollte er glauben?

KAPITEL 3

CAPTAIN'S LOGBUCH, NACHTRAG

Die Sprecherin von Hyla, Lorelei, übt eine seltsame Wirkung auf mich aus. Ich fühle mich mehr und mehr von ihren Argumenten beeinflußt und überzeugt, die dafür sprechen, die Friedensmission nach Ammdon und Jurnamoria abzubrechen und nach Starbase Eins zurückzukehren. Der Zustand der *Enterprise* wird immer bedrohlicher. Dabei sind Materialschäden das geringste Problem. Meine größte Sorge ist der zunehmende Verfall der Moral und die ständig wachsende Unzufriedenheit der Crew. Es hat beinahe den Anschein, als ob die Leute sich am Rande der Meuterei befänden, doch das ist natürlich absurd. So etwas kann es auf diesem Schiff nicht geben, wird es nicht geben.

»Erklären Sie mir das, Mr. Spock.« James Kirk sah, daß sein Wissenschaftsoffizier eine seiner schmalen Brauen hob, was seinem Gesicht einen leicht erstaunten – oder beleidigten – Ausdruck – verlieh.

»Mein Bericht war sehr klar, Captain. Dr. McCoy und Mek Jokkor hatten in der Messe eine Auseinandersetzung. Die Offiziere, die Zeugen dieses Streits waren, reagierten mit sichtbarer Erregung, und viele von ihnen meldeten sich danach nicht auf ihren Stationen zum Dienst.«

Kirk runzelte die Stirn. Kein Wort davon ergab für ihn irgendeinen Sinn, doch das sollte sich ändern. Sofort. Er würde dieser Sache auf den Grund gehen, und wenn es das letzte sein sollte, was er tat.

»Mek Jokkor kann nicht sprechen. Wie also konnte McCoy ein Gespräch mit einer Pflanzen-Kreatur führen, die keine Stimmbänder besitzt?«

Spock blickte auf seinen Captain. »Die Computer-Konsole ist durchaus in der Lage, den Input des Alien aufzunehmen und ihn in eine stimmliche Wiedergabe umzusetzen, die selbst Dr. McCoy verstehen kann.«

»Also hat nicht nur McCoy die Argumente Mek Jokkors gehört, sondern auch alle anderen Offiziere, die sich zu dem Zeitpunkt in der Messe befanden. Fordern Sie das Gespräch vom Computer an. Ich möchte ein Replay.« Wortlos befolgte Spock den Befehl. Kirk verschränkte die Finger hinter seinem Rücken und wippte auf den Zehen vor und zurück, während er die Probleme durchdachte. Die Reibungen zwischen seinen Offizieren und Botschafter Zarv waren bis zu diesem Vorfall auf geringfügige Meinungsverschiedenheiten beschränkt gewesen. Er würde McCoy dafür zur Rechenschaft ziehen, daß er das empfindliche Gleichgewicht der Umgangsformen, das hergestellt worden war, zerstört hatte.

»... Sie irren sich, animalischer Terraner«, tönte die vom Computer simulierte Stimme des Alien aus dem Lautsprecher. »Diese Aufgabe ist von lebenswichtiger Bedeutung für die Sicherheit der Föderation. Ein friedvolles Ammdon-Jurnamoria-System führt zu Stabilität, sowohl im menschlichen Sinn, als auch gegen die aggressiven Romulaner.«

»Unsere Anwesenheit wird zum Krieg führen, sage ich Ihnen«, erwiderte McCoy bedrückt. »Ammdon wird die *Enterprise* als Werkzeug des Krieges benutzen, nicht als eins des Friedens. Sie werden uns zum Narren machen; sie werden die ganze Föderation zum Narren machen.«

»Aber...«, begann Kirk und brach seinen Satz ab.

»Ja, Captain?« Spock blickte ihm gerade in die Augen.

»Nichts. Es ist nur, daß ich kürzlich ähnliche Ansichten gehört habe. McCoy scheint mit diesen Gefühlen nicht allein zu sein. Aber vielleicht irre ich mich. Vielleicht hat man das Rad neu erfunden.«

»Ich verstehe nicht.«

»Nichts von Bedeutung, Spock. Machen Sie weiter mit

der Aufzeichnung.« Kirk hörte nur mit halbem Ohr auf die Fortsetzung des Disputs zwischen dem Bordarzt und dem Mitarbeiter und Landwirtschaftsexperten des Botschafters. Die Worte wurden durch McCoys Interpretation ein wenig verändert, im großen und ganzen gaben seine Argumente jedoch genau das wieder, was er erst eben von Lorelei gehört hatte.

Lorelei.

Kirk seufzte, als er an diese Frau dachte, an ihren Zauber, an die Bedrückung, die er empfunden hatte, als er ihre dringende Bitte, nach Starbase Eins zurückzukehren, zurückgewiesen hatte. Kalte Finger umspannten sein Herz, drückten dann langsam zu, bis Kirk das Gefühl hatte, nach Luft ringen zu müssen. Er wußte nicht, ob diese physische Reaktion auf die Frau ihn so stark bedrückte wie seine immer größer werdende Wut auf McCoy, auf Mek Jokkor und auf all die anderen.

»Was ist los mit der *Enterprise*?« rief er und schlug mit der Faust auf die Kommunikationskonsole. Uhura zuckte zusammen. Sulu und Chekov blickten ihn über die Schulter hinweg an. Andere Offiziere auf der Brücke starrten verblüfft auf ihren Captain, bevor sie sich wieder ihrer Arbeit zuwandten.

»Captain, das Schiff benötigt mehrere Reparaturen, doch sonst ist alles in Ordnung.«

»Verdammt, Spock, nehmen Sie es doch nicht so wörtlich. Ich spreche von der Crew. Warum streitet McCoy sich mit Mek Jokkor? Dazu hat er nicht den geringsten Grund. Und woher hat er die Idee, daß die Föderation von Ammdon benutzt wird?«

»Das scheint für einen Entwicklungsplaneten eine plausible Taktik zu sein. Unsere Interessen sind weitreichender als die ihren, und sie sehen hier eine Chance, spezifische Vorteile zu erringen, während wir umfassendere Ziele verfolgen.«

»Mit anderen Worten, Sie sind einer Meinung mit Lor...«

Kirk brach den Satz ab, schluckte und fuhr dann fort: »Sie sind einer Meinung mit McCoy und glauben, daß Ammdon uns zum Narren machen will, daß die *Enterprise* durch Ammdon in einen Krieg mit Jurnamoria hineingezogen werden soll.«

»Es ist vorstellbar, doch muß man hier die Erfahrung und das größere Wissen des von der Föderation ausgesandten Verhandlungsteams in Rechnung stellen. Zarvs Leistungen sind trotz seiner persönlichen Widerborstigkeit hervorragend. Und er ist alles andere als ein Narr – oder ein Werkzeug.«

»Das ist auch Lorritson nicht. Oder Mek Jokkor, wie ich vermute.«

»Sehr richtig, Captain.«

Diese Erkenntnis ließ den emotionellen Aufruhr in Kirk ein wenig abklingen, doch die Wut blieb. »McCoy. Hat er kürzlich mit Lorelei gesprochen? Innerhalb der letzten ein oder zwei Stunden?«

»Das weiß ich nicht, Captain. Warum fragen Sie ihn nicht selbst?« Spocks Blick glitt von Kirk zu einem Punkt, der sich hinter seinem Kommandanten befand. Kirk wandte sich um und sah McCoy auf die Brücke kommen, und sein Gesicht war so düster wie eine Sturmwolke.

»Jim, ich will mich über diesen Flüchtling aus einem Gewächshaus beschweren.«

»Mek Jokkor?«

»Ja, über diesen Pflanzen-Typ. Er hat mich beleidigt. Hat mich in Wut gebracht. Das mag ich nicht.«

»Das kann ich mir denken.« Kirk wollte ihm sagen, daß er sich die Aufzeichnung des Streits angehört hatte, entschied sich dann jedoch anders. Wenn McCoy erfuhr, daß man ihm nachspioniert hatte, würde er völlig unleidlich werden, und nichts konnte gelöst werden. Aus irgendeinem Grund hatte Kirk das Gefühl, daß diese Angelegenheit weit über eine simple Meinungsverschiedenheit zwischen einem Arzt und einem Diplomaten hinausging.

»Er ist dafür, diese Schnepfenjagd fortzusetzen, und ich denke, daß wir umkehren und nach Hause gehen sollten. Die Crew braucht Ruhe. Das Schiff fällt auseinander. Ich gebe dir den ärztlichen Rat – und das offiziell – sofort umzukehren und zu Starbase Eins zurückzukehren.«

»Dein Rat ist zur Kenntnis genommen, Doktor. Ich bin ja nicht blind. Ich habe die ständig stärker werdenden Ermüdungserscheinungen ebenfalls bemerkt. Du mußt aber auch die gefährliche Situation in Rechnung stellen, die zwischen Ammdon und Jurnamoria besteht.«

»Ammdon benutzt uns.«

»Diese Möglichkeit hat Mek Jokkor zweifellos auch erkannt. Und sicherlich auch Lorritson. Sage mir, Pille, was hast du getan, bevor du und Mek Jokkor in diese – ah – Diskussion gerieten?«

»Getan? Nichts. Meine Arbeit. Woher sollte ich das wissen? Ich führe kein Tagebuch, in dem ich jeden einzelnen Handgriff aufzeichne.«

»Vielleicht solltest du das tun. Es wäre mir dann leichter, gewisse Dinge nachzuprüfen.«

»Zum Beispiel welche?« sagte der Arzt scharf, richtete sich auf und nahm die Schultern zurück, als ob er sich einem Kampf gegenübersähe.

»Ich möchte zum Beispiel etwas über Lorelei wissen. Sie ist nicht ganz menschlich. Es wäre doch unverantwortlich, wenn sie durch den Mangel an bestimmten Spurenelementen in ihrer Nahrung langsam sterben würde, zum Beispiel. Sie hat eine Menge durchgemacht, das arme Mädchen.«

Kirk spürte einen seltsamen Druck in seinem Herzen, als er den Namen der Frau aussprach. Irgend etwas an ihr war nicht normal. Ganz gewiß waren seine Reaktionen auf sie nicht normal.

»Ich habe sie sehr eingehend untersucht, wenige Minuten bevor ich mich mit diesem wandelnden Gemüse anlegte. Mit ihr ist alles in Ordnung, Jim. Mache dir also keine Sorgen um sie.«

»Wie lange hat die Untersuchung gedauert?« Kirk bemühte sich, seiner Stimme einen harmlosen, fast gleichgültigen Klang zu geben, doch seine innere Anspannung teilte sich McCoy mit.

»Ich bin Arzt«, sagte er, und seine Stimme war so eisig wie das Vakuum des Weltraums. »Ich verwahre mich gegen deine Unterstellung. Schwester Chapel war während der ganzen Untersuchung anwesend. Und danach haben Lorelei und ich nichts anderes getan, als uns über diese verdammte sogenannte Friedensmission zu unterhalten.«

»Ich entschuldige mich, Pille. Es lag nicht in meiner Absicht, dich irgendwelcher unethischer Absichten zu verdächtigen.«

Der Arzt schüttelte den Kopf und verließ die Brücke. Kirk saß in seinem Sessel und trommelte unruhig mit den Fingern auf die Armlehnen. Lorelei hatte mit McCoy gesprochen, kurz bevor dieser in Streit mit Mek Jokkor geraten war, und weniger als eine halbe Stunde vor ihrem Gespräch mit Kirk in dessen Kabine. McCoy hatte ihre Ansichten so prompt geschluckt, wie Materie und Antimaterie aufeinander reagieren. Und er hatte das nicht erkannt.

Kirk rieb sich die Schläfen. Sein Kopf begann mit einem dumpfen Schmerz zu pochen, der sich nicht vertreiben ließ.

»Sehen Sie sich das an, Kirk! Sehen Sie es sich an!« Botschafter Zarv wedelte mit einem dünnen Papierbogen vor der Nase des Captains. »Es ist der letzte Subraum-Funkspruch von Starbase Eins. Sie melden verstärkte Spannungen zwischen Ammdon und Jurnamoria. Und um es noch schlimmer zu machen, haben die Romulaner schwere Kreuzer an die Demarkationslinie geschickt. Eine Invasion steht unmittelbar bevor, und das nur, weil Sie ein Narr sind!«

Der schweinsartige Diplomat trat wütend von einem Fuß auf den anderen. Seine plumpen Hände zitterten, und seine Augen waren so weit aufgerissen, daß das Weiße zu sehen war. Kirk befürchtete, daß der Tellarit kurz davor stand, die Selbstkontrolle zu verlieren.

»Botschafter Zarv, diese Nachricht ist überaus wichtig. Das gestehe ich ein. Aber ich muß auch den Zustand meines Schiffs in Rechnung stellen. Es steht außer Frage, die Geschwindigkeit zu erhöhen.«

»Dann steht auch der Friede außer Frage, Kirk«, sagte der Diplomat scharf, »und Sie sind dafür verantwortlich, den ganzen Orion-Arm für die nächsten hundert Jahre in Krieg zu stürzen. Der Föderation wird es vielleicht nie mehr gelingen, unsere alte Position wiederzuerlangen, nur weil Sie sich weigern, Ihre Maschinen ein wenig mehr auszuquetschen und uns dorthin zu bringen!«

James Kirk unterdrückte die in ihm aufsteigende Wut. Warum hörte Zarv nicht auf ihn? Der Fanatismus des Tellariten in bezug auf die Romulaner war verständlich, nachdem Kirk von Lorritson erfahren hatte, daß Zarvs gesamte Familie vor wenigen Jahren bei einer Invasion getötet worden war. Sein Haß auf sie und auf alles, was sie repräsentierten, trieb ihn dazu, mehr zu tun als nur seine Pflicht; sein Handeln hatte persönliche Untertöne. Doch der Diplomat weigerte sich, irgend etwas in Erwägung zu ziehen, das nicht unmittelbar mit seiner Aufgabe zu tun hatte.

»Was wäre Ihnen lieber, Botschafter?« warf jetzt Spock ein. »*Vielleicht* etwas eher einzutreffen, wenn wir die Geschwindigkeit erhöhen und dabei riskieren, daß die Maschinen zerstört werden und wir deshalb möglicherweise *nie* ankommen? Oder unsere derzeitige Geschwindigkeit beizubehalten und unseres Eintreffens sicher zu sein, wenn auch etwas später, als Sie es wünschen?«

»Was ist das? Ein Ratespiel? Sie wissen, was ich will. Schnelligkeit *und* Ankommen. Mist!« Der Tellarit knüllte das Papier mit dem Subraum-Funkspruch wütend zusammen und stürmte davon. Donald Lorritson blieb zurück. Lorritson hob den Kopf und zerrte ein wenig an den Schößen seiner untadeligen Smokingjacke.

»Der Botschafter ist durch den Inhalt dieser Nachricht sehr erregt, Captain«, sagte er.

»Das kann ich verstehen, aber Sie müssen auch daran denken, daß einer meiner Maschinisten verletzt im Lazarett liegt, weil es zu einem Unfall bei einem der Stabilisatoren gekommen ist. Es war zwar kein tödlicher Unfall, doch immerhin ein deutlicher Hinweis auf die Gefahren, die entstehen, wenn man die Crew und die Maschinen überbeansprucht.«

Die Erleichterung, die Kirk verspürte, nachdem er seinen Standpunkt klargemacht hatte, war wie eine warme Woge. Es bestand jetzt keine Notwendigkeit mehr, aus seinen Gefühlen und aus dem Zustand der *Enterprise* ein Geheimnis zu machen. Doch das Gefühl der Befriedigung verebbte rasch, und Kirk erlebte aufs neue die Alptraumfantasie, zwischen den Kiefern eines riesigen Nußknackers gefangen zu sein. Auf der einen Seite kämpfte er gegen die wachsende Notwendigkeit, das Unternehmen abzubrechen und zur Starbase zurückzukehren – wie Lorelei es wünschte – und auf der anderen Seite waren Zarv und seine Forderung, das Unternehmen nicht nur fortzusetzen, sondern jede Vorsicht über Bord zu werfen und dem Ziel mit äußerster Geschwindigkeit zuzustreben.

Donald Lorritson blickte ihn eine Weile prüfend an, dann sagte er ruhig: »Es ist nicht leicht, Captain eines Raumschiffs zu sein. Es ist aber auch nicht leicht, das Geschick von zwei Planeten in seiner Hand zu halten, die am Rand eines Krieges stehen – mit einer Erhöhung der Gefahr durch die drohende Invasion der Romulaner.«

»Wir verstehen einander, Mr. Lorritson. Ich wünschte mir nur, daß auch Ihr Botschafter dazu in der Lage wäre.«

»Er kennt Ihre Situation, Sir. Das Naturell eines Tellariten ist leider nicht recht geeignet für eine ruhige Diskussion, und auch nicht« – damit wandte er sich an Spock – »für logische Erwägungen. In Situationen, wie zum Beispiel dieser, ist ein Charakter wie der Zarvs jedoch ideal.«

»Das ist schwer zu glauben.«

Lorritson lächelte ein wenig gequält. »Sie haben die Ammdoner und Jurnamorianer noch nicht kennengelernt.«

»Ich habe mit den Romulanern zu tun gehabt, und das allein ist der Grund dafür, daß ich mein Schiff und meine Leute bis zur Grenze des Möglichen treibe.«

»Ich danke Ihnen, Captain. Jetzt muß ich mich mit Zarv und Mek Jokkor zusammensetzen. Wir analysieren die Möglichkeiten zur Lösung des Problems, mit dem wir konfrontiert sind.«

»Der Computer gehört Ihnen.«

Lorritson nickte kurz und ging fort. Kirk blickte auf den vorderen Bildschirm. Bei Warp-Faktor eins krochen die Sterne nur vorbei, als ob sie in irgendeinen kosmischen Kleister getaucht wären. Seine einzige Möglichkeit, den Kiefern des Nußknackers zu entkommen, lag darin, das diplomatische Team so schnell wie möglich an seinen Bestimmungsort zu bringen.

Doch Loreleis Worte waren so verführerisch...

»Nachdem also der Schotte das blaue Band betrachtet hat, streicht er seinen Kilt glatt und sagt: ›Nun, mein liebes Kind, ich weiß zwar nicht, wo du gewesen bist und was du getrieben hast, aber du hast den ersten Preis gewonnen!‹« Heather McConel brachte den Witz gerade zu Ende, als Kirk in das Büro des Maschinenraums trat. Das rothaarige Mädchen zog erschrocken Luft durch die Zähne, wandte sich um und starrte an eine leere Wand. Kirk tat so, als ob er die Pointe überhaupt nicht gehört hätte.

Montgomery Scott bemerkte die plötzliche Veränderung im Verhalten seiner Crew-Chefin und fuhr mit seinem Drehstuhl herum. Als er den Captain sah, lief sein Gesicht rot an.

»Weitermachen«, sagte Kirk. »Scotty, ich muß mit Ihnen reden. Draußen.«

»Jawohl, Sir.« Scotty warf Heather McConel einen giftigen Blick zu, als er Kirk in den Korridor folgte. »Was Sie gehört haben, ist nicht so schlimm, wie es klingt, Captain.«

»Dieser Witz? Scotty, der ist doch so alt, daß er knarrt. Und warum sollte ich mich darüber aufregen, wenn meine Crew Witze erzählt?«

»Es macht Ihnen also nichts aus?«

»Ich habe jetzt wirklich andere Sorgen. Wegen der Maschinen, beispielsweise. Wie sieht es aus?«

»Nicht gut, Captain.« Das war Scottys ständige Klage. Kirk wischte sie mit einer Handbewegung beiseite und verlangte einen exakten Bericht über den Zustand der Warp-Antriebe. »Dieses Mal ist es mir ernst damit, Sir«, antwortete Scott. »Ich kann kaum noch mehr tun, um den armen kleinen Dingern zu helfen.«

»Können Sie mir für einige Zeit Warp drei geben?«

»Unmöglich«, erklärte der Schotte mit Nachdruck. »Selbst Warp zwei wäre riskant. »Wenn wir nicht...«

»Ja?«

»Wissen Sie, Captain, da ist eine Möglichkeit – eine ganz winzige –, an der Heather und ich ein wenig basteln könnten. Aber, wie gesagt, die Chance ist äußerst gering.«

»Wie hoch ist sie? Wie schnell können Sie uns machen, Scotty? Was kann ich erwarten? Und wann?«

Scotty schüttelte den Kopf, bevor er antwortete. »Ich möchte keine falschen Hoffnungen wecken. Es könnte nichts dabei herauskommen.«

»Scotty«, sagte Kirk und schlug dem Ingenieur auf die Schulter, »so wie ich Sie kenne, wird es etwas werden. Woran denken Sie?«

»Es ist der Stabilisator des Erregerstromkreises, der unsere Geschwindigkeit beschränkt. Wenn wir ihn ständig unter Kontrolle haben, könnten wir Warp drei erreichen, ohne daß alles auseinanderfällt, aber nicht einen einzigen Strich mehr.«

»Tun Sie es, Scotty, und ich werde dafür sorgen, daß Admiral McKenna Ihnen einen Orden verleiht.«

»Behalten Sie den Orden, Sir. Geben Sie mir nur Zeit und Ruhe, die Maschinen wieder in Schuß zu bringen, wenn wir zur Starbase zurückkehren.«

»Versprochen. Sie und McConel machen sich sofort an die Arbeit. Ich sehe in einer Stunde nach Ihnen.« Kirk sah Scotty seine rothaarige Crew-Chefin aus dem Büro holen und mit ihr den Korridor entlang in Richtung Maschinenraum gehen. Dabei diskutierten sie erregt Scottys neuesten Einfall. Als sie um eine Biegung des Korridors verschwanden, ging Kirk in die andere Richtung fort. Er mußte mit Spock sprechen, um sich zu vergewissern, daß alles andere an Bord der *Enterprise* perfekt funktionierte.

»Heather!« rief Montgomery Scott. »Erhöhen Sie die Geschwindigkeit um zehn Prozent und nehmen Sie die Energie zurück, wenn ich es Ihnen sage.« Er balancierte auf der Spitze deiner behelfsmäßig zusammengebastelten Leiter, um eine Stelle des Stabilisators erreichen zu können, die nicht unter die normale Inspektion fiel. Ein langarmiger Schraubenschlüssel verschwand durch eine Öffnung in dem Gehäuse des Erreger-Stabilisators.

Nichts geschah. Seine scharfen Augen beobachteten die Anzeigeskalen, doch deren Werte wichen niemals von der Norm ab. Scotty drehte sich herum und blickte zu der Bedienungskonsole der Maschine hinab, bei der Heather stand, die Hände an den Knöpfen.

»Was ist los?« rief er. »Da ist nicht die geringste Bewegung bei den Nadeln.«

Noch immer nichts. Scotty stieß einen leisen Fluch aus, klemmte den Schraubenschlüssel fest, damit er ihn später nicht neu einsetzen mußte, und kletterte dann die primitive, aus leeren Kisten und Aluminiumrohren zusammengebastelte Behelfsleiter hinab. Er sprang auf das Deck und wandte sich zu Heather um, da er sich nicht erklären konnte, warum sie nicht reagiert hatte. Sein schottisches Temperament geriet in Wallung, als er sah, daß sie sich mit Lorelei unterhielt, und das lebhafte Gestikulieren ihrer Hände verriet, daß sie von dem Gespräch völlig gefangengenommen wurde.

»McConel!« rief er mit voller Lautstärke. »Warum tun Sie nicht, was ich Ihnen befohlen habe?«

»Wie? Oh, Scotty, Sie müssen unbedingt hören, was dieses Mädchen zu sagen hat. Ich finde es ziemlich verwirrend, aber vielleicht können Sie begreifen, was sie sagen will.«

Er trat auf die beiden Frauen zu, und seine Wut über die Verzögerung wurde immer stärker. Er hatte von seinem Captain den Befehl erhalten, so viel wie möglich aus seinen Maschinen herauszuholen. Sie stöhnten und heulten auf eine unheimliche Art unter der Belastung. Es erforderte eine erhebliche Feineinstellung, um die *Enterprise* selbst auf eine Dauergeschwindigkeit von Warp zwei zu bringen, ganz zu schweigen von Warp drei, die Kirk wünschte. Diese mausehaarige Fremde lenkte ihn und seine Leute nur von der Arbeit ab. Scotty gefiel das nicht. Es gefiel ihm überhaupt nicht, und es wunderte ihn, daß Heather sich diese Ablenkung gefallen ließ.

»Was ist los?« Er stellte sich vor Lorelei, die Hände in die Hüften gestemmt.

»Commander Scott«, sagte Lorelei mit leiser, schmeichelnder Stimme. »Es tut mir so leid, Sie zu stören, aber ich wollte einmal einen wirklichen Ingenieur bei seiner Arbeit sehen. Sie halten Ihre Maschinen so gut in Schuß.«

Ihre Worte ließen etwas von seiner Wut verrauchen. Aber dennoch...

»Mädchen, es ist sehr nett, was Sie über mich und die Maschinen sagen, aber wir haben zu arbeiten.«

»Ihre Arbeit wird das ganze Schiff zerstören.«

»Was?«

»Das ist es, was Sie hören sollten, Scotty«, sagte Heather mit Nachdruck. »Lorelei hat ein paar interessante Sachen zu sagen. Sie klingen sehr vernünftig.«

»Ich kann mir nicht die Zeit nehmen, wilden Stories zuzuhören.« Scottys Entschlossenheit verebbte, als er Lorelei anblickte. Sie erschien ihm schöner als je zuvor. Heather besaß mehr Reize, als einem Mädchen eigentlich zukamen, doch seine Wahrnehmung von Lorelei veränderte sich nun fast unmerklich in seinem Bewußtsein. Sie erschien ihm beherrschender, kompetenter, wissender. Die zierliche Frau strahlte eine Aura von *Kompetenz* aus. Das war Scotty sehr bewußt.

Das mindeste, das er ihr geben konnte, war eine Minute Zeit.

»Was ist es, das Sie zu sagen haben?«

Scotty und Heather lauschten mit angespanntem Interesse, als die Frau zu reden begann. Ihre Stimme strahlte Überzeugung und Dringlichkeit aus, berührte alle entscheidenden Stellen in der Psyche ihrer Zuhörer. Gegen seinen Willen stellte Scotty fest, daß er ihr mehr und mehr zustimmte. Seine wenigen Einwände konterte Lorelei mit so schlagkräftigen Argumenten, daß er sich in einem Maelstrom von Logik und handfesten Beweisen verloren sah. Es wurde immer leichter, ihr zu glauben, als ihr nicht zu glauben. Als Lorelei die beiden verließ, sprachen sie weiter über das, was sie gesagt hatte. Das Gesicht der zierlichen Frau zeigte nicht die geringste Spur von Befriedigung. Lediglich Trauer. Tiefe Trauer.

»Scotty!« rief James Kirk. »Wie steht es? Scotty?« Kirk blickte im Maschinenraum umher. Die Konsolen waren verlassen, es war niemand zu sehen. Er hörte leises elektronisches Summen, als Relais gewaltige Energieströme durch die Stabilisatorstromkreise der magnetischen Behälter, die das Höllenfeuer der Materie-Antimaterie-Reaktion einschlossen, zu den Maschinen leiteten. Doch keine Geräusche, die von Menschen verursacht wurden.

»Scotty? McConel?« Seine Verärgerung machte allmählich einer bohrenden Unruhe Platz. Scotty war nicht der

Mann, der seinen Posten freiwillig verließ. Besonders nicht, wenn die genaue Einregulierung der Maschinen von kritischer Bedeutung war. Commander Scott würde mit seinen Maschinen leben, essen, schlafen und atmen, bis sie absolut perfekt arbeiteten. Fortzugehen und alle seine Leute mit sich zu nehmen, widersprach allem, woran dieser Mann glaubte.

Kirk trat zum Intercom und drückte auf einen Knopf. »Brücke? Geben Sie mir Spock.«

Am anderen Ende der Leitung murmelte eine Stimme, und dann meldete sich der Vulkanier.

»Spock, wissen Sie, wo Mr. Scott steckt? Ich kann ihn hier nirgends entdecken.«

»Er ist nicht auf seinem Posten?«

»Weder er noch Heather McConel.«

»Seltsam. Einen Augenblick, Captain.« Kirk trat unruhig von einem Fuß auf den anderen, während er wartete und der Wissenschaftsoffizier den Schiffscomputer befragte. Knapp zehn Sekunden später drang Spocks Stimme aus dem Lautsprecher. »Ich kann auf dem Maschinendeck keine andere Lebensform als die Ihre ausmachen. Ich erhalte jedoch ungewöhnlich viele Werte aus dem Laboratorium der Sektion. Wäre es möglich, daß Mr. Scott sich dort aufhält, um zweckdienliche Experimente durchzuführen?«

»Möglich, Spock, aber ich bezweifle es. Überprüfen Sie die Maschinen. Wie ist ihre Leistung?«

»Warp-Faktor eins, Sir, und es gibt einige Anzeichen dafür, daß die Energie in einem Maße abfällt, das uns innerhalb von vierzig Stunden antriebslos treiben lassen wird.«

»Sie meinen, daß die Maschinen gedrosselt werden?«

»Genau das, Captain.«

Kirk schlug mit der Faust auf den Intercomknopf und brach die Verbindung ab. Er stürmte aus dem Maschinenraum zum Laboratorium. Scotty und Heather saßen an dem langen Tisch, der in der Mitte des Raums stand, ein Dutzend andere Männer und Frauen des Maschinenpersonals waren um sie herum gruppiert wie die Apostel beim letzten Abendmahl.

»Warum haben Sie die Maschinenleistung zurückgenommen, Scotty? Nachdem ich befohlen hatte, die Geschwindigkeit zu erhöhen?«

Der Ausdruck auf Scotts Gesicht verwunderte Kirk. Sein Ingenieur mochte wütend oder zerknirscht oder glücklich sein, doch nur selten hatte Kirk ihn verwirrt erlebt. Der Mann stotterte beinahe, so durcheinander war er.

»Captain, wir haben über die Maschinen diskutiert. Es ist keine gute Situation, in die wir hineinsteuern.«

»Die magnetischen Behälter?« fragte Kirk sofort. Die Vorstellung, daß die magnetischen Abschirmungen reißen und so die gewaltige Energie einer Materie-Antimaterie-Reaktion freigesetzt werden könnte, war grauenhaft. Die *Enterprise* würde explodieren, würde so total verschwinden, als ob sie von einer Sekunde zur anderen ins Zentrum einer Sonne geworfen worden wäre.

»Sie halten, Captain Kirk«, sagte Heather McConel. »Es geht darum, daß uns dieser Auftrag nicht gefällt.«

»Sie stellen den Sinn unserer Reise nach Ammdon in Frage?« Kirk stand völlig reglos. McConel war der letzte Mensch, von dem er erwartet hatte, sich seiner Befehlsentscheidung entgegenzustellen.

»Das ist richtig, Captain, und Heather spricht für uns alle.«

»Scotty?« Der Schock ließ sein Blut zu Eis werden.

»Captain, die *Enterprise* wird vernichtet werden, wenn wir weitermachen. Dieser Selbstmordmission muß ein Ende gesetzt werden. Ich habe den Befehl gegeben, die Maschinenleistung kontinuierlich abzusenken.«

»Spock ist bereits dabei, das zu korrigieren«, sagte Kirk, dessen Entschlußkraft zurückkehrte. »Was Sie getan haben, erfüllt den Tatbestand des Ungehorsams gegenüber einem direkten Befehl, Scotty. Sie wissen, was das bedeutet?«

»Ja, ein Kriegsgerichtsverfahren. Aber das ist besser, als

in Atome zerfetzt zwischen den Sternen verstreut zu werden.«

»Mr. Scott, Sie werden jetzt auf Ihren Posten zurückkehren. Sie und McConel werden so viel Energie auf die Maschinen geben und eine so hohe Geschwindigkeit fahren, wie es möglich ist. Sie werden Ihre Pflicht tun. Das ist ein dienstlicher Befehl. Haben Sie mich verstanden?«

»Jawohl, Sir, aber...«

»Mr. Scott, es gibt kein ›aber‹ in dieser Angelegenheit. Tun Sie Ihre Pflicht, Sir!«

James Kirk wandte sich um und stakte hinaus, da er nicht sehen wollte, welche Wirkung seine Befehle hatten. Er befürchtete beinahe offenen Ungehorsam. Und Scotty war der letzte von seiner Crew, den er jemals wegen Verletzung seiner Dienstpflicht vor ein Kriegsgericht stellen wollte.

»Was ist passiert? Warum hat diese verdammte Ammdon-Jurnamoria-Affäre eine solche Auswirkung auf meine Crew?« Tief, tief drinnen kannte Kirk die Antwort auf diese Frage. Doch irgend etwas in seiner Psyche hinderte ihn daran, sie wahrzunehmen.

»Ich kann es einfach nicht glauben, Spock. Sie sind nicht auf ihren Posten. Es ist, als ob ihre Arbeit ihnen gleichgültig sei.« Kirk blickte auf der Brücke umher und sah, daß mehrere Offiziere ihre Posten verlassen hatten, in Gruppen beieinanderstanden und leise miteinander sprachen.

»Ablenkung ist ein menschlicher Zustand, den ich studiert habe, jedoch niemals völlig begreifen konnte. Es übersteigt meine Vorstellungskraft, wie irgend jemand seine Konzentrationsfähigkeit verlieren kann, wenn er mit einem Vorhaben beschäftigt ist.«

»Bringen Sie sie auf ihre Posten zurück.« Kirk sah zu, als Spock langsam von einer Gruppe zur anderen ging und die Offiziere zu ihren Stationen schickte. Der vulkanische Wissenschaftsoffizier bemerkte, daß die Crew nicht offen den Befehl verweigerte. Das war ein Alptraum Kirks, der in der

Realität kaum eine Grundlage besaß. Doch selbst nachdem sie auf ihre Posten zurückgekehrt waren, arbeiteten sie niedergedrückt und unwillig, offensichtlich mit ihren Gedanken beschäftigt – Gedanken worüber?

»Wollen Sie meinen Bericht über den Status des Schiffes sehen?«

»Hmmm? Oh, ja, natürlich, Spock.« Kirk beugte sich über die Computerkonsole und überflog die auf dem Bildschirm aufgelisteten Angaben, anstatt sie von Spock auf verbale Wiedergabe schalten zu lassen. Er wollte, daß so wenige Offiziere wie möglich den Bericht mit ihm teilten. Und nach dem Lesen nur weniger Zeilen war Kirk froh, sich für eine solche Geheimhaltung entschieden zu haben. Der Zustand der meisten Systeme des Schiffes war alles andere als optimal.

»Erklären Sie, Spock. Warum fällt alles in Stücke? Der Grund dafür liegt doch nicht allein darin, daß wir keine Reparaturen in einem Dock hatten. Systeme wie die Lebenserhaltung befanden sich in einem ausgezeichneten Zustand.«

»Nicht mehr. Vernachlässigung, Captain. Unaufmerksamkeit gegenüber Kleinigkeiten. Es hat den Anschein, daß die Crew mehr daran interessiert ist, zusammenzusitzen und zu diskutieren.«

»Der Landurlaub, um den sie gebracht worden sind. Das muß es sein. Lassen Sie bekanntgeben, daß die ganze Besatzung zusätzlich vierzehn Tage Urlaub bekommt, wenn wir zur Starbase zurückkehren.«

»Captain, diese Unaufmerksamkeit hat ernstere Gründe als Ermüdung oder Verbitterung über entgangenen Urlaub.«

»Erklären Sie, Spock.« Kirk gefiel die düstere Andeutung in den Worten des Wissenschaftsoffiziers ganz und gar nicht.

»Ich fürchte, daß sich die Befehlsverweigerung zu einer Meuterei entwickeln wird.«

Kirk schnaubte verächtlich über diese Vorstellung. »Seien Sie doch realistisch, Spock. Meine Crew wird niemals meutern. Warum sollte sie auch? Die *Enterprise* ist das beste Schiff von Starfleet. Ich fordere viel von den Leuten, doch haben sie auch große Vorteile. Die Beförderung an Bord ist rascher, die Ausbildung ist besser, so gut wie alles ist besser.«

»Die Systeme weisen Fehlfunktionen auf, weil sie vernachlässigt werden, Captain. Die Crew befolgt die stehenden Befehle über die Instandhaltung nicht, und einige von den Leuten agitieren für eine Gewerkschaft.«

»Was meinen Sie mit einer ›Gewerkschaft‹? Ich verstehe das nicht.«

»Das ist ein Begriff, der im zwanzigsten und einundzwanzigsten Jahrhundert auf der Erde geläufig war. Eine Gruppe von Arbeitern mit gleichen Interessen und Forderungen wählt ein Mitglied zu ihrem Sprecher, der ihre Streitigkeiten vor den Inhabern der Macht vertritt und versucht, den Zustand zu ändern.«

»Mr. Spock, dies ist *keine* Demokratie. Wir sind ein Schiff, das Starfleet verantwortlich ist. Eine Abstimmung über jede Entscheidung wäre nicht nur undenkbar, sie wäre unmöglich und im höchsten Maße gefährlich. Wir müssen uns auf Experten der verschiedenen Gebiete verlassen. Ich kenne mich zwar mit Maschinen aus, bin jedoch nicht imstande, sie zu reparieren, wie es Scotty kann. Meine Ausbildung und meine Erfahrung liegen auf dem Gebiet des Kommandos. Ich habe von meinen Vorgesetzten den Befehl erhalten, ein Team von Unterhändlern nach Ammdon zu bringen, und diesen Befehl muß ich nach bestem Können ausführen. Dieser Befehl kann nicht durch eine Abstimmung der Crew zur Debatte gestellt werden.«

»Sie brauchen mir nichts zu erklären, Captain. Ich habe lediglich eine von Ihnen gewünschte Auskunft gegeben.«

»Werden Sie nur nicht empfindlich, Spock. Ich habe eben noch nie von einer solchen...« Ihm fehlten die Worte, um seine Empfindung zu beschreiben, als er auf der Brücke umherblickte. Sulu und Chekov sprachen miteinander, und so leise, daß niemand ihren Dialog mithören konnte. Uhura und der Ingenieur der Brückenwache waren ebenfalls in eine leise Diskussion vertieft. »Was geht hier vor?« sagte Kirk mit einem Gefühl von Hilflosigkeit.

»Nach meiner Ansicht«, sagte Spock knapp, »bereitet sich die Crew der *Enterprise* auf eine Meuterei vor.«

KAPITEL 4

CAPTAIN'S LOGBUCH, STERNZEIT 4822.9

Ich habe mir die wachsende Nachlässigkeit der Crew lange genug mitangesehen. Die Instandhaltung eines Raumschiffs mag zwar hohe Anforderungen stellen, doch ist die Crew der *Enterprise* eine der besten des Starfleet Command. Sie ist *die* beste. Spock und ich müssen alle wichtigen Systeme ständig überwachen, um eine Katastrophe zu verhindern. Es ist mir unbegreiflich, daß ein vorenthaltener Landurlaub die Ursache dieser Pflichtverletzung sein sollte; doch ist das die einzige plausible Erklärung. Ich werde die Sektionschefs des Schiffes zusammenrufen und diesen unerträglichen Zustand sofort beenden. Sonst befinden wir uns bei Erreichen des Ammdon-Jurnamoria-Systems in einem Zustand, der kaum besser ist als der eines Müllkahns.

James Kirk saß in seiner Kabine und lauschte auf die Schritte, die durch den Korridor vor seiner Tür hallten. Ihre Zunahme deutete darauf hin, daß seine Befehle befolgt wurden – zumindest für den Moment. Er hatte einige der jüngeren Offiziere gründlich abgekanzelt, als er sie in der Messe herumsitzen und diskutieren sah, obwohl sie im Dienst waren. Die Wirkung dieser Disziplinierung würde zwar bald verebben, doch mochte, wie er hoffte, der Impuls erneuter Pflichterfüllung dazu führen, daß sie die ihnen zugewiesenen Aufgaben wieder zufriedenstellend erfüllten.

Doch allzugroß war seine Hoffnung in dieser Richtung nicht.

Spock hatte ihn erneut vor der Möglichkeit einer Meuterei gewarnt. Ob er sich nun weigerte, der *Enterprise*-Crew so etwas zuzutrauen, oder ob sein Ego nicht zugeben konnte, daß ihm so etwas zustoßen konnte, auf jeden Fall tat er so etwas als reine Fantasie ab.

»Fantasie«, murmelte er, den Blick auf die gegenüberliegende Wand seiner Kabine gerichtet. Seine Aufmerksamkeit wurde mehr und mehr vom Computerbildschirm angezogen. Der Bericht, der lautlos darauf abrollte, nervte ihn. Er tastete eine Anforderung für die Auflistung aller bisher aufgetretenen Fälle von Meuterei auf Schiffen von Starfleet ein.

Es hatte davon in der ganzen Geschichte von Starfleet nur eine Handvoll gegeben, doch diese fünf Meutereien ließen Kirk das Mark in den Knochen gefrieren. Die Berichte waren notwendigerweise unvollständig und voreingenommen, doch konnte er sich vieles von dem vorstellen, das nicht in die Datenbänke des Computers gelangt war. Die meuternden Crews waren alle über die Grenze menschlicher Leistungsfähigkeit hinaus beansprucht worden, waren härter herangenommen worden, als es zumutbar war. Der Captain der USS *Farallones* war ein Leuteschinder gewesen und hatte seine Crew zu einem potentiell gefährlichen Vorstoß in die Entmilitarisierte Zone zwischen dem Romulanischen Imperium und der Föderation gezwungen. Der Captain, ein Berufsoffizier mit Namen MacCallum, war bei der Meuterei getötet worden, und deren Anführer hatte man lebenslänglich in eine Strafkolonie geschickt, da jede Besserungsfähigkeit bei ihnen ausgeschlossen wurde. Was Kirk am meisten aufbrachte, war der Umstand, daß die Meuterer im Recht waren, und MacCallum der Gesetzesbrecher: Seine Aktion hätte einen Krieg zwischen den Romulanern und der Föderation auslösen können.

Trotzdem: die Crew der *Farallones* hatte Seinen Befehl erhalten, dem sie sich widersetzt hatte.

»Führe ich die *Enterprise* in einen Krieg?« fragte er sich laut. »Ich habe meine Befehle. Das Diplomatenteam ist das beste, das die Föderation aussenden kann. Die drei Männer sind entschlossen, einen Krieg zu verhindern, nicht, ihn zu beginnen. Es gibt keinen Grund dafür, daß die Crew eine so starke Antipathie gegen unseren Auftrag zeigt.

Es gelang ihm jedoch beim besten Willen nicht, sich durch diese Überlegungen zu beruhigen oder von der Richtigkeit seiner Position zu überzeugen. Kirk blickte auf die Uhr und sah, daß es Zeit war. Er stand auf, strich seine Uniformjacke glatt und verließ seine Kabine, um zur Offiziersmesse zu gehen.

»Weitermachen«, sagte er automatisch, als die Tür mit leisem Zischen hinter ihm zuglitt. Normalerweise standen seine Offiziere auf und nahmen Haltung an, wenn er den Raum betrat. Dieses Mal aber waren viele von ihnen zu sehr damit beschäftigt, miteinander zu flüstern, um sein Erscheinen auch nur wahrzunehmen. Er übersah ihre Vernachlässigung des Protokolls.

»Captain, sämtliche Sektionschefs sind anwesend oder haben ihr Nichterscheinen begründet.« Spock blickte auf den langen Tisch, an dem mehrere Plätze frei waren. Kirk wollte nach den abwesenden Offizieren fragen, ließ es jedoch. Spock hatte gesagt, daß sie für ihr Fernbleiben einen Grund angegeben hätten. Das mußte ihm reichen. Jedenfalls für den Augenblick.

»Ladies und Gentlemen, unter der Crew scheinen Zweifel daran aufgekommen zu sein, wer die *Enterprise* kommandiert.« Er machte eine kurze Pause, um sicher zu sein, die uneingeschränkte Aufmerksamkeit seiner Zuhörer zu haben. Er hatte sie. »Ich bin der Kommandant dieses Schiffes. Habe ich mich klar ausgedrückt?«

»Ah, Sir, ist das nicht offensichtlich?« sagte Lieutenant Patten, der Chef der Sicherheitssektion. »Sie sind schließlich der Captain.«

»Das scheint aber in letzter Zeit übersehen worden zu sein. Ich beziehe mich damit auf die grobe Vernachlässigung des Dienstes durch *alle* Mitglieder der Besatzung. Ich will keine der Sektionen benennen. Das ist auch nicht nötig.

Alle sind dessen schuldig, was ich für den größten vorstellbaren Verstoß gegen die Starfleetdisziplin halte.«

»Das ist unfair, Sir«, protestierte Commander Buchanan. Sie erhob sich von ihrem Stuhl und stand vorgeneigt, die Handflächen auf die Tischplatte gestützt, eine unbewußte Nachahmung der Haltung, die Kirk einnahm. »Wir haben die Grenze unserer Belastbarkeit erreicht. Und jetzt, wo Sie uns in eine Kriegszone führen...«

»Wer hat Ihnen das gesagt, Commander? Wer?« Als die Frau nicht antwortete, richtete Kirk sich auf und blickte von einem Gesicht zum anderen. Was er sah, gefiel ihm ganz und gar nicht. Es war unverhohlener Skeptizismus über den Auftrag der *Enterprise*. »Ich möchte Sie davon in Kenntnis setzen – offiziell –, daß wir nicht zum Sternsystem von Ammdon gehen, um Krieg heraufzubeschwören. Unser Ziel ist vielmehr das, was es immer war: Die Förderung des Friedens unter allen intelligenten Rassen.«

Irgend jemand am Tisch schnaubte verächtlich.

»Das Diplomatenteam an Bord der *Enterprise* ist allein wegen seines Geschicks bei solchen Verhandlungen ausgewählt worden. Es wird keinen Krieg geben. Wenn wir rechtzeitig im Ammdon-Jurnamoria-System eintreffen, um ihn zu verhindern.«

»Die Romulaner sind bereits dort«, sagte einer der Offiziere. »Wir werden mit ihnen kämpfen müssen. Und wenn wir das auch nur versuchen, werden sie uns zu Atomstaub zerblasen. Dieses Schiff ist nicht kampffähig.«

»Mister«, antwortete Kirk eisig, »dieses Schiff wird nicht im Kampf eingesetzt werden. Die Romulaner haben das Ammdon-System nicht besetzt und werden dazu auch keine Gelegenheit erhalten, wenn die diplomatische Mission der Föderation erfolgreich ist. Und das wird sie nicht sein – wenn Sie die Leute Ihrer Sektionen nicht in den Griff bekommen. Sie sind Offiziere von Starfleet. Man erwartet von Ihnen, daß Sie Befehlen gehorchen und Frieden schaffen und erhalten. In allen Sektoren der Galaxis.«

»Schöne Worte, Captain, aber so liegen die Dinge nicht«, sagte Commander Buchanan. »Wenn wir auftauchen, ist das für Ammdon das Signal, einen Krieg zu beginnen. Es wird aussehen, als ob wir ihnen zu Hilfe kämen. Und dadurch würde Jurnamoria in eine Allianz mit den Romulanern getrieben, was bedeutet, daß wenige Minuten nach Aufsetzen des Vertragstextes die Kriegserklärung verkündet wird.«

»Sie sind in dem Punkt zu sicher, Sie alle. Und die Worte, die Sie benutzen, klingen fast gleich, als ob Sie nicht von Ihnen selbst stammten. Dr. McCoy.« Kirk blickte seinen Freund an, der vor sich hin starrte und den Kopf schüttelte, als er den Wortwechsel verfolgte.

»Ja, Captain?«

»Du warst der erste, der diese interessante Theorie mir gegenüber äußerte. Woher hast du die Idee, daß wir einen Krieg auslösen könnten, anstatt ihn zu verhindern?«

»Das ist meine eigene Schlußfolgerung. Verdammt, Jim, es ist doch so klar erkennbar wie die Hörner eines Bullen.«

Kirk schnitt ihm das Wort ab. »Ich habe ein ähnliches Argument von der Alien gehört, die wir in dem Wrack entdeckten. Hat Lorelei mit dir über dieses Thema gesprochen, bevor du zu mir gekommen bist?«

»Nun, das wäre schon möglich. Aber was hat es damit zu tun, daß...«

»Und wie ist es bei den anderen? Denken Sie drüber nach. Hat Lorelei Ihr Denken beeinflußt?« Kirk mußte gegen ein Gefühl von Atemnot ankämpfen, als er nur den Namen der fremden Frau erwähnte. So stark war ihre Macht über ihn, daß sie ihn daran zu hindern drohte, rational zu denken, wenn er von ihr sprach, und doch mußte er es. Das Schicksal ihrer Mission hing davon ab, daß er seine Offiziere zur Vernunft bringen konnte. Das Schicksal der *Enterprise* hing ebenfalls davon ab. Und das war genau so bestimmend wie alles andere, ihn weitersprechen zu lassen, die Aufmerksamkeit seiner Offiziere auf das anstehende Thema zu lenken, ihn daran zu hindern, der geheimnisvollen Kraft dieser Frau zu verfallen.

»Ich habe mit Ihr gesprochen«, sagte Lieutenant Patten. »Doch es ging nicht um Ammdon. Wir haben nur... gesprochen. Ich mag sie.« Ein leichtes Grinsen zog über das Gesicht des Mannes und verlieh ihm einen etwas komischen Ausdruck. Doch niemand lachte. Die meisten von ihnen zeigten ein ähnliches Lächeln, wenn sie an Lorelei dachten.

»Sie zu mögen hat nichts damit zu tun, ob wir unsere Befehle von Starfleet Command ausführen oder nicht.«

»Ich bitte um Verzeihung, Sir, doch ich glaube, daß es einen entscheidenden Einfluß darauf hat.« Spock hob einen schlanken Finger und legte ihn an seine Wange. Das Licht, das der Computerbildschirm abstrahlte, verlieh ihm ein dämonisches Aussehen, das Flackern tönte sein fahles Gesicht bläulich und ließ seine geschwungenen Brauen hervortreten.

»Sprechen Sie weiter, Spock. Ihre Theorie interessiert mich.«

»Es ist keine Theorie, sondern vielmehr eine Schlußfolgerung. Wir wissen nichts von Loreleis Heimatplaneten, diesem Hyla. Wir wissen kaum etwas über ihre Kultur, außer dem, was sie uns enthüllt hat. Von ihrem Titel, ›Sprecherin‹, müssen wir schließen, daß Sie eine gewisse Befähigung in dieser Richtung besitzt.«

»Brillant«, murmelte McCoy. »Und dafür habe ich meine Arbeit liegen lassen?«

Kirk überhörte die fast geflüsterte Bemerkung, und Spock warf dem Arzt nur einen raschen Blick zu, bevor er fortfuhr. »Sie ist eine erstklassige Rednerin und in der Lage, Zuhörern ihre Ansichten aufzuzwingen. Ihre pazifistische Einstellung war sofort nach ihrer Rettung offenkundig. Es ist absolut denkbar, daß sie diese Philosophie so wirksam verbreitet hat, daß sie jetzt die Leistung der Crew zu beeinflussen beginnt.«

»Ist das nicht etwas weit hergeholt?« Kirk lehnte sich zurück und blickte seinen Wissenschaftsoffizier an. »Sie schreiben Ihr damit übermenschliche Kräfte zu.«

»Nicht übermenschliche, Captain, doch ganz gewiß fremdartige Kräfte. Dr. McCoy wird bestätigen können, daß sie in einem Raumschiff überlebt hat, das mit einer Strahlenmenge verseucht war, die kein Terraner oder Vulkanier hätte ertragen können. Ihre Lebensformwerte unterscheiden sich von anderen auf eine Weise, die der Arzt nicht erklären kann.«

»Sie kommt recht gut mit unserer Atmosphäre und unserer Nahrung zurecht«, protestierte McCoy. »Sie schildern sie wie eine Mißgeburt, die auf einem Rummelplatz zur Schau gestellt wird. Zumindest hat sie keine spitzen Ohren wie Sie.«

»Sei still, Pille.« Kirk warf dem Arzt einen Blick zu, der jede weitere Bemerkung abschnitt. »Spock, haben Sie irgendwelche Beweise für Ihre Behauptungen? Wenn das, was Sie sagen, zutreffen sollte, ist Lorelei recht gefährlich.«

»Nicht physisch gefährlich, Sir. Doch ist sie einer Philosophie verfallen, die der von uns verfolgten Richtung entgegensteht.«

»Wir versuchen, den Frieden zu bewahren, verdammt noch mal. Warum behauptet jeder das Gegenteil?«

»Wut bringt Sie nicht einen Schritt weiter und vernebelt Ihre logischen Denkprozesse.«

Kirk wollte Spock scharf zurechtweisen, erkannte jedoch, daß er recht hatte. Er gab dem Vulkanier einen Wink fortzufahren. Spock legte seinen Kopf ein wenig schief und erklärte seinen Standpunkt. »Sie hat ausreichenden Grund zur Annahme, daß wir das eine sagen und das andere tun. Unsere Denkweise ist ihr genau so fremd wie die ihre für uns. Ihre Logik sagt ihr, daß sie recht hat, und um ihrem Glauben treu zu bleiben, setzte sie ihre... Gabe ein, um die Einstellung der Crew zu verändern.«

»Das würde ihr Kräfte zusprechen, von denen ich nicht glaube, daß sie sie besitzt, Mr. Spock.« Captain Kirk blickte prüfend in die Gesichter seiner Offiziere und kam zu einem Entschluß. Irgend etwas mußte unternommen werden, und hier war das nicht möglich. »Ich autorisiere eine schiffsweite Debatte über diese Meinungsdifferenz zwischen Lorelei und Botschafter Zarv. Ich bin sicher, daß es dem Botschafter gelingen wird, alle Befürchtungen über den Zweck unseres Unternehmens auszuräumen. Sorgen Sie für die Durchführung, Mr. Spock.«

Die einzige Antwort, die er von dem Wissenschaftsoffizier darauf erhielt, war ein leichtes Zucken des Gesichts. Das verstörte Kirk mehr, als wenn Spock ihm offen widersprochen hätte. Er stand rasch auf und verließ den Raum.

Er hatte das richtige getan. Dessen war er sicher.

»Das ist nicht sehr geschickt, Captain. Ich wünschte, Sie hätten mit mir darüber gesprochen, bevor Sie die Debattierfreiheit vor den anderen Offizieren verkündeten.«

»Spock, Ihnen mangelt es an Glauben.«

»Sir, mir mangelt es nicht an Glauben an meine Fähigkeiten, nur an die, welche von der ganzen Crew demonstriert werden. Und dies ist nicht die richtige Marschroute angesichts der potentiell aufrührerischen Stimmung an Bord.«

»Ich will nichts mehr von Meuterei hören«, sagte Kirk scharf. »Das ist etwas, das geschehen könnte, wenn man zu oft davon spricht.«

»Das ist Aberglaube und extrem unlogisch. Ich biete Fakten.«

Bevor Kirk etwas darauf erwidern konnte, hallte ein vertrautes Brüllen durch den Korridor und dröhnte in den Raum, zu dem Techniker eine Videoverbindung geschaltet hatte, über die die Debatte in alle Sektionen des Schiffes übertragen werden sollte.

»Kirk!« bellte Botschafter Zarv. »Wie kommen Sie dazu, mir eine Debatte zuzumuten, und auch noch mit diesem unterentwickelten Kind? Was haben Sie eigentlich in Ihrem Kopf? Nur Raumstaub?«

»Botschafter, die Situation an Bord des Schiffes ist für mich völlig neu. Ich bin zu der Ansicht gelangt, daß eine informelle Diskussion über unsere Politik, über unsere Friedensmission, über die Ziele, welche die Föderation durch die Entsendung eines ihrer besten Verhandlungsführer nach Ammdon zu erreichen hofft, nützlich sein könnte. Lorelei kann eine entgegengesetzte Position bestimmt nicht verteidigen, oder?«

»Natürlich nicht.«

Donald Lorritson, der hinter dem tellaritischen Botschafter stand, lächelte über das geschickte Manövrieren Kirks. Offensichtlich fand die Art und Weise, wie der Captain Zarv diplomatisch dazu gebracht hatte, die Debatte durchzuführen, die Anerkennung des Mannes.

»Ausgezeichnet. Lorelei wird gleich hier sein, und dann können wir beginnen.«

Zarv schnaubte unwillig, gestand jedoch ein: »Vielleicht wird dies doch keine Zeitvergeudung, Lorritson. Ich kann bei dieser Gelegenheit einige der Verhandlungstaktiken ausprobieren, die wir entwickelt haben und sehen, wie die Leute darauf reagieren. Die Crew eines Raumschiffs unterscheidet sich da kaum von den Tölpeln im Orion-Arm.«

»Eine gute Gelegenheit, Ihre schauspielerischen Fähigkeiten zu trainieren«, stimmte Lorritson zu.

Mek Jokkor glitt in den Raum, trat unter eins der Flutlichter, badete in ihrem Schein und genoß ihn, wie ihn nur eine Pflanze genießen kann. Kirk glaubte sehen zu können, wie die Photosynthese Arme und Beine kräftigte.

Spock nahm den Captain beim Arm und zog ihn beiseite. »Sir«, sagte er leise, »noch ist Zeit, dieses unsinnige Unternehmen abzublasen. Wenn Lorelei das ist, was ich glaube, wird sie auf jeden Fall...«

»Lorelei!« rief Kirk und trat von Spock fort. Die kleine, braunhaarige Frau glitt in den Raum, als ob sie auf Rädern rollte, anstatt auf Beinen zu gehen. Jede ihrer Bewegungen war elegant und geschmeidig. »Sie haben also beschlossen, an der Diskussion teilzunehmen. Das freut mich.« Kirk grinste, als er ihren Gesichtsausdruck sah. Sie schien sich ganz und gar nicht zu freuen.

»Captain, was ich hier tue, tue ich nicht gern, doch um des Friedens willen bleibt mir keine andere Wahl.«

»Wir alle tun, was wir tun können – im Namen des galaktischen Friedens.«

»Was ist das?« Sie deutete auf die 3-D-Video-Kameras. »So etwas haben wir nicht auf Hyla.«

»Ihr dreidimensionales Bild wird in alle Räume des Schiffes projiziert. Sämtliche Aufenthaltsräume sind mit Empfängern ausgestattet, und wir haben zusätzliche andere in mehreren Versammlungsräumen installiert.«

»Mein Bild wird also dort erscheinen. Auch meine Stimme?«

»Selbstverständlich. Es wäre doch niemandem damit gedient, lediglich Ihre wunderbare Gestalt zu zeigen.«

»Captain, Sie sind sehr großzügig.« Kirk fühlte eine seltsame Wärme in sich aufsteigen. Sie war nicht einmal hübsch, entschied er schließlich, doch sehr anziehend. Ganz bestimmt anziehend, und das umfaßte Intellekt, Grazie, Würde, so viele Eigenschaften außerhalb der schwer faßbaren symmetrischen Qualität, die man als Schönheit bezeichnet. Eine Schönheit der Seele, entschied er, nicht eine rein körperliche.

»Laßt es uns hinter uns bringen«, bellte Zarv. »Ich habe noch eine Menge Vorarbeiten zu erledigen, bevor wir im Ammdon-System eintreffen, und Kirk besteht darauf, fast mit Unterlichtgeschwindigkeit zu fahren.«

»Beginnen Sie, wenn Sie wollen«, befahl Kirk. »Botschafter, wollen Sie als erster sprechen?«

»Ja.«

Das Verhalten des Tellariten veränderte sich, als ob er sich eine völlig neue Persönlichkeit übergestülpt hätte. Seine Grobheit verschwand in dem Moment, als das Indikatorlicht der holographischen Kamera aufleuchtete. Zarv sprach entschieden, knapp und mit einer Überzeugungskraft, die Kirk veranlaßte, sich nach Spock umzuwenden und zu lächeln, als ob er seinem Wissenschaftsoffizier sagen wollte, daß Logik nicht immer zum Ziel führte, daß emotionale Instinkte und das Vertrauen in andere sich manchmal sehr bezahlt machten.

Spock trat neben seinen Captain und sagte so leise, daß seine Stimme nicht von den Mikrophonen aufgefangen werden konnte: »Dies ist ein Fehler. Jeder an Bord hört zu. Sie dürfen nicht zulassen, daß Lorelei spricht.«

»Sie machen sich zu viele Sorgen. Hören Sie Zarv zu. Das ist der Grund dafür, daß er Botschafter ist. Die Zunge des Mannes streichelt die Worte. Er kann überzeugen. Man kann sogar vergessen, daß er wie ein Schwein aussieht.«

»Sein Aussehen steht hier nicht zur Debatte, Captain.«

Kirk legte den Zeigefinger auf die Lippen, um Ruhe zu fordern. Spock trat zurück, offensichtlich beunruhigt. Kirk war begierig, Zarvs Argumenten für die Durchführung der Ammdon-Mission zuzuhören. Sie würden die Kritiker an Bord der *Enterprise* zum Schweigen bringen. Am Ende einer zehnminütigen Präsentation schloß Zarv mit den Worten: »Ich danke Ihnen, daß Sie mir Gelegenheit gegeben haben, über diese Angelegenheit zu sprechen.« Er setzte sich, und Lorelei trat in das Blickfeld der Kamera.

»Sehen Sie, wie hilflos sie wirkt?« sagte Kirk. »Vergleichen Sie doch ihre Präsentationstechnik mit der, die Zarv anwandte. Dieser Tellarit ist ein meisterhafter Diplomat. Ein Spitzenkönner.«

Kirk lehnte sich zurück und wartete, daß Lorelei begann. Sie hatte keine Chance, wenn er nachher eine Meinungsumfrage unter der Crew abhielt. Zarv war ein Profi, und sie war kaum mehr als ein Mädchen.

Die Sprecherin von Hyla begann.

Und James Kirk empfand die übermächtige Kraft ihrer Worte, die harte Präzision, ihre Dringlichkeit und ihre Gefühlstiefe. Sie zog ihn zu sich heran, trieb ihn auf die Höhe der Ekstase, preßte Tränen aus seinen Augen und kehrte sein Inneres nach außen – und alles allein mit ihren Worten. Zum erstenmal verstand er, was Ammdon vorhatte. Die *Enterprise* war ein Bauer in einer Schachpartie, davon konnte sie ihn überzeugen. Die Romulanische Invasion würde unvermeidlich werden, wenn die *Enterprise* das Ammdon-System erreichte; Jurnamoria blieb dann keine andere Wahl, als sich mit dem Imperium zu verbünden.

»Captain, verbieten Sie ihr weiterzusprechen«, drängte Spock. »Sie stehen bereits unter ihrem Bann. Selbst ich spüre die Kraft ihrer Worte. Welche Wirkung sie auf die Crew haben können, ist unvorstellbar.«

»Aber sie hat recht, Spock. Wie konnten wir uns so in die Irre führen lassen? Hören Sie doch! Sie zeigt uns die Wahrheit.« Kirk beugte sich vor, als ob er so ein noch besseres Verständnis der tödlichen Situation erreichen könnte. Er scherte sich nicht um Zarvs Proteste. Donald Lorritson redete hastig auf seinen Vorgesetzten ein, und sie begannen sofort miteinander zu konferieren. Mek Jokkor stand reglos abseits und genoß Licht und Wärme der Lampen.

Und James T. Kirk lauschte, *lauschte* im wahrsten Sinne des Wortes zum erstenmal in seinem Leben.

»Sie hat recht, Spock. Wir müssen...«

Das Schiff erbebte, als ob es von einer gigantischen Faust gepackt und geschüttelt würde. Sekunden später gellten die Alarmsirenen und erstickten jeden anderen Laut. Die Lichter begannen zu flackern, und die Notbeleuchtung flammte auf.

Kirk schnellte auf die Füße und schlug auf den Knopf des Intercom. »Scotty! Bericht! Was, zum Teufel, ist passiert?«

»Sir«, meldete die zitternde Stimme des Ingenieurs. »Der magnetische Behälter der Backbordseite stand kurz vor dem Zerreißen. Ich habe die Energie abschalten müssen. Sonst wären wir vernichtet worden. Sir, die *Enterprise* ist in Gefahr, zu explodieren!«

KAPITEL 5

CAPTAIN'S LOGBUCH, NACHTRAG

Der Umfang des Schadens, den die *Enterprise* genommen hat, ist noch nicht abzusehen. Ich fürchte, daß er sehr groß und für alle an Bord potentiell gefährlich ist. Nachdem die Warp-Antriebe ausgefallen sind, ist die Kapazität sowohl des Transporters als auch des Subraum-Funks drastisch eingeschränkt, wenn nicht völlig zerstört. Es gibt zwar andere Möglichkeiten, Starbase Eins von unserer Notlage in Kenntnis zu setzen, doch ziehe ich es vor, mit eigener Kraft weiterzufahren und unseren Auftrag zu Ende zu führen, falls uns das möglich sein sollte, was jedoch sehr fraglich ist. Wenn es mir nicht gelingen sollte, so wäre dies der erste Befehl, dem zu gehorchen ich nicht in der Lage bin. Die Möglichkeit des Versagens ist nicht leicht zu akzeptieren.

»Sie brauchen einen Strahlenschutzanzug, bevor Sie hineingehen, Captain«, sagte Spock und hielt Kirk vor der zur Maschinensektion führenden Tür fest. Rote Warnlichter blinkten drohend, und das schrille Heulen einer entfernten Sirene gellte in seine Ohren. »Die ganze Sektion um die Warp-Antriebe ist mit harten Gamma- und Röntgenstrahlen der freigesetzten Antimaterie verseucht.«

»Geben Sie mir einen Anzug«, befahl er einem vorbeikommenden Mann. Der Mann wirkte benommen, und als er den Befehl befolgte, bewegte er sich, als ob ihm jeder Wille genommen worden wäre. Kirk stieg rasch in den unförmigen Schutzanzug, den er ihm brachte. Als er soweit war, den Knopf zu drücken, durch den die Tür zu der strahlenverseuchten Sektion geöffnet wurde, hatte auch Spock so einen Anzug angelegt. Gemeinsam traten sie in den Maschinenraum.

Kirks erster Eindruck war, das Opfer eines gigantischen Schwindels geworden zu sein. Alles wirkte völlig normal – bis er Scottys Crew verbissen an den Bedienungskonsolen arbeiten sah. Die Leute trugen Strahlenschutzanzüge, und viele von ihnen belasteten das Kühlsystem ihrer Anzüge bis zu dessen Leistungsgrenze. Die Sichtscheiben beschlugen durch ein Übermaß an Schweiß. Und wenn das nicht als Beweis der tatsächlichen Situation reichte, so genügte Kirk ein Blick auf die überall angebrachten Strahlungsmeßgeräte, daß nicht alles normal war.

Die Digitalskalen zeigten höhere Werte, als er sie jemals außerhalb von Versuchslabors gesehen hatte.

»Die Strahlungsintensität ist nur wenig geringer als die in einem arbeitenden Materie-Antimaterie-Modul«, sagte Spock. »Ohne unsere Schutzanzüge würden wir auf der Stelle getötet.«

»Wo ist Scotty? Ich muß mit ihm sprechen.« Kirk und Spock gingen um die fieberhaft arbeitenden Techniker vorbei und fanden Montgomery Scott und Heather McConel dabei, ein Bedienungselement auseinanderzureißen und seine Eingeweide von integrierten Schaltkreisen und Leitungselementen zu untersuchen; sie gingen dabei mit einer Rigorosität vor, die Kirk in Erstaunen setzte. Scotty behandelte seine Maschinerie mit einer an religiöse Verehrung grenzenden Behutsamkeit. Jetzt aber riß der Leitende Ingenieur des Schiffes Armaturen los und warf elektronische Elemente beiseite, als ob sie nur Schrott wären.

»Die Strahlung hat ihre Funktionsfähigkeit zerstört«, erklärte Spock. »Mr. Scott versucht, die Bypass-Hilfsschaltkreise zu erreichen. Die Energie muß vollständig abgeschaltet werden, bis der Umfang des Schadens festgestellt worden ist.«

»Das stimmt, Captain«, sagte McConel, die kurz von ihrem Zerstörungswerk in dem komplexen elektronischen

Labyrinth aufblickte. »Commander Scott hat alles getan, was er tun konnte, aber es sieht nicht gut aus.«

»Heather, Ihre Hände sind kleiner. Machen Sie hier weiter.« Scotty trat zurück und ließ seine Assistentin an die Stelle, die er bislang eingenommen hatte. Jetzt erst bemerkte er Kirk und Spock. Er schüttelte den Kopf. »Wir werden es vielleicht nicht schaffen, Captain. So schlimm steht es.«

»Berichten Sie.«

Mit einer Stimme, aus der eine unbeschreibliche Müdigkeit klang, sagte Scotty: »Die magnetischen Behälter sind nicht gerissen, wie ich es befürchtet hatte, aber einige Stellen ihrer Kraftfeldwandungen wurden so dünn, daß genügend Strahlung in diesen Raum entweichen konnte, um Stromkreise kurzzuschließen. Das war es, was den Alarm ausgelöst hat. Wir arbeiten jetzt daran, das Strahlungsleck abzudichten und die Materie-Antimaterie-Reaktion völlig abzuschalten.«

»Wenn Sie sie abschalten, kann sie nur im Dock einer Starbase neu gestartet werden!« protestierte Kirk. »Wir sind mehrere Lichtjahre von einer Starbase mit ausreichenden Einrichtungen entfernt. Das würde bedeuten, daß wir ohne alle Überlicht-Kapazität gestrandet sind.«

»Wenn wir sie nicht abschalten, fliegen wir in die Luft!« Scotty verdeutlichte mit einer Geste, wie die *Enterprise* in einem blendenden Flammenball einfach verschwinden würde. »Aber vielleicht können die Maschinen neu gestartet werden. Vielleicht.«

»Haben Sie dabei die Rotsler-Technik im Auge?« fragte Spock. »Das ist bis jetzt nur eine Theorie, die noch nie empirisch bei einer wirklichen Notsituation im Raum versucht wurde.«

»Was ist das, diese Rotsler-Technik?« fragte Kirk. »Wenn Scotty die Warp-Antriebe abschaltet, kann er sie dann neu starten, nachdem die Reparaturen durchgeführt sind?«

»Möglicherweise, obwohl man dazu Materialien benötigt, die wir an Bord des Schiffes nicht haben. Allein für die

Reparaturarbeiten würde eine erhebliche Menge von Abschirmverkleidung erforderlich sein. Die Maschinen müßten völlig von einem Schutzmantel eingeschlossen werden, durch den alle – oder fast alle – Strahlung zurückgehalten wird, bis der Raum um die Maschinen sich bis zur Zündtemperatur aufheizt. Es ist kein normaler Kaltstart, sondern man muß eine Methode anwenden, die sich als Warmstart charakterisieren ließe.«

»Was für eine Art von Abschirmung? Alles, was wir haben, sind Bleiplatten von einigen Zentimetern Stärke, und ein paar Geräte zur Herstellung von Kraftfeldern.«

»Völlig unzureichend«, erklärte Spock.

»Ja, Captain, der Vulkanier hat recht. Die Art von Abschirmung, die wir brauchen, wären Quecksilber oder Blei mit einer Dicke von einem Dutzend Metern. Weniger würde uns nicht reichen.«

»Ein Dutzend Meter?« Kirk wandte sich um und blickte zur Tür. Sie war nur zehn Schritte entfernt. Scotty brauchte mehr als das an Stärke für Blei- oder Quecksilberummantelung – und die Maschinen waren jede hundert Meter lang.

»Das ist unmöglich.«

»Ja, das fürchte ich auch«, sagte der Schotte düster.

Kirk weigerte sich, an die Möglichkeit zu denken, daß sie im Raum stranden könnten, mehrere Lichtjahre von der Erde entfernt. Was niemand erwähnte, obwohl jeder es wußte, war die Tatsache, daß ihr Subraum-Funk Warp-Energie benötigte, um funktionsfähig zu sein. Durch den Ausfall der Warp-Energie waren auch ihre Kommunikationsmöglichkeiten stark reduziert. Wenn sie einen Nachrichtentorpedo losschicken wollten, mußten sie das bald tun. Ganz egal, was geschehen mochte, sie würden auf jeden Fall für einige Monate im Raum treiben, bevor Hilfe sie erreichen konnte, selbst wenn sie das Schiff verlassen und aufgeben würden.

»Ich werde mein Schiff nicht aufgeben«, sagte Kirk entschlossen. »Und ich denke nicht daran, mich damit abzufinden, daß unser Auftrag nicht durchgeführt werden kann.«

Alle, die in seiner Nähe standen, blickten ihn skeptisch an.

»Mr. Scott, machen Sie mit Ihrer Arbeit weiter. Tun Sie, was Sie können und geben Sie mir dann einen Bericht. Mr. Spock, beginnen Sie mit einer detaillierten Analyse von allem, was Sie für die Anwendung dieser Rotsler-Technik benötigen. Und lassen Sie Sulu und Uhura einen umfassenden Scan des Raums in unserem Nahbereich durchführen. Wir könnten etwas übersehen haben. Dieser Sektor ist nicht gut kartographiert, trotz aller Aktivität zwischen der Föderation und dem Orion-Arm.«

»Jawohl, Captain«, antwortete Spock. Der Vulkanier wandte sich um und ging hinaus, seine Schritte fest und unbehindert durch den schweren Strahlenschutzanzug. Scotty hatte sich bereits wieder seiner Arbeit zugewandt. Kirk blieb in einem Meer von Niedergeschlagenheit allein und starrte in dem anscheinend intakten Maschinenraum umher. Doch war er sich absolut darüber im klaren, daß sein Schiff ein Krüppel war – vielleicht für immer – und daß allein das Können seiner Crew verhindert hatte, daß sie jetzt alle überhitzte Atome waren, die im Raum trieben.

Er kehrte zur Brücke zurück, den Kopf voller düsterer Gedanken.

»Letzte Überprüfung der Stromkreise, Sir. Würden Sie bitte bestätigen?« Spock starrte auf dem Bildschirm seines Computers, über den Zahlenkolonnen krochen und ihn über den Zustand des Schiffes informierten.

»Beginnen Sie, Mr. Spock.« Kirk lehnte sich in seinem Kommandantensessel zurück. Noch nie war er ihm so hart und unbequem vorgekommen. Die *Enterprise* war fast ein Wrack, das hilflos im Raum driftete. Scotty hatte die Materie-Antimaterie-Triebwerke ganz abgeschaltet, wodurch die Energieleistung auf zehn Prozent reduziert wurde, das war alles, was die Notstrombatterien hergaben. Es reichte zwar für das Lebenserhaltungssystem, doch mehr war nicht drin, bevor die Impuls-Triebwerke ihre volle Leistung erreichten.

»Energieleistung steigend«, rief Chekov. »Impuls-Triebwerke halbe Leistung – dreiviertel – Impuls-Triebwerke volle Leistung, Sir. Soll ich jetzt die inneren Systeme draufschalten?«

»Tun Sie es, Mr. Chekov. Ich möchte die Lebenserhaltungssysteme auf mindestens fünfzig Prozent hinaufbringen. Schalten Sie alle Systeme ab, die keine lebenswichtige Funktion haben. Mr. Spock, bereiten Sie einen Nachrichtentorpedo für Starbase Eins vor. Ich möchte, daß Sie einen detaillierten Computerbericht sämtlicher Vorgänge einschließen.«

»Sir, das wird kaum möglich sein.«

»Was soll das heißen?« Der Nachrichtentorpedo war ein winziges Raumfahrzeug, dessen Trägheitsnavigationssystem auf die zunächstgelegene Starbase eingestellt war. Im Fall eines Kommunikations-Blackout, bei extremer Beschädigung, wie sie jetzt eingetreten war, oder wenn kleine materielle Gegenstände übermittelt werden mußten, war der Nachrichtentorpedo die beste Transportermethode.

»Jedes unserer fünf Torpedos weist Schäden auf.«

»Das ist doch unmöglich, Spock. Die Dinger sind abgesichert, geschützt, beinahe in Windeln gepackt. Wodurch sind sie beschädigt worden?«

Spock blickte auf, die Mundwinkel leicht herabgezogen. »Da kann ich nur raten, Captain. Es scheint Sabotage gewesen zu sein.«

Kirk sank zusammen und dachte über diesen neuen Zwischenfall nach. Spock riet nie, selbst wenn er das behauptete. Hunderte – Millionen – winziger Bruchteile von Informationen bildeten die Basis seiner Beurteilung. Vielleicht würde sie vor einem Gericht nicht bestehen können, doch Kirk war sicher, daß es sich um Sabotage handelte, wenn

Spock ›erriet‹, daß dem so sei. Er spielte mit dem Gedanken, daß es Lorelei gewesen war, doch irgend etwas ließ ihn vor einer direkten Beschuldigung zurückscheuen. Viele andere waren von ihrer Behauptung, daß das Erscheinen der *Enterprise* im Ammdon-System einen Krieg auslösen würde, beeindruckt worden. Der Ausfall der Schiffsmaschinen lieferte einen perfekten Grund, ihren Auftrag nicht auszuführen. Jeder, der Lorelei zugehört hatte, nachdem Botschafter Zarv zu Ende gesprochen hatte, mochte für die Zerstörung der Nachrichtentorpedos verantwortlich sein. Damit war gesichert, daß eine erhebliche Zeit vergehen würde, bevor die Föderation eine zweite Mission aussandte.

Kirk wollte nicht einmal daran denken, daß die Warp-Antriebe möglicherweise auch durch Sabotage gestoppt worden waren.

»Können die Nachrichtentorpedos repariert werden?«

»Unmöglich. Die Zerstörung wurde an ihren Warp-Antrieben vorgenommen. Sie können also keine Lichtgeschwindigkeit erreichen, genausowenig wie die *Enterprise*.«

»Verdammt, Spock, geben Sie mir doch mal eine gute Nachricht. Wir sind in der Mitte von Nirgendwo gestrandet, wir haben nur noch Impulskraft, wir können Starbase Eins nicht erreichen, wir können unseren Auftrag nicht durchführen, es gibt keine Möglichkeit, die Warp-Triebwerke zu reparieren, jedenfalls nicht ohne eine massive Abschirmung, die wir nicht haben. Gibt es denn gar nichts Erfreuliches?«

»Ah... Captain, ich fange etwas auf.« Sulu drehte an den Bedienungsknöpfen seiner Konsole, um ein flackerndes Bild auf den Hauptbildschirm zu bringen.

»Was ist es, Mr. Sulu?«

»Es könnte ein planetarisches System sein. Ein matter Stern. G-Klasse. Von einer Staubwolke verdeckt.«

»Ich stelle gerade Berechnungen an Hand von Mr. Sulus Daten an«, sagte Spock. »Ja, Captain. Sie wollten eine gute Nachricht haben. Dies könnte eine sein. Das System, das von Mr. Sulu entdeckt wurde, weist sechs Planeten auf, vier felsige und zwei Gasriesen. Entfernung ist zu groß, um sicher zu sein, aber es besteht die Möglichkeit, daß einer oder mehrere bewohnbar sind.«

»Lebensformen?«

»Nicht zuverlässig feststellbar«, kam die sofortige Antwort.

»Uhura!« rief Kirk. »Irgendwelche Funksignale? Irgend etwas auf den Wellenbereichen, die wir noch abhören können?«

»Nichts, Sir.«

»Wie lange brauchen wir, bei maximaler Impulsenergie, bis zu diesem System, Mr. Sulu?«

»Ich arbeite daran, Sir. Ich hab's.« Der Asiate wandte sich um und lächelte breit. »Drei Tage bei maximaler Impulskraft.«

»Gut. Legen Sie den Kurs fest, Mr. Chekov. Bringen Sie uns hin.« Kirk sah, wie die Brücke aktiv wurde. Die Crew hatte endlich wieder eine Aufgabe. Sie vergaß das bedrükkende Problem der diplomatischen Mission nach Ammdon. Dies war die Crew, die er ausgebildet hatte, und dies war die Crew, auf die er so stolz war. Sein Finger drückte den Rufknopf nieder. »Pille, erwarte mich auf Deck vier zu einer informellen Inspektion.« Er hörte die ersten Worte eines lautstarken Protests, grinste und ließ den Knopf los, bevor der Arzt richtig in Fahrt kommen konnte.

So war es schon besser. Ein letzter Blick auf ihr neues Ziel, das durch eine Wolke kosmischen Staubes schimmerte, dann verließ James Kirk die Brücke, um sich mit McCoy zu treffen. Eine kleine Inspektionstour würde dem Arzt genug zu tun geben, um ihn von seinen Klagen abzulenken.

»Ich habe eine Menge Arbeit, Jim, wichtige Arbeit. Dies ist doch nur Zeitverschwendung.« Leonard McCoy schritt vor seinem Schreibtisch auf und ab, die Hände auf dem Rücken verschränkt. »Da du die Energie auf die Hälfte reduziert hast – die Hälfte! – habe ich kaum genug Saft, um die Geräte im Lazarett funktionsfähig zu halten.«

»Ich werde mit Spock reden, für den Fall, daß du mehr brauchen solltest. Du hast doch im Moment keine Patienten, nicht wahr?«

»Keinen, seit Cheftechniker Anders wieder dienstfähig ist. Es ist aber ein Wunder. Ich hatte mich darauf eingerichtet, eine Menge Leute bei mir auftauchen zu sehen, die gebraten waren wie ein Hähnchen, als du die Maschinen so zusammenbrechen ließest. Strahlung!« McCoy erschauerte. »Die sollte abgeschafft werden.«

Kirk ignorierte den Ausbruch McCoys. Es gab Dinge, bei denen er allen logischen Argumenten unzugänglich war. Er genoß es einfach, sich Luft zu machen und etwas von der unterdrückten Nervosität, die sie alle fühlten, freizusetzen. Dies war eine der harmlosen Arten, und Kirk fand sich damit ab.

»Ich brauche deine ärztlichen Künste. Doch geht es hier nicht um den Körper, sondern um die Psyche. Ich möchte, daß du mich begleitest und mir einen Bericht über die seelische Verfassung der Crew nach dem Unfall gibst.«

»Ich muß keinen idiotischen Trip unternehmen, um in die Gehirne der Crew zu blicken. Ich kann dir schon jetzt alles sagen, was du wissen mußt.«

Kirk wartete. Er wußte, daß McCoy eine Tirade zu jedem Thema losließ, wenn er Gelegenheit dazu fand. Es überraschte ihn, daß jetzt keine kam.

»Wie siehst du die Verfassung der Leute, Pille?« fragte er schließlich.

McCoy schüttelte den Kopf. »Nicht gut. Die Stimmung an Bord ist noch nie so schlecht gewesen. Wenn ich ein unabhängiger Beobachter von Starfleet wäre, der einen Report über den Zustand des Schiffes machen sollte, würde ich die *Enterprise* und so gut wie jeden, der an Bord ist, durchfallen lassen.«

»So gut wie jeden?«

»Mit Ausnahme von Spock, verdammt noch mal.« Dieses Eingeständnis fiel McCoy ziemlich schwer. »Er scheint unzerstörbar zu sein. Diese halb-vulkanische, halb-menschliche Mischung läßt ihn Situationen durchstehen, in denen wir anderen abstürzen.«

»Stehst du etwa kurz vor einem Raumkoller?«

»Kaum«, schnaubte der Arzt. »Aber viele andere, die ich gesehen habe. Du hättest auf mich hören sollen, als ich dir riet, umzukehren und diese ganze Ammdon-Affäre zu vergessen.«

»Also glaubst du, daß diese Mission all diesen Dingen zugrunde liegt?« Kirk atmete tief ein und ließ die Luft dann langsam aus den Lungen. Spocks Warnung vor dem Einfluß Loreleis auf die Crew hatte sich als nur zu wahr erwiesen; trotzdem kämpfte er noch mit sich über die Bedeutung dieser fremdartigen Präsenz. Lorelei sah so unschuldig aus, daß er nicht recht an die Kräfte glauben konnte, die ihr von Spock zugeschrieben wurden. Doch Tatsachen häuften sich auf Tatsachen, bis ihm nichts anderes mehr übrig blieb, als sich ihnen zu stellen, ganz gleich, wie widerwillig er es tat. Allein der Umstand, daß er ein Gespräch mit ihr immer wieder aufschob, sprach Bände. Er hatte das vage, beunruhigende Gefühl, daß sie so gefährlich war, wie sein Wissenschaftsoffizier es behauptete, doch wollte er es nicht zugeben.

»Wir wollen uns die Crew ansehen«, schlug er vor. »Und wenn es dir nichts ausmacht, mich zu begleiten, Pille, haben wir die Sache um so schneller hinter uns.«

»Willst du zum Maschinendeck?«

»Das ist noch strahlenverseucht. Ich möchte nur die Crew der oberen Decks ansehen.«

»In dem Fall komme ich mit. Ich muß mir ohnehin mal die Füße vertreten.« McCoy trat hinaus auf den Korridor, ohne einen Blick zurückzuwerfen. Er ging mit schnellen Schritten, blieb jedoch nach weniger als zwanzig Metern abrupt stehen. Er hörte das Gemurmel von Stimmen, das durch die

Stahlplatten des Decks verstärkt wurden. Kirk holte McCoy ein, trat neben ihn und lauschte angestrengt, um die Worte zu verstehen.

»... überhaupt nichts mehr tun. Dann müssen sie nach Starbase Eins zurückkehren.«

»Es bedeutet Krieg, wenn wir sie nicht dazu bringen können«, sagte eine andere Stimme.

Kirk runzelte die Stirn, als McCoy auf den Aufenthaltsraum deutete. Es widerstrebte ihm, so zu spionieren, doch es mußte sein. Der Captain trat neben die halboffene Tür, preßte ein Ohr an die Wand und lauschte.

Die Stimmen setzten ihre ernsthafte Diskussion fort. »Wir hätten die Starbase überhaupt nicht verlassen dürfen. Es war von Anfang an ein Kriegsunternehmen. Jetzt ist das völlig klar. Aber unsere Aufgabe ist die Förderung des Friedens.«

»Ich habe mich nicht zum Dienst gemeldet. Mal sehen, wie sie jetzt die Phaser bedienen wollen.«

Kirk trat durch die Tür und stellte die beiden. Es waren ein Mann und eine Frau, die Kaffee trinkend am Tisch saßen und sehr bedrückt wirkten. Er stürmte auf sie zu und fragte: »Warum tun Sie nicht Ihren Dienst? Sie sind Ross und Kesselmann, stimmt's?«

»Jawohl, Sir«, sagte die Frau. Sie hielt es nicht einmal für nötig, sich zu erheben, wie ihr Gefährte es tat. »Ich weigere mich hiermit, jemals wieder an den Phasern Dienst zu tun. Das sind Kriegswaffen. Ich will nichts anderes als Frieden für alles Leben im Universum.«

»Fähnrich Ross, halten Sie das für die richtige Einstellung angesichts einer Aggression der Romulaner?«

»Wenn wir nicht kämpfen, werden sie auch nicht kämpfen«, erwiderte sie.

»Anita!« zischte ihr Begleiter. »Halte den Mund!«

»Nein, Deke. Es wird Zeit, daß wir für unseren Glauben einstehen. Keiner von uns beiden wird mehr an einer Handlung teilnehmen, durch die irgendeine andere Lebensform bedroht wird. Tod und Zerstörung muß endlich ein Ende gemacht werden. Es steht in unserer Macht, etwas dafür zu tun. Und wir werden etwas dafür tun!«

»Spricht sie auch für Sie, Fähnrich Kesselmann? Sie sind der Lebenserhaltungssektion zugeteilt, nicht wahr?«

»Das Leben ist kostbar, Sir. J–ja, sie spricht auch für mich, Sir. Und für viele andere Leute der Crew«, setzte der junge Fähnrich hinzu und stieß die Worte hervor, als ob sie ihm die Zunge verbrannten. Schweiß glänzte auf seiner Stirn und verriet die Anspannung, unter der er stand.

»Natürlich ist das Leben kostbar. Deshalb ist ja das Ziel unserer Arbeit in Ammdon, einen Krieg zu verhindern.« Kirk war nicht im mindesten überrascht, als er sah, daß Ross und Kesselmann ihm das nicht abnahmen. Dies war ein einzigartiger Fall von gemeinsamer Meinung unter seiner verschiedenartigen Crew. »Ist Ihnen eigentlich nicht aufgefallen, daß Sie zu diesem abseitigen Glauben erst kamen, nachdem Sie mit der Alien Lorelei gesprochen hatten?«

»Sie hat ihn wachgerufen, ja, doch der Same dieses Glaubens war bereits in uns. Die Föderation stellt es als so edel dar, daß wir hinausziehen, um neue Lebensformen zu entdecken. Aber am Ende zerstören wir sie immer. Nicht mehr mit uns!«

»Wann haben wir jemals eine fremde Rasse zerstört?« fragte McCoy scharf, endlich dazu getrieben, auch etwas zu sagen. Im großen und ganzen stimmte der Arzt mit den beiden überein, vermutete Kirk, doch jetzt hatten sie die Tatsachen verdreht und damit McCoy irritiert. »Ich gebe zu, daß wir uns gelegentlich in ihre Dinge eingemischt haben, aber zerstört? Niemals!«

»Einmischung zerstört eine fremde Kultur genauso wirksam, als ob wir sie mit Phasern töten«, protestierte Anita Ross hitzig. »Worin liegt denn der Unterschied, ob wir andere in unsere Vorstellung von Kultur pressen oder sie direkt töten? Einer fremden Rasse unsere Philosophie aufzuzwingen ist eine genauso gewalttätige Handlung, als ob wir ihren Planeten umkreisen und systematisch mit Photonen-Torpedos vernichten würden!«

»Da bei unserem derzeitigen Auftrag kaum eine Notwendigkeit für den Einsatz von Phasern und Torpedos besteht, stellt ihr Ungehorsam keinen ernsten Verstoß gegen die Disziplin dar, Fähnrich. Ich bin jedoch der Meinung, daß Herumsitzen und Kaffee zu trinken keine sehr produktive Beschäftigung ist, schon gar nicht in unserer jetzigen Situation. Ich werde mit Ihren Sektionschefs sprechen und Ihnen andere Aufgaben zuweisen lassen.«

»Wenn sie irgendeine Form von Gewaltanwendung verlangen, weigere ich mich, sie zu erfüllen.«

»Weitermachen«, sagte Kirk, machte auf dem Absatz kehrt und ließ die beiden im Aufenthaltsraum allein. Als er in den Korridor trat, sanken seine Schultern herab, und er sah McCoy an. »Gibt es noch mehr von der Sorte?«

»Mehr als einem lieb sein kann, Jim. Doch liegt auch ein gesunder Aspekt in ihrem Verhalten: ihr Widerstand gegen das Töten.«

»Wie ich es den beiden klarmachen wollte: Versuche einmal, das einem schwer bewaffneten romulanischen Kriegsschiff auseinanderzusetzen, das dazu ansetzt, dich zu Plasma zu zerschießen. Der Krieg ist eine zu schmutzige Sache; man sollte alles versuchen, ihm aus dem Weg zu gehen, doch gibt es einen bestimmten Punkt, wo zu starkes Bemühen ihm auszuweichen, zur Versklavung führt. Ich denke, es ist an der Zeit, mit unserem Findling zu sprechen.«

»Lorelei?«

Kirk nickte und ging auf die Kabine der Frau zu. Er hatte diese Konfrontation nicht gewollt. Jetzt jedoch war ihm klar, daß er sie nicht länger vermeiden konnte. Die Sicherheit seines Schiffes war wichtiger als die brennende Angst, die er in sich aufsteigen fühlte.

Wie alle anderen Türen an Bord der *Enterprise* war auch die von Loreleis Kabine halb offen fixiert worden, bevor die Energie abgeschaltet wurde. Wenn jedes Watt, das die Impuls-Triebwerke produzierten, dazu benötigt wurde, die Lebenserhaltungssysteme und die Schubkraft aufrechtzuerhalten, mußte man auf den Luxus automatischer Türen verzichten.

»Lorelei!« rief er, und seine Stimme zitterte fast gar nicht dabei. Kirk versuchte sich zusammenzureißen. Er hatte nicht den geringsten Grund, sie zu fürchten. Sie war nicht aggressiv. Ganz im Gegenteil. Und doch fürchtete er sie. Oder war es ihre Philosophie des Pazifismus? Fürchtete er ihre Überredungskunst? War sie imstande, alles umzukehren, woran er glaubte?

»Captain Kirk – James. Bitte, treten Sie ein.«

Sie saß auf einem niedrigen Hocker, die schlanken Beine ausgestreckt und übereinandergeschlagen. Sie trug ein hauchdünnes Kleid, das durch statische Elektrizität die Kurven ihres makellosen Körpers nachzeichnete. Ihre großen braunen Augen ließen sie sanft, jung, verwundbar erscheinen. Ihr kindhafter Wuchs verstärkte diesen Eindruck noch. Kirk unterdrückte den aufsteigenden Schutzinstinkt, den er ihr gegenüber empfand. Bestimmt war sie der Situation besser gewachsen als er.

»Ich möchte Sie bitten, nicht mit Mitgliedern der Crew zu sprechen.« So. Er hatte es alles in einem schnellen Satz herausgebracht.

»Nein? Bin ich eine so gefährliche Aufwieglerin? Meine Ansichten müssen starkes Gewicht haben, wenn Sie glauben, daß sie der Kern Ihrer Probleme sind.« Sie lehnte sich zurück und stützte sich mit den Händen ab. Bei einer erwachsenen Frau wäre das eine sehr provokative Haltung gewesen. Kirk empfand noch stärker die kindhafte Wirkung, die Lorelei ausstrahlte.

»Ihre Worte haben große Ähnlichkeit mit den Ihren. Irgendwie – ich weiß nicht, wie Sie es geschafft haben – ist es

Ihnen gelungen, Ihr Denken in ihre Gehirne zu verpflanzen. Viele von ihnen verweigern wegen ihrer neu entdeckten pazifistischen Ideale den Dienst. Wenn sie das in einer kritischen Situation tun, sei es bei der Konfrontation mit einem romulanischen Kreuzer oder mit einem Asteroiden, der zu groß ist, als daß unsere Reflektorschilde mit ihm fertig werden können, wird es nicht nur sie das Leben kosten, sondern auch alle anderen an Bord der *Enterprise*. Sie wollen das doch nicht auf ihr Gewissen laden, nicht wahr?«

Ein Ausdruck von Trauer glitt über das Gesicht der Frau, fast wie eine Wolke, die an der Sonnenscheibe vorbeizieht. Sie schüttelte den Kopf. »So einfach ist es nicht, James. Ideen sind hartnäckig. Wenn sie einmal Wurzeln geschlagen haben, wachsen sie immer weiter und können nicht ausgerottet werden. Es gibt keine Umkehr.«

»Wie tun Sie es? Warum?« Er setzte sich ihr gegenüber, die Ellenbogen auf die Knie gestützt. Ihr Gesicht verriet nichts von ihren Motiven.

»Ich bin eine der Sprecherinnen Hylas. Man hat mich gelehrt, meine Worte mit großer Sorgfalt zu wählen, ihre Bedeutung abzuwägen, sowohl die offene, als auch die unterschwellige. Der Satz, dem eine unterschwellige Bedeutung zugrunde liegt, ist vielleicht der wichtigste, weil er in dem Zuhörer einen Denkprozeß in Gang setzt. Ich hatte nicht die Absicht, die Funktion Ihres kostbaren Schiffes zu stören. Doch Ihr Auftrag widerspricht allem, was mir heilig ist.«

»Wieder und wieder hörte ich meine Crew sagen, daß wir nach Ammdon gehen, um einen Krieg zu beginnen. Das ist nicht und das war nie der Zweck des Aussendens dieser diplomatischen Abordnung durch die Föderation. Botschafter Zarv und seine beiden Begleiter wollen Frieden, nicht Krieg.«

»Ihr Botschafter ist ein außergewöhnlich guter Sprecher. Er würde auf Hyla zu großen Ehren gelangen.« Lorelei seufzte und wandte den Kopf zur Seite, wieder eine Geste, die sexuell provokativ gewesen wäre, wenn sie nicht äußerlich wie ein junges Mädchen gewirkt hätte.

»Die Romulaner wollen diesen Krieg, nicht die Föderation«, sagte er.

»Ja, James, das glaube ich. Ehrlich. Ich habe Ihre Personalakte studiert, und wenn es mir auch nicht möglich war, jede einzelne Eintragung zu beurteilen, zeigt sie mir doch, daß Sie den Frieden suchen, nicht den Krieg.«

»Warum stellen Sie sich dann gegen uns?«

»Die Motive der Föderation sind friedlich, doch das Werkzeug, das sie sich dazu erwählt hat, ist denkbar ungeeignet. Auf Hyla haben wir schon vor vielen Tausenden von Jahren gelernt, daß reine Motive wirkungslos bleiben, wenn sie nicht von effektiven Aktionen begleitet werden. Es mag Zarv gelingen, Ammdon und Jurnamoria in seinem Sinne zu beeinflussen und den Krieg, den Sie fürchten, zu verhindern. So groß ist sein Können. Doch die Anwesenheit der *Enterprise* wird diesem Ziel entgegenstehen. Die Leute von Ammdon sind sehr listig.«

»Und sie werden die *Enterprise* dazu benutzen, einen Angriff auf Jurnamoria zu unternehmen, das dann die Romulaner um Hilfe bitten muß. Ich habe alles gehört. Ich muß Zarv und Lorritson und Mek Jokkor vertrauen. Ich... ich bin kein Diplomat. Deren Wege sind mir fremd, zum größten Teil jedenfalls.«

»Aber ein Soldat sind Sie auch nicht. Sie erstreben ehrlich Frieden. Ihre oberste Aufgabe ist die Entdeckung neuer Welten, die Kontaktaufnahme mit neuen Lebensformen – auf friedliche Weise. *Das* ist ein bewundernswerter Beruf, und einer, für den Sie auf einmalige Weise geeignet sind.«

Sie erhob sich mit einer fließenden Bewegung und fiel vor Kirk auf die Knie. Eine schlanke Hand streckte sich aus und fuhr leicht über seine heiße Wange. Er starrte hinab in die schimmernden Seen ihrer schokoladenfarbenen Augen und spürte, wie er sich in ihnen verlor. Die Anziehungskraft, die Lorelei auf ihn ausübte, wurde immer stärker. Sie war nicht – ganz – erotisch, doch auch das war mit im Spiel. Sie verkörperte alles, was im Universum rein und unschuldig und friedvoll war, alles, das Stille und Zufriedenheit bedeutete.

»Wir von Hyla haben vor mehreren Jahrtausenden bittere Kriege geführt. Ich habe diese primitiven Gefühle erfahren, durch eine gewisse Aufzeichnungstechnologie, über die Ihre Kultur anscheinend nicht verfügt. Das Erlebnis hat mich... tief beeindruckt. Alle auf Hyla teilen meinen Ekel vor Kriegsinstinkten, und wir widmen unser Leben der Analyse von Situationen und entscheidenden Faktoren. Sie sind blind oder unerfahren – oder naiv.«

»Naiv?« herrschte Kirk sie an, verletzt von der Kritik. Es war Lorelei, die zerbrechlich und naiv erschien. »Wirklich nicht.«

»Ein besserer Ausdruck wäre vielleicht müde und erschöpft, sowohl körperlich als auch geistig. Sie und alle anderen an Bord dieses Schiffes scheinen ausgelaugt zu sein. Die Zeit zwischen den Ruhepausen ist für Sie zu lang. Es ist nicht möglich, klar zu denken, wenn man müde ist.«

»Das stimmt, aber wir müssen unsere Aufgabe zu Ende führen.«

»Entschlossenheit«, sagte sie, und ihr Gesicht wurde sogar noch trauriger. »Ich wünschte, meine Kräfte wären noch geringer, als sie es ohnehin sind. Es gereicht mir nicht zur Ehre, Sie in Schande zu bringen, indem ich Sie daran hindere, Ihren Auftrag zu Ende zu führen. Wir von Hyla haben keine so starre, hierarchische Gesellschaft. Wir sind zwar keine Anarchie, kennen jedoch keine Führer in dem Sinne, wie Sie sie haben.«

»Wie lösen Sie dann Ihre Gemeinschaftsaufgaben? In einer komplexen Gesellschaft kann sich doch nicht jeder all das selbst beschaffen, was er zum Leben braucht.«

»Hylaner brauchen nur wenig Anweisung. Wenn irgend etwas getan werden muß und wir es tun können, dann tun wir es. Jede Arbeit ist ehrenhaft, so lange sie nützlich ist und keinen Schaden verursacht.«

»So wie Sie es sagen, klingt es wie eine perfekte Gesellschaft.« Kirk spürte, daß er auf die Frau reagierte, und das wollte er nicht. Ihre Worte spannen ein Netz um ihn, nahmen ihn gefangen, gaben ihm das Gefühl, ein Primitiver angesichts eines Kultivierten zu sein.

»Perfekt?« sagte sie überrascht, dann stieß sie ein winziges Lachen aus, das wie der Klang von Silberglocken durch Kirks Bewußtsein vibrierte. »Wirklich nicht. Wir sind uns unserer vielen Fehler nur zu bewußt. Doch das Streben nach Frieden gibt jedem einen Lebenszweck.«

»Jeder sollte dieselbe Definition von Frieden haben.« Kirk spürte, wie er in die Tiefe ihrer Augen sank, in die Tiefe ihres Intellekts und ihrer Argumentation. Was sie sagte, nahm ihn gefangen. Es war logisch; es war absolut logisch. Wieder streckte sie ihre Hand aus und berührte ihn leicht. Er wandte sich ihr zu und küßte ihre Handfläche.

»Ich wünschte, daß Sie eine friedlichere Lebensauffassung hätten«, sagte sie, und Traurigkeit breitete sich über ihre Worte wie eine dicke, sämige Soße. »Mir ist, als ob ich Ihren Planeten zerstören würde, auch wenn dies nötig ist.«

»Ich bin zum Soldaten ausgebildet, doch der Friede ist mir teuer. Ich wünschte, daß wir alle in Frieden leben könnten, in der ganzen Galaxis. Die Romulaner, die Klingonen, die Föderation.«

Sie sagte nichts, und Kirk streckte die Hand nach ihrer zarten Wange aus, um sie zu berühren, sie zu streicheln. Ein schrilles Klingeln riß ihn aus dieser Stimmung.

»Captain Kirk, Sie werden von der Brücke verlangt. Bitte melden Sie sich.«

Kirk sprang auf, trat zum Intercom und schlug mit der Handkante auf den Knopf. »Hier Kirk. Was ist los, Uhura?«

»Sir, Mr. Spock meldet, daß der kosmische Staub, der unsere Sicht behinderte, jetzt hinter uns liegt. Er hat einen ersten Scan des Systems durchgeführt.«

»Gut.«

»Es ist sogar besser, Sir. Der vierte Planet des Systems ist bewohnt.«

»Ich bin sofort da.« Kirk blickte über seine Schulter zu Lorelei hinüber, die noch immer reglos auf dem Boden kniete. Ich muß gehen«, sagte er zu ihr. Tief in seinem Inneren wallten und brodelten Gefühle, die ihn erneut zu verwirren drohten. Während er mit Lorelei gesprochen hatte, war ihm alles so völlig klar erschienen. Jetzt aber tosten die Worte um ihn herum. Friede. Krieg. Die Grenzen waren nicht mehr klar.

»Gehen Sie. Tun Sie Ihre Pflicht«, sagte sie. »Ich werde die meine tun. Das ist unsere Bestimmung, James. Jeder muß das tun, was nötig ist.«

Er nickte, froh, sie verlassen zu können. Er eilte zum Turbolift, weil es ihn drängte, auf die Brücke zu kommen.

Ein bewohnter Planet! Noch waren sie nicht verloren!

KAPITEL 6

CAPTAIN'S LOGBUCH, STERNZEIT 4903.01

Wir werden bald den Orbit um den vierten Planeten des Systems erreichen. Uhura meldet, daß keine Funksignale von dem Planeten ausgestrahlt werden, doch Mr. Spocks Lebensformindikatoren deuten auf eine hochzivilisierte Gesellschaft hin. Das Rätsel, das sich aus diesem anscheinenden Widerspruch ergibt, ist einer der Punkte auf unserer Arbeitstabelle. Nirgendwo in der Galaxis ist eine fortgeschrittene Zivilisation gefunden worden, die nicht Hertz-Frequenzen benutzt, selbst für unbedeutendere Kommunikation. Doch vielleicht ist dies die erste Ausnahme.

»Gehen Sie in Standard-Orbit«, befahl Kirk. Chekov und Sulu arbeiteten an ihren Konsolen, um den Befehl auszuführen. Hinter sich hörte Kirk Lieutenant Uhura sämtliche Kommunikationsfrequenzen überprüfen, jedoch ohne Erfolg. »Mr. Spock, was ist Ihr Eindruck von dem unter uns liegenden Planeten?« Er studierte die riesigen Flächen von Braun-, Grün- und Blautönen auf dem großen Bildschirm, während er das sagte.

»Zweifellos eine hochentwickelte Zivilisation, vielleicht der unseren ähnlich.«

»Raumflug? Überlichtgeschwindigkeitsantriebe?« fragte Kirk.

»Keine Anzeichen für irgendwelche Aktivitäten außerhalb des Planeten, Sir. Und es ist auch keinerlei Funkverkehr auf den normalen Kommunikationsfrequenzen feststellbar. Ich habe jedoch Beweise für das Vorhandensein von Atommeilern, von hochentwickelten Transportsystemen auf der Oberfläche des Planeten, und sogar von Luftfahrzeugen, die etwa denen des einundzwanzigsten Jahrhunderts Ihrer Erde entsprechen.«

»Finden Sie es nicht seltsam, daß sie keinen Funk verwenden?«

»Theoretisch kann ich mir eine Kultur ohne Funk vorstellen. Bis zur Mitte des zwanzigsten Jahrhunderts, zum Beispiel, drang nur wenig Radiostrahlung von der Erde in den Raum vor. Kommunikationssatelliten auf geosynchronen Umlaufbahnen übernahmen damals einen wachsenden Anteil der Audio- und Videoabstrahlung. Zum Ende jenes Jahrhunderts waren Laser und Kommunikationssatelliten die wichtigsten Relais-Methoden. Und die sind absolut abstrahlungssicher, wie Sie wissen.«

»Sulu, irgendwelche Anzeichen für das Vorhandensein von Kommunikationssatelliten um den Planeten?«

»Nein, Sir«, kam die sofortige Antwort. »Das war das erste, wonach Mr. Spock mich suchen ließ.«

Kirk lächelte. Spock vergaß nur selten etwas, das von Wichtigkeit war. Aus diesem Grund war er auch von jeher der beste Wissenschaftsoffizier von Starfleet. Kirk verdrängte den Gedanken daran, wie sehr Spock vermißt werden würde, wenn er eines Tages zum Captain befördert und das Kommando über ein anderes Schiff übernehmen würde.

»Wie erklären Sie sich diesen Widerspruch? Nach Proctors Theorie der Zivilisierung ist es nicht möglich, eine komplexe Kultur zu entwickeln, ohne ein fortschrittliches Kommunikationssystem zu besitzen.«

»Ich stimme mit dieser Theorie überein. Ich vermute, daß die Bewohner des unter uns liegenden Planeten irgendeine Methode anwenden, die uns unbekannt ist. Ihre Kultur ist jedenfalls weit entwickelt, vielleicht sogar weiter als die unsere.«

»Aber sie haben keine Raumfahrt. Nicht einmal zu den ihnen nahegelegenen Planeten.«

»Manche Kulturen sehen keine Notwendigkeit in der Erforschung des Kosmos. Dies mag eine von ihnen sein.« Spock arbeitet weiter an seiner Computerkonsole, während er sprach. »Ich habe weitere Hinweise auf eine weit entwikkelte Kultur entdeckt. Ihre Landwirtschaftsform ist die einer Gesellschaft, die in Frieden lebt und eine hochentwikkelte Biologie besitzt. Kanäle deuten auf optimale Planung von Bewässerungssystemen hin, und das Oberflächen-Transportsystem ist ausreichend, um Ernteerträge über den ganzen Planeten zu verteilen.«

Kirk veränderte das Bild auf dem großen Bildschirm, indem er auf stärkere Vergrößerung schaltete. Spocks Schlußfolgerungen beruhten auf computerverstärkten Bildern, doch vieles von dem, was er berichtete, war selbst Kirks untrainiertem Auge klar. Die Ackerfelder waren in einer deutlich erkennbaren Ordnung angelegt, wie sie von den Bauern der meisten Planeten geschätzt wird; sie waren von Computern berechnet worden, um den größtmöglichen Ertrag zu erzielen. Er fragte sich, ob die Leute dort unten auch durch Computeranalyse daraufgekommen waren oder ob sie es durch irgendeine andere Methode erreicht hatten.

»Nun, dies ist ein Planet, auf dem ich mich niederlassen könnte«, sagte McCoy, der neben Kirk getreten war. Der Captain fuhr zusammen, da er den Arzt nicht hatte kommen hören. »Friedlich da unten. Ein Mann kann mit seiner Hand durch die Erde fahren und sich als Teil der Natur fühlen.«

»Ich frage mich oft, ob du jemals eine Farm auch nur von außen gesehen hast. Ich sehe dich immer in einem Penthouse in Atlanta leben und zum Horizont hinüberstarren, wo die Felder liegen sollten.«

»Ich bin auf einer Farm aufgewachsen, Jim.« McCoys Stimme klang verletzt, und Kirk wechselte das Thema.

»Hast du schon eine Bioscan-Analyse durchgeführt?«

»Alles erledigt und in Spocks Computer gefüttert. Der Planet ist der Erdnorm so ähnlich, wie man es im Raum kaum zu erhoffen wagt. En wunderbarer Planet. Die Luft absolut frei von Verschmutzungen durch Industrie, das Klima wunderbar reguliert, alles in allem fast ein Paradies.«

»Keine Industrie? Spock, stimmt das?«

»Ja, Captain. Faszinierend. Ich hatte diesen Aspekt bisher noch nicht in Betracht gezogen. Alle umweltverschmutzende Industrie ist bei Ihnen ja längst in den Orbit verlegt, damit die Erdatmosphäre rein bleibt. Ich kann keinen Hinweis auf ähnliche Anlagen entdecken. Ich finde keinerlei Erklärung für das Fehlen jeder atmosphärischer Verunreinigung.«

»Sie könnten sogar noch weiter fortgeschritten sein, als wir es annehmen«, sagte Kirk nachdenklich.

»Bioscans werden fortgesetzt, auf eine der Städte gerichtet«, sagte McCoy. »Ihre Städte sind ebenfalls ein Muster an Effizienz. Keine Karomuster. Das ist ihnen nicht ästhetisch genug.«

»Sie scheinen eine besondere Vorliebe für das Sechseck zu zeigen, sowohl in ihrer Architektur als auch bei der Stadtplanung. Es ist eine genauso praktische Form wie das Quadrat, und mathematisch gefälliger.«

»Nicht einmal an Architektur kann er sich freuen. Alles muß er zu geometrischen und mathematischen Formeln reduzieren.«

»Doktor, ich kann nicht einsehen, aus welchem Grund Sie solche Werkzeuge der Logik ablehnen. Diese ist sicher ein besserer Weg, ein Problem anzugehen, als nur blind hineinzustolpern, wie Sie es tun, und sich dabei allein auf irreführende Emotionen zu verlassen.«

»Genug«, sagte Kirk und brachte die beiden Streithähne zum Schweigen. »Ich möchte nicht in die Mitte einer Stadt hinabbeamen, ohne uns vorher anzumelden. Glauben Sie, daß sie uns im Orbit um ihren Planeten entdeckt haben?«

»Negativ, Captain«, meldete Uhura. »Ich überwache alle Radar- und andere Suchwellenbänder. Sie scheinen auch kein Radar zu gebrauchen. Jedes Erkennen unseres Schiffes müßte visuell erfolgen, zum Beispiel, wenn es einen Stern verdunkelt.«

»Aber wie lenken sie ihren Flugverkehr? Durch engstrahlige Laser? Ihre Meinung dazu, Spock, Uhura.«

Bevor einer der beiden antworten konnte, schallte eine nur zu vertraute Stimme durch die Brücke. »Ich verlange zu wissen, was diese Ungeheuerlichkeit zu bedeuten hat!«

»Botschafter Zarv, bitte gehen Sie in Ihre Kabine zurück. Wir haben mit dringenderen Angelegenheiten zu tun.« Kirk spürte eine wachsende Irritation gegenüber dem Tellariten. Er hatte die Crew nicht auf seine Seite ziehen können, wie Kirk es sich erhofft hatte, obwohl Lorelei die schauspielerische Begabung des Diplomaten gelobt hatte. Alles, was Zarv bisher getan hatte, war, Unruhe zu stiften, wohin er auch ging. Kirk mußte annehmen, daß die Probleme an Bord der *Enterprise* zumindest teilweise auf die Anwesenheit des Diplomatenteams zurückzuführen waren – und auf dessen Auftreten. Wenn sie in ihren Kabinen geblieben wären, hätte sich die Stimmung der Crew nicht gegen sie aufgeladen. Zarv verstand es, jedem auf die Füße zu treten.

»Ich denke nicht daran, Kirk. Warum kreisen wir um diese lächerliche Dreckkugel herum? Es ist nicht Ammdon. Das weiß ich. Ich bin dort gewesen, und jene Kontinente sind anders geformt.« Er winkte mit seiner fetten Hand zum Bildschirm.

»Falls es Ihnen entgangen sein sollte, Botschafter: Unsere Warp-Antriebe sind abgeschaltet worden und wir befinden uns in einer sehr mißlichen Lage. Es gibt keine normale Möglichkeit, Starbase Eins über unsere Situation in Kenntnis zu setzen. Alle fünf Nachrichtentorpedos, die wir besitzen, sind zerstört worden, und ohne Warp-Energie können wir den Subraum-Funk nicht benutzen. Unser Transporter ist nur begrenzt einsatzfähig. Nur mit Impuls-Energie würden wir Jahre brauchen...«

»Vierhundertsiebzig Komma neun-zwei-drei, um genau zu sein«, warf Spock ein.

»... fast fünfhundert Jahre, um zur Base zurückzukehren. Ammdon liegt ein wenig näher.«

»Achtundachtzig Komma sechs-sechs-sechs Jahre, wenn die von den ammdonischen Astronomen gelieferten Sternzeittabellen richtig sind.«

»Danke, Mr. Spock.« Kirks Irritation wandte sich sogar gegen seinen Wissenschaftsoffizier. Er fühlte sich bis zum Zerreißen angespannt. »Wir können weder unsere Reise fortsetzen noch zurückkehren, und wir können uns auch nicht mit Starfleet in Verbindung setzen. Also bleibt uns nichts anderes übrig, als unsere Maschinen zu reparieren. Wenn uns das gelingt, können wir unsere Reise nach Ammdon fortsetzen, oder, wenn die Maschinen nicht völlig instand gesetzt werden können, den Subraum-Funk benutzen, um unsere Position und unsere Lage zu melden. In beiden Fällen sehe ich nichts, was Sie dazu beitragen könnten. Also kehren Sie in Ihre Kabine zurück und bleiben Sie dort.«

»Kirk, ich lasse mich nicht von Ihnen herumkommandieren. Ich...«

»Lieutenant Patten«, rief Kirk und drückte den Knopf des Intercom in der Armlehne seines Sessels, »schicken Sie fünf Männer des Sicherheitsdienstes zur Brücke, um Botschafter Zarv zu seiner Kabine zu eskortieren.«

»Das ist eine Unverschämtheit!« protestierte Zarv, doch der Anblick der Männer des Sicherheitsdienstes ließ ihn nervös durch die Nase schnauben, herumfahren und flankiert von den bewaffneten Männern hinausmarschieren.

»Mr. Spock, warum ist dieser Planet nicht katalogisiert worden? Wie kommt es, daß eine offensichtlich weit entwickelte Zivilisation den Erkundungsschiffen entgehen konnte?« Kirk entspannte sich ein wenig, nachdem der tellaritische Botschafter fortgebracht worden war. Trotz der gefährlichen Situation war es ihm lieber, Probleme lösen zu müssen, die sein Schiff und dessen Crew betrafen, als sich mit uneinsichtigen Diplomaten herumzuschlagen.

»Unbekannt, Sir. Dieses Sternsystem ist nicht sehr weit

von der Starbase Eins–Ammdon-Route entfernt. Bestimmt hat sich der Verkehr entlang diesem Weg nach Beginn der romulanischen Übergriffe verstärkt. Selbst hinter der verdeckenden Staubwolke hätte man irgend etwas davon bemerken müssen.«

»Vielleicht hat sich keiner besondere Mühe gemacht, außer der Überwachung von Subraum- und Funk-Frequenzen, Mr. Spock«, meinte Uhura. »Vor meinem Kommando auf die *Enterprise* habe ich auf einem Erkundungsschiff gearbeitet. Wir sind oft durch einen Sektor gehetzt und haben lediglich die Sterne kartographiert, bei denen die Wahrscheinlichkeit bestand, daß sie Planeten der Klasse M aufwiesen, und die wurden als erstes immer auf Funkverkehr überprüft.«

»Oberflächliche Methode«, murmelte Spock.

»Doch manchmal notwendig«, sagte Kirk. »Die Galaxis ist gewaltig, und es wird immer Systeme direkt vor unserer Haustür geben, die wir übersehen haben. Wir wollen hoffen, daß dieser Planet hält, was er verspricht.«

Die Tür des Turbolifts glitt auf. Kirks Muskeln spannten sich, da er glaubte, daß Zarv zurückgekehrt sei. Er wandte den Kopf und beruhigte sich sofort. Dr. McCoy trat auf ihn zu, den Schreibblock in der Hand.

»Ich habe die Analyse der Sensor-Werte, Jim. Es sieht verdammt gut aus. Die Leute dort unten sind zwar keine Menschen, stehen ihnen aber anscheinend näher als Spock.«

»Atmosphäre, Aquasphäre, die gesamte Ökosphäre; gibt es irgendwelche Probleme für uns?«

»Schwer zu sagen, ohne vorher Proben zu untersuchen, doch würde ich sagen, daß dies ein erstklassiger Planet ist, wie maßgeschneidert für Menschen wie wir – oder Aliens wie die dort unten.« Er deutete mit seinem Block auf den großen Bildschirm. »Äußerlich humanoid, mit einigen geringfügigen Abweichungen. Ein paar Eigenarten, doch nichts ausgesprochen Gefährliches.«

»Bitte etwas genauer, Doktor.« Spock blickte über

McCoys Schulter auf dessen Block mit den Notizen. »Was bezeichnen Sie als ›Eigenarten‹?«

»Da ist nichts, das ich genauer feststellen könnte. Es sind nur Gefühle, das, was Sie immer zu haben wünschen und nicht besitzen. Es ist zu viel Leben dort unten.«

»Ich ziehe es vor, nicht durch menschliche Gefühle behindert zu sein. Und ich verstehe nicht, was Sie mit ›zu viel Leben‹ meinen, Doktor.«

»Ich verstehe es auch nicht, Pille.« Kirk blickte seinen Freund an.

Der Arzt zuckte die Schultern und sagte: »Es scheint eine Registrierung zu hoher Lebensformwerte zu sein, in Anbetracht der wenigen Individuen, die analysiert wurden. Es wäre möglich, daß sie größere Lebenskraft aufweisen als andere Rassen.«

»Sehr unwissenschaftlich«, sagte Spock verächtlich.

»Aber niemand hat irgendeine Gefahr feststellen können, weder auf biologischem, noch auf einem anderen Gebiet? Mr. Spock, Pille, stellen Sie ein Team des Sicherheitsdienstes zusammen und beamen Sie hinab.«

»Jawohl, Sir.« Spock war bereits auf dem Weg zum Transporter. McCoy folgte ihm, jedoch etwas zögernd.

»Sie wissen, was wir brauchen. Verhandeln Sie über die Lieferung von Abschirmmaterial. Blei, wenn es so was dort gibt. Alles, was besser ist, falls sie es entwickelt haben sollten. Und soliden Fels, wenn es nichts anderes gibt.«

»Da sie eine große Zahl von Atomreaktoren in Betrieb haben, dürfte solches Abschirmungsmaterial hier nicht ungebräuchlich sein.«

»Was könnten sie dafür als Gegenleistung verlangen?« fragte McCoy. »Ohne ein reguläres Kontakt-Team können wir ihnen nichts von unserer Technologie anbieten, und sie sind zu weit entwickelt, um sich mit Glasperlen und Kattunballen zufrieden zu geben.«

»Doktor«, sagte Spock, »ich glaube, daß die Vorschriften von Starfleet in diesem Punkt sehr eindeutig sind. Da wir uns in einer Gefahrensituation befinden, unsere Aufgabe in Frage gestellt ist und angesichts einer romulanischen Intervention eine noch ernstere Lage eintreten könnte, darf Generalorder Nummer eins modifiziert werden, so daß es uns erlaubt ist, Gegenstände anzubieten, die es in dieser Zivilisation nicht gibt. Wir müssen zwar genau überlegen, welche Dinge oder welches Wissen wir als Gegenleistung anbieten, doch bewegen unsere Aktionen sich durchaus im Rahmen der Gesetze.«

»Das beruhigt mich aber«, protestierte McCoy. Er starrte auf die Transporterplattform. »Und die beruhigt mich auch.«

»Viel Glück. Macht eine vollständige Tricorderaufzeichnung von dem Treffen. Das Kontaktdepartment der Föderation wird daran sehr interessiert sein. Dies ist die erste wirklich hochentwickelte Gesellschaft, die wir seit mehr als zwanzig Jahren entdecken.«

»Alles bereit, Captain«, meldete Spocks ruhige Stimme von der Transporterplattform. Um ihn und McCoy herum standen vier Männer des Sicherheitsdienstes.

»Transporter aktivieren!« befahl Kirk. Schimmernde Säulen von Energie bildeten sich um jeden der Männer; sie verschwanden. Kirk wünschte, bei ihnen sein zu können, doch das war natürlich nicht möglich. Er war Captain eines Raumschiffs; seine Aufgabe war es, an Bord seines Schiffes zu bleiben. Er ging rasch zur Brücke zurück, um den ersten Kontakt auf dem Monitor zu verfolgen.

Leonard McCoy stolperte und fiel auf die Knie. »Wann werden sie endlich eine Maschine entwickeln, die so funktioniert, wie sie soll?« fluchte er. »Das verdammte Ding hat mich eine Handbreit über dem Boden fallen lassen.«

»Sie haben sich schon an Bord der *Enterprise* aus dem Gleichgewicht gebracht«, sagte Spock. »Wenn Sie keine Angst vor dem Transporter hätten, würde es nicht zu solchen Zwischenfällen kommen.«

»Warum sollte ich keine Angst davor haben? Kyle sagte, daß die Plattform wegen der mangelnden Energieleistung modifiziert werden mußte. Das verdammte Ding reißt alle meine Atome auseinander, jongliert mit ihnen herum wie ein Zirkusclown und wirft sie Gott weiß wo wieder zusammen. Es ist ein Wunder, daß alle meine Enzyme noch funktionieren. Das ist etwas, das ich untersuchen sollte. Hat es einen nachteiligen Einfluß auf die Enzyme, wenn man zu oft einen Transporter benutzt?«

»Doktor, solche Studien sind auf Vulkan und anderenorts bereits durchgeführt worden; man hat keinerlei negative Wirkung des Transporterstrahls feststellen können.«

»Sir«, sagte Neal, der Führer des Sicherheitsteams. Er deutete auf mehrere Humanoide, die sich ihnen näherten.

Spock richtete seinen Tricorder auf sie und studierte sie eingehend. Er und die anderen waren in den Außenbezirk einer großen Stadt hinabgebeamt. Samtweicher, grüner Rasen war unter ihren Füßen und erstreckte sich bis zu den Straßen der Stadt, die aus einer vertraut wirkenden schwarzglänzenden Glasphalt-Energiepiste zu bestehen schien. Die in der Nähe befindlichen Gebäude zeigten dieselbe, sanfte Dichte; nirgends konnte Spock die Härte von Stahl oder Beton entdecken.

»Seltsame Lebensformwerte«, murmelte er. »Äußerst intensiv, wie Sie bereits erwähnten, Dr. McCoy.«

Die Humanoiden kamen näher, blieben stehen. Haarlose Köpfe glänzten im Licht der Nachmittagssonne. Das Fehlen von Augenbrauen ließ ihre Augen größer als die von Menschen erscheinen, doch am auffälligsten fand Spock, daß sie keine Ohren hatten. Die Aliens standen in gleichem Abstand voneinander, ohne zu sprechen, ohne einander anzublicken. Sie studierten Spock, McCoy und die anderen Männer ohne erkennbare Bewegung, zeigten weder Neugier noch Angst.

»Wie sollen wir uns ihnen nähern?« fragte McCoy. »Es ist lange her, daß ich *Robinson Crusoe* gelesen habe.«

Spock trat vor und sagte: »Ich bin Wissenschaftsoffizier des Raumschiffs *Enterprise*, das jetzt im Orbit um Ihren Planeten liegt. Wir wünschen Handel mit Ihnen.« Keine Antwort. Spock fummelte an seinem Tricorder herum, versuchte es dann noch einmal. Keinerlei Regung zeigte sich auf ihren Gesichtern.

»Sie sind wirklich ein Erfolg, Spock. Ich empfange keine neuen Lebensformwerte. Als Komiker sind Sie nicht sehr geeignet.«

»Ihre Ironie ist fehl am Platz, Doktor. Ich kann nicht ein Anzeichen dafür erkennen, daß sie uns auch nur wahrgenommen haben. Telepathie ist kein unbekanntes Phänomen. Das Fehlen von Ohren deutet darauf hin, daß sie eine andere Kommunikationsmethode anwenden, als wir es tun.«

»Werden Sie die vulkanische Geistverschmelzung anwenden?«

»Ich muß es versuchen, obwohl sie zu diesem frühen Zeitpunkt des Kontakts nicht sehr erfolgversprechend erscheint.«

Spock trat vor, zögerte, schritt dann weiter, bis er vor dem Humanoiden war, der ganz links stand. Der Vulkanier streckte seine Hand nach ihm aus. Der Humanoid rührte sich nicht. Spock berührte die Stirn des Humanoiden mit den Fingerspitzen. Die Wirkung war sehr plötzlich.

Eine schwere Faust schnellte vor und traf den Vulkanier in die Magengrube. Er taumelte rückwärts, versuchte, das Gleichgewicht wiederzuerlangen und Luft in die Lunge zu ziehen. Er rief dem Sicherheitsteam keuchend zu: »Warten Sie! Nicht schießen!«

Seine Stimme war zu schwach, um von ihnen gehört werden zu können. Sie feuerten mit ihren auf Betäubung geschalteten Phasern. Die Humanoiden taumelten unter dem Energiestoß, fielen jedoch nicht bewußtlos zu Boden.

»Ihr Nervensystem muß anders beschaffen sein als das unsere«, rief McCoy. »Nicht mehr feuern.«

Inzwischen war Spock wieder zu Kräften gekommen, doch nichts, was er tun konnte, hielt die Humanoiden davon ab, vorwärtszustürzen und die Männer des Sicherheitsteams zu packen. Aus der blauen Luft tauchten mehr und mehr Aliens auf, bis das ganze Landungsteam überwältigt und gefangengenommen worden war.

»Eine schöne Geschichte«, knurrte McCoy. »Wie wollen Sie uns hier herausbringen?«

»Ich sehe keinen logischen Weg, dem wir folgen könnten, außer, uns mit unserer Lage abzufinden und auf eine Gelegenheit zu warten, mit den Autoritäten sprechen zu können. Oder, richtiger, uns auf irgendeine Weise mit ihren Führern zu verständigen.«

»Keine Chance, daß wir jemals heil hier herauskommen«, sagte McCoy, als sie über den grünen Rasen in Richtung Stadt gezerrt wurden.

»Sie sind gefangengenommen worden, Sir«, meldete Chekov atemlos. »Was sollen wir unternehmen?«

»Gefangengenommen? Was ist passiert? Ich bin eben aus dem Transporterraum gekommen. Sie hatten doch gar keine Zeit, in Schwierigkeiten zu geraten.«

»Sir!« rief Chekov. »Mr. Spock hat versucht, sich mit den Leuten zu verständigen, indem er die vulkanischen Gedankenverschmelzungstechnik anwandte. Man hat ihn geschlagen. Die Sicherheitsleute haben mit Handphasern gefeuert. Alle wurden ergriffen und in die Stadt geschleppt.«

»Sulu, irgendwelche Aktivität im Orbit oder im nahen Raum?«

»Keine, Captain.«

»Uhura. Funkkontakt?«

»Negativ, Sir.«

»Schalten Sie die Tricorderaufzeichnungen auf den großen Bildschirm. Ich will wissen, was Spock und McCoy gesehen haben, bevor es zu diesem Zwischenfall kam.«

Kirk saß schweigend, während die nur wenige Minuten

lange Aufzeichnung ablief. Er schüttelte den Kopf. Es kam ihm unwahrscheinlich vor, daß ein solches Disaster ohne jede Vorwarnung eintreten konnte. Spock hatte sich langsam genähert, so daß seine friedliche Absicht deutlich erkennbar war. Wenn er damit recht hatte, daß Telepathie ihre Kommunikationsmethode war, so erklärte das einiges. Eine telepathische Kultur brauchte das Radio so nötig wie der Weltraum mehr Vakuum brauchte; aber wenn sie telepathisch waren, warum hatten sie dann seine friedlichen Absichten nicht lesen können? Es gab Kulturen, die ein Tabu gegen körperliche Berührung hatten, doch Spocks Aussehen wies ihn als Alien aus, und er hatte den Humanoiden nicht plötzlich bedrängt. Wenn das Berühren verboten war, warum war der Humanoide nicht einfach zurückgewichen oder hatte Spock auf eine andere Weise klargemacht, daß er damit aufhören sollte?

»Verdammt«, sagte er und ballte die Fäuste, »sie haben sich genau an die Erste-Kontaktaufnahme-Prozedur gehalten. Das hätte nicht passieren dürfen.«

»Was sollen wir tun, Sir?«

»Phaser feuerbereit machen. Nehmen Sie Energie von allen nicht lebenswichtigen Systemen in Deck sechs und darunter.«

»Photonentorpedos ebenfalls, Captain?«

»Nein, Mr. Chekov. Die Phaser sind genauer. Ich will keinen Krieg beginnen. Ich möchte Abschirmungsmaterial zur Strahlensicherung von den Leuten dort unten. Dies ist kein bewaffneter Angriff. Noch nicht.«

Kirk sah zu, wie Chekov Schalter umlegte, und farbige Kontrollampen signalisierten, daß die Energiespeicher der Waffen aufgeladen wurden und sie feuerbereit machten. Dann flammten rote Lichter auf wie Blumen im Frühling.

»Sir, die Phaser-Crew ist nicht auf ihrem Posten.«

»Warum nicht?«

Pavel Chekov wandte den Kopf und hob die Schultern, um anzudeuten, daß er keine Ahnung hatte.

»Mr. Sulu, Sie übernehmen das Kommando. Ich werde selbst nach diesen Leuten sehen. Sie werden das Feuer nicht eröffnen, solange das Landekommando nicht in Lebensgefahr ist.«

»Jawohl, Sir.« Sulu setzte sich in den Kommandantensessel, als Kirk zum Turbolift eilte. Er fuhr in die Tiefe der riesigen Schüssel hinab, die den Hauptrumpf der *Enterprise* bildete und lief zu der darunter hängenden Gondel des Feuerleitstandes.

Leer. Der Raum war hastig verlassen worden, als ob Alarm gegeben worden wäre.

Er setzte sich auf einen Sitz und machte die Phaser feuerbereit. »Statusmeldung, Mr. Sulu.«

»Keine Änderung, Sir. Die Aliens haben unsere Leute eingepfercht, als ob sie Nutzvieh wären. Sie haben sie nicht einmal in Gefängniszellen gebracht. Das Ding sieht aus wie ein Rinderkraal mit einer drei Meter hohen Umzäunung.«

»Ich habe die Feuer-Stromkreise der Phaser aktiviert. Schicken Sie ein paar Männer des Sicherheitsdienstes herunter. Ich will, daß die Phaser sofort bemannt werden, und dann möchte ich eine Liste der Leute, die ihren Posten verlassen haben. Sie werden sofort unter Arrest gestellt.

Er unterbrach die Intercomverbindung zur Brücke und wandte sich wieder den Phasern zu. Als er leichte Schritte hinter sich hörte, sagte er: »Übernehmen Sie. Ich muß auf die Brücke zurück.« Kirk wandte sich in dem Drehstuhl um und sah Lorelei, die schweigend in der Tür stand.

»James, die Crew hat endlich den Wahren Weg entdeckt. Keiner von ihr wird Ihre Waffen bedienen. Sie haben einen Weg entdeckt, der besser ist als der der Gewalt.«

»Spock, McCoy und vier andere Männer sind unten in Gefahr. Der Einsatz unserer Phaser ist vielleicht die einzige Möglichkeit, sie zu befreien. Sind Sie bereit, sie zum Tod zu verurteilen?«

»Wenn das bedeutet, ihr Leben auf Kosten anderer zu erhalten, ja. Solche Händel zahlen sich niemals aus.«

»Es sind meine Freunde, Leute meiner Crew!« schrie Kirk.

»Es ist bedauerlich, daß eine solche Situation entstanden ist, doch Gewalt ist keine Lösung des Problems. Gewalt wird nur eine bereits gespannte Situation verschlimmern.«

»Sie haben meine Leute überredet, ihre Posten zu verlassen?«

»Ich will Sie nicht belügen, James. Ich habe sehr ernsthaft mit vielen von ihnen gesprochen, ihre Fragen beantwortet, ihre Zweifel beschwichtigt. Keiner von ihnen wird zurückkommen, um anderen lebenden Kreaturen Schaden zuzufügen. Sie müssen nach einer anderen – friedvollen – Lösung suchen.«

»Sicherheitsdienst!« rief er den eintretenden Männern zu. »Bringen Sie Lorelei in ihre Kabine und sorgen Sie dafür, daß sie sie nicht verläßt. Sie« – er deutete auf einen der Männer – »übernehmen Phaserbatterie eins. Sie die zweite.« Er wartete nicht, um zu sehen, ob seine Befehle ausgeführt wurden oder nicht. Die Leute, die im Sicherheitsdienst waren, ließen sich nicht leicht durch Argumente beeinflussen. Sie wußten, was ihre Pflicht war und taten sie.

Genau wie Captain James T. Kirk.

Doch als er zur Brücke zurückkehrte, nagten Loreleis Worte an seinen steinharten Vorsätzen. Was war, wenn sie recht haben sollte? Was war, wenn es wirklich einen Weg geben sollte, der keine Gewaltanwendung erforderte?

Er schüttelte ärgerlich den Kopf. »Ich werde alle friedlichen Möglichkeiten ausschöpfen, bevor ich die Phaser gebrauche. Dazu bin ich ausgebildet worden, und daran glaube ich.«

Trotzdem blieben die Zweifel, selbst noch, als er auf der Brücke wieder das Kommando übernahm.

Klebrige Feuchtigkeit drang durch den Stoff der Uniformjacke bis auf seine Haut. Kirk wandte sich um und sah Mek Jokkor neben sich stehen. Das Gesicht des Alien zeigte einen Ausdruck von Bestürzung. Er war erregter, als Kirk ihn jemals erlebt hatte. Der Griff seiner Hand wurde fester, und winzige, stachelige Ranken tanzten über Kirks Haut. Wahrscheinlich war das seine Art, sich mitzuteilen, doch Kirk sagte es nichts.

»Es tut mir leid, aber ich verstehe Sie nicht.«

»Es gibt vieles, das Sie nicht verstehen, Sie irrsinniger Raumwurm!« Botschafter Zarv stürmte auf die Brücke, gefolgt von Donald Lorritson. »Stimmt es, daß Sie Ihren Wissenschaftsoffizier durch einen Versuch verloren haben, sich von diesen Dorftrotteln ein paar Kubikmeter Strahlenschutzmaterial zu besorgen?«

»Ich habe meinen Wissenschaftsoffizier nicht verloren, wie Sie es auszudrücken belieben. Er, Dr. McCoy und vier andere Männer sind von den Bewohnern dieses Planeten gefangengenommen worden. Es war uns bisher nicht möglich, festzustellen, was für Tabus gebrochen wurden, um eine solche Reaktion der Eingeborenen auszulösen.«

»Amateure. Es gibt nur Amateure bei Starfleet. Manchmal frage ich mich, warum ich im diplomatischen Dienst der Föderation bleibe.«

»Captain«, unterbrach Lorritson die Tirade seines Vorgesetzten, »wir haben die Tricorderaufzeichnungen überprüft und keinen Grund für die von den Eingeborenen durchgeführte Aktion entdecken können. Der Tricorder registriert jedoch keine der Details, die zu bemerken und zu bewerten wir ausgebildet sind. Ein kaum feststellbares Zucken der Gesichtsmuskeln, kleine Bewegungen, selbst die relativen Abstände, die Personen zueinander einnehmen. Millionen von Beobachtungen, die unser Handwerkszeug sind.«

»Kommen Sie zur Sache, Mr. Lorritson.«

»Wir wünschen, hinabgebeamt zu werden, um die Freilassung der Männer zu arrangieren. Bei der Gelegenheit werden wir auch einen Weg finden, das Abschirmungsmaterial zu besorgen, das für die Reparatur der *Enterprise* benötigt wird.«

Kirk dachte einen Moment darüber nach. Das Angebot schien recht vernünftig. Diese drei waren erfahrene Unterhändler. Sollten sie Spock und McCoy und die anderen aus der Patsche helfen. Zarv, Lorritson und Mek Jokkor kannten die Spielregeln, wußten, wie man sein Ziel auf friedliche Art erreicht. Sie würden keine Gewaltanwendung benötigen, um ihren Willen durchzusetzen. Das war der einzige Weg: der friedliche.

Er schüttelte den Kopf, wie um die Spinnweben daraus zu vertreiben. Die Worte, die in seinem Gehirn hallten, klangen genau wie jene, die Lorelei geäußert hatte. Heimtückisch hatte sie ihre Gedanken mit den seinen verwoben und seinen Blick auf die Entscheidung vernebelt, die er zu treffen hatte. Auch er wollte eine friedliche Lösung dieses Problems, durfte jedoch Gewalt nicht absolut ausschließen, wenn sie notwendig werden sollte.

Im Gegensatz zu Lorelei glaubte er, daß Gewalt manchmal durchaus in der Lage war, Probleme zu lösen. Es war bedauerlich, doch Gewalt war manchmal die Antwort auf ein mit anderen Mitteln unlösbares Dilemma.

»Ich danke Ihnen für Ihr Angebot, Mr. Lorritson, aber ich kann nicht das Risiko eingehen, sofort ein zweites Team hinabzuschicken. Wenn es dem ersten sozusagen auf dem Fuße folgt, könnte das die Eingeborenen in Aufruhr versetzen. Wir werden herauszufinden versuchen, was geschehen ist, und dann kann einer von Ihnen das zweite Team begleiten. Als Gruppe sind Sie drei zu wertvoll, um einem solchen Risiko ausgesetzt zu werden.«

»Wir arbeiten als Team, Kirk.« Zarvs Feindseligkeit steigerte sich noch mehr. »Sie haben uns in dieses Schlamassel hineingebracht. Wir erreichen nichts damit, daß wir hier auf unseren Hintern sitzen. Lassen Sie uns Ihre Leute befreien und bringen Sie uns auf den Weg. Wir müssen in weniger als zwei Wochen in der Ratsversammlung von Ammdon erscheinen. Wenn wir nicht dort sind, kommt es unweigerlich zum Krieg.«

»Wenn Sie zu Spock und den anderen in den Gefängnispferch geworfen werden, kommen Sie nie nach Ammdon. Ihre Sicherheit ist meine Verantwortung, Botschafter, ob es Ihnen paßt oder nicht. Bitte machen Sie eine Analyse der Situation, damit ich sie richtig beurteilen kann. Lieutenant Avitts wird Ihre Ergebnisse durch den Computer laufen lassen.« Er deutete auf die Frau, die auf Spocks Platz saß. Wenn sie auch nicht über das Können Spocks verfügte – wer bei Starfleet tat das schon? – hatte sie doch viel von ihm gelernt. Sie würde sich ihrer Aufgabe gewachsen zeigen.

»Wir haben keine Zeit für solche Spielereien. Wir werden nicht ein Komitee gründen, um die Gründung eines Komitees zu studieren, Kirk. Das ist etwas für Schreibtischbürokraten. Wir müssen auf den Planeten hinab und von Angesicht zu Angesicht mit den Führern dieser Leute sprechen.«

»Wir haben noch nicht einmal festgestellt, wer ihre Führer sind, Zarv«, sagte Kirk und spürte, daß er mit seiner Geduld am Ende war.

»Wir könnten dieses Mißverständnis sehr rasch aufklären, Captain«, unterbrach Donald Lorritson. Der Mann zog sein untadeliges, doppelreihiges Jackett zurecht und schnippte nicht vorhandene Staubkörnchen von dem Revers. »Für so etwas sind wir schließlich ausgebildet.«

»Dieses ›Mißverständnis‹ ist fundamentaler als das Versagen meiner Offiziere bei der Kontaktaufnahme mit Aliens, Mr. Lorritson. Sie haben meine Befehle gehört. Führen Sie sie aus.«

»Befehle!« röhrte Zarv. »Wir stehen nicht unter Ihrem Befehl. Wir sind...«

Lorritson und Mek Jokkor nahmen ihren Botschafter beiseite, und der Terraner sprach mehrere Minuten lang ernsthaft auf den Tellariten ein. Mek Jokkor stand abseits und schien keinerlei Anteil an der Diskussion zu nehmen. Kirk fragte sich wieder, welche Denkprozesse in Mek Jokkor abliefen. Wie sah eine Pflanze animalisches Leben? Kam es ihr töricht und sprunghaft vor, oder tolerierbar? Es gab keine

Möglichkeit, das festzustellen. Nicht jetzt. Vielleicht konnte er später danach fragen.

»Wie Sie wollen, Captain«, schnaubte Zarv. Das Trio verließ die Brücke ohne weiteren Widerspruch.

»Phuu«, sagte Kirk und ließ sich in seinen Sessel zurückfallen. »Ich bin froh, daß wir sie für eine Weile losgeworden sind. Chekov, wie ist der Zustand der Phaser?«

»Ah, Sir. Es meldet sich niemand, wenn ich durchrufe.«

»Haben Sie die Feuerleitung auf Ihre Konsole geschaltet?«

»Selbstverständlich, Sir, aber es gibt ein paar Schaltvorgänge, die ich von hier aus nicht durchführen kann. Irgend jemand muß dort unten sein.«

Wieder also hatten Leute ihre Posten verlassen. Seine Crew war von Lorelei stärker beeinflußt worden, als er es sich einzugestehen wagte. Eine einzige Salve mit den Phasern war alles, worauf er sich verlassen konnte. Er hoffte, daß es nicht dazu kommen würde.

»Sir?« fragte Uhura scharf. »Haben Sie den Gebrauch des Transporters autorisiert?«

»Natürlich nicht. Was ist los?«

»Zarv und seine beiden Assistenten sind eben nach unten gebeamt, Sir. Sie sind auf dem Planeten.«

Das flaue Gefühl in Kirk verstärkte sich. Die Diplomaten hatten sich seinem Befehl widersetzt.

KAPITEL 7

CAPTAIN'S LOGBUCH, STERNZEIT 4904.2

Spock, McCoy und vier Männer des Sicherheitsdienstes sind auf dem Planeten gefangen. Um die Dinge noch schlimmer zu machen, sind Botschafter Zarv und seine diplomatischen Begleiter ohne Erlaubnis auf den Planeten gebeamt. Der Energieverbrauch durch diesen Gebrauch des Transporters erforderte die Abschaltung der gesamten siebenten Ebene. Nur wenn es uns gelingen sollte, wenigstens einen Teil der Warp-Energie wiederherzustellen, können wir diesen Sektor des Schiffes wieder benutzen. Eine Kontaktaufnahme mit der Bevölkerung des Planeten erscheint immer unwahrscheinlicher. Wenn, wie Spock andeutete, die Eingeborenen eine Form von Telepathie benutzen sollten, bestehen nur geringe Chancen, mit ihnen über die Freigabe der Gefangenen zu verhandeln, noch über die Lieferung von Strahlenschutzmaterial, das wir so dringend benötigen.

»Captain, ich habe Verbindung mit dem Botschafter. Keiner der drei hat einen Kommunikator mitgenommen; dies kommt über den Video-Kanal eines Tricorders.« Uhura drückte ein paar Knöpfe; das Bild des Planeten auf dem Hauptbildschirm verschwand und machte dem des tellaritischen Diplomaten Platz.

Kirk gab Zarv keine Gelegenheit zu sprechen. Sofort fuhr er ihn an: »Sie sind ohne meine Erlaubnis auf den Planeten gebeamt. Noch bin ich der Captain dieses Raumschiffs. Bereiten Sie sich darauf vor, sofort zurückgeholt zu werden. Sie sind in großer Gefahr.«

»Wir sind nicht in Gefahr, Kirk. Wir sind Diplomaten.

Wir wissen, wie man mit anderen Kulturen Kontakt aufnimmt und mit ihnen umgeht. Im Gegensatz zu Ihren tolpatschigen Dilettanten haben wir ein Übereinkommen mit ihnen erreichen können.«

Zarv wandte sich um und deutete auf Mek Jokkor, der auf dem samtweichen, grünen Rasen stand, die Beine gegrätscht und einen Ausdruck reinen Entzückens auf seinem Gesicht. Kirk sah, wie die Gesichtszüge des Alien zu fließen begannen, sich zu einer weniger menschenähnlichen Form veränderten. Mek Jokkor kehrte zu seiner natürlichen, pflanzenartigen Gestalt zurück, deren blattartige Hände in der sanften Brise wehten, die vom offenen Land zur Stadt blies.

»Sehen Sie? Er macht gute Fortschritte. Er ist zwar kein Telepath, verständigt sich jedoch auf eine andere nonverbale Art. Wir werden vorankommen. Wir werden die Freilassung Ihrer Männer erwirken *und* das Material bekommen, das Sie brauchen, um uns auf den Weg nach Ammdon zu bringen.«

»Sie haben es hier mit einer Gesellschaft zu tun, die keinerlei Ähnlichkeit mit irgendeiner derer hat, die wir bisher entdeckt haben. Spock ist kein Narr. Er würde niemals...« Kirk fand keine Gelegenheit, den Satz zu Ende zu bringen. Mek Jokkor fuhr zusammen und begann sich zu winden. Seine Füße hatten in dem Boden unter der Grasdecke Wurzeln geschlagen. Braune Schlangen wanden sich an seinen Beinen empor und bissen wütend zu. Der Pflanzenmann zuckte und stieß um sich, versuchte sich zu befreien. Die Schlangen wanden sich um ihn herum und krochen immer höher. Er brach in die Knie. Kein Laut kam aus seinem Mund. Das machte die Szene noch unheimlicher. Mek Jokkor hatte schreckliche Schmerzen und war unfähig, ihnen Ausdruck zu verleihen.

»Nicht anfassen, Zarv!« schrie Kirk. Doch es war zu spät. Der Tellarit stürzte auf seinen Assistenten zu, um ihn zu befreien, ihn aus der Umschlingung der braunen Reptilien zu lösen, die seinen Körper umschnürten. In dem Augenblick, wo der Botschafter eine der Schlangen berührte, wurden die Humanoiden, die das Geschehen verfolgten, aktiv. Sie ergriffen Zarv und schleiften ihn fort. Donald Lorritson stand da mit offenem Mund – unbeachtet.

»Ich begreife das nicht«, murmelte Lorritson in seinen Tricorder. »Was geht hier vor? Warum greifen sie an?«

»Sie haben Sie noch nicht bemerkt. Lassen Sie es so. Bereiten Sie sich darauf vor, heraufgebeamt zu werden. Ich ziehe die Energie von anderen Systemen ab. Wir werden den Botschafter und Mek Jokkor später herausholen.«

»Ich werde es ihnen sagen, wenn ich Gelegenheit dazu finde.«

»Die Leute sind Telepathen, Lorritson. Halten Sie sich da heraus. Mek Jokkor hat irgend etwas getan, das ihnen nicht gepaßt hat. Der Botschafter mischte sich ein. Tun Sie nichts, wodurch Sie ihre Aufmerksamkeit auf sich ziehen könnten.« Er wandte sich an Sulu. »Ist wieder Energie auf dem Transporter?«

»Die Schaltung ist etwas schwierig. Mr. Scott hat mir gerade zusätzliche Energie von den Impuls-Triebwerken gegeben, um den Orbit zu halten. Sie müßte auf den Transporter umgeschaltet werden.«

»Tun Sie es, verdammt!«

»Jawohl, Sir.«

Kirk kochte vor Wut, als er den Fortgang der Ereignisse auf dem Planeten beobachtete. Lorritsons Tricorder registrierte alles, was nach der Gefangennahme von Mek Jokkor und Zarv geschah. Die Humanoiden schleiften die beiden in Richtung Stadt, wo sie zweifellos zusammen mit Spock und den anderen eingesperrt werden sollten.

»Lorritson! Nicht! Sie können nichts tun, um ihnen zu helfen!« rief Kirk. Lorritson ignorierte seine Warnung und rannte auf das Knäuel von Humanoiden zu. Der Captain mußte in hilfloser Wut zusehen, wie Lorritson den nächstbesten Eingeborenen anfiel und ihn zu Boden schlug. Von irgendwo außerhalb des Blickwinkels von Lorritsons Tricorder, der jetzt am Boden lag, ertönte das Dröhnen schwerer Schritte. Tiere, in denen sich die schlimmsten Aspekte terranischer Gorillas und veganischer Sonnenteufel vereinten, umzingelten die Gruppe.

Der Kampf war zu Ende.

Das letzte, was Kirk von Lorritson sah, war der Abtransport seines bewußtlosen Körpers in Richtung Stadt.

»Sulu, haben Sie schon wieder Energie auf den Transporter bringen können?«

»Den müssen wir abschreiben, Sir. Durch eine Überlastung während des Schaltens ist das Entfernungsmeßgerät zerstört worden.«

Kirk preßte die Lippen aufeinander und umklammerte die Armlehnen des Sessels. Ohne den Entfernungsmesser war es ihnen unmöglich, die Männer vom Planeten heraufzubeamen, da diese keine auf die richtige Frequenz eingestellten Kommunikatoren besaßen. Und Spock und seine Leute hatten ihre Kommunikatoren verloren, entweder während der Suche oder in der Hitze des Kampfes. Zarv und Mek Jokkor hatten keine Geräte bei sich, und Lorritsons Tricorder lag jetzt am Boden, nutzlos für den Zweck einer genauen Standortbestimmung.

»Gibt es irgendeine Möglichkeit, den Transporter ohne den Entfernungsmesser oder eine Kommunikatorverbindung zu benutzen?«

»Sir«, sagte Sulu skeptisch, »wenn wir auch nur um den Bruchteil eines Nanometers abweichen, würde jeder, der sich im Transporterstrahl befindet, getötet, weil seine Atome zu irgendeinem wirren Muster zusammengequirlt werden. Das Entfernungsmeßgerät ist absolut notwendig – oder sie müssen einen Tricorder bei sich haben, den wir anpeilen können. So oder so geht es. Aber wenn wir versuchten, durch blindes Zugreifen…«

Sulu brauchte die Folgen nicht zu beschreiben. Kirk hatte sich gegen das Schicksal aufgelehnt, das sie alle in diese Lage gebracht hatte. Er wußte, daß die Chancen für ein erfolgreiches Beamen ohne präzise Entfernungsangaben gleich Null waren. Ein Fall unter mehreren Trillionen mochte gut gehen. Vielleicht. Doch er kannte niemanden, der bei einer so hohen Mißerfolgsquote bereit sein würde, das Risiko auf sich zu nehmen.

»Uhura, können Sie die Kommunikatorgeräte auf dem Planeten orten?«

»Schon erledigt, Sir. Sie sind alle auf einen Haufen geworfen worden, unmittelbar außerhalb der Stadt. Ich habe sie gerade auf dem Schirm.« Die Szene zeigte wenig Interessantes. Die Entfernung vom Orbit zum Planeten war zu groß – selbst für ihre empfindlichen Geräte – um mehr Einzelheiten zu zeigen, als daß die Geräte noch intakt waren. Uhura veränderte die Einstellung auf den Pferch, in dem Spock, McCoy und die anderen Männer des glücklosen ersten Landungsteams gefangengehalten wurden. Zarv und seine beiden Assistenten wurden gerade zu ihnen gesperrt. Sie schienen unverletzt, trotz des vorangegangenen Kampfes.

»Sie müssen aus dem Pferch entkommen und ihre Kommunikatoren erreichen.«

»Und wie sollen wir das bewerkstelligen, Captain?« fragte Chekov.

»Phaser feuerbereit. Wir werden eine Bresche in die Mauer brennen, dann zeigen Sie ihnen durch fortlaufende Phaserschüsse den Weg zu den Kommunikatoren. Spock wird verstehen, was wir meinen. Sulu, ich will alle verfügbare Energie auf den Transporter haben, wenn sie die Kommunikatoren erreichen.«

»Wir haben kaum genug Energie, um den Transporter und die Lebenserhaltungssysteme zu versorgen und uns im Orbit zu halten. Wir müssen ständig zwischen Transporter und Phasern hin und her schalten.«

»Und das ist es, was den Entfernungsmesser hat durchbrennen lassen.« Kirk seufzte tief. Er wußte, daß Scotty wie

Herkules arbeitete, um die *Enterprise* wenigstens so funktionsfähig zu erhalten, wie sie es war. »Sagen Sie Mr. Scott, daß er Energie auf die Phaser geben soll.«

»Jawohl, Sir.«

Kirk blickte auf den Hauptbildschirm und befahl: »Richten Sie die Phaser auf die nördliche Abgrenzung des Kraals. Feuer!«

Nichts.

»Feuer! Was ist los, Mr. Chekov? Feuer!«

»Sir. Ich habe keine Reaktion von der Phasercrew.«

»Versuchen Sie es weiter. Ich kümmere mich selbst darum.« Er schwang sich aus seinem Sessel und rief: »Sulu, Sie haben das Kommando.« Dann fuhr er mit dem Turbolift zum Phaserdeck hinunter. Die Beleuchtung war heruntergedreht worden, um Energie zu sparen, und die Deckenventilatoren summten mit halber Kraft. Er stürzte in die Feuerleitzentrale und erlebte eine *déjà vue* Situation. Wieder hatte die Crew ihre Posten verlassen. Dieses Mal bedeutete das Gefangenschaft und möglicherweise Tod für Spock, McCoy, die drei Diplomaten und die vier Männer des Sicherheitsdienstes auf dem Planeten.

»Sir, bitte berühren Sie nicht die Konsole.« Kirk fuhr herum und sah mehrere Männer des Sicherheitsdienstes an der hinteren Wand stehen. »Der Einsatz von Phasern gegen die dort unten lebende Gesellschaft ist unrecht.«

»Gehen Sie sofort auf Ihre Posten! Das ist ein dienstlicher Befehl! Es kann Leben kosten, wenn Sie nicht gehorchen.«

»Wir würden ja gern tun, was Sie sagen, Sir, doch das würde den Gebrauch von Gewalt bedeuten. Und das ist uns unmöglich. Lorelei hat uns alles genau erklärt.«

Kirk hatte nicht die Zeit, mit den Leuten zu argumentieren. Er trat an die Konsole und begann die Feuerfolge der Phaser einzustellen. Als die Kontrollichter anzeigten, daß alles klar war, schlug er auf den Knopf des Intercom. »Feuer, Chekov! Ich habe die Phaser auf Drei-Sekunden-Schläge eingestellt.«

Keine Antwort.

»Chekov?« rief er. »Antworten Sie. Was ist los? Feuern Sie die Phaser!«

»Sir«, sagte Chekov zögernd. »Ich werde in ein paar Minuten zurückrufen.«

Kirk sackte zusammen, als ob ihn der Schlag einer Ramme getroffen hätte. Er riß sich zusammen, wandte sich um und rief: »Raus! Alle! Sofort!« Zu seiner Erleichterung und Überraschung gehorchten sie. Er nahm einen Hand-Phaser aus seiner Halterung an der Wand und scheuchte die Männer des Sicherheitsdienstes in den Korridor hinaus. Dann wuchtete er die schwere Tür zu und verschweißte sie durch einen Energiestrahl des Phasers mit ihrem Rahmen. Die Schweißnaht würde allen Versuchen widerstehen, mit Gewalt in den Raum einzudringen und die Feuerleitanlage dauerhaft auszuschalten.

»Gehen Sie in Ihre Quartiere und bleiben Sie dort, bis Sie weitere Befehle erhalten«, sagte Kirk. Er raste zur Brücke hinauf und hoffte, daß seine schlimmsten Befürchtungen sich nicht bewahrheiten würden.

In dem Augenblick, als er auf die Brücke stürmte, erkannte er, daß ihm das Kommando aus den Händen geglitten war. Die kleine Gruppe der in leise Gespräche vertiefte Offiziere, die er schon einmal auseinandergetrieben hatte, hatten sich neu formiert. Sie diskutierten leise untereinander – was? Er hatte das flaue Gefühl, daß es Loreleis Pazifismus war.

»Chekov! Feuern Sie die Phaser!« rief er. Fähnrich Chekov wandte sich um und schüttelte den Kopf.

»Es tut mir leid, Captain. Aber der Gebrauch von Waffen ist nicht der richtige Weg zur Lösung dieses Problems.«

»Das ist ein Befehl, Mister! Führen Sie ihn aus!«

Chekov schüttelte wieder den Kopf und verließ seinen Posten. Sulu trat zu ihm. Etwas abseits sprachen die Lieutenants Uhura und Avitts leise miteinander und blickten hin und wieder scheu zu Captain Kirk hinüber. Er stand stocksteif und fühlte sich wie eine Insel inmitten eines Sturms. Auf der Brücke erfüllte kein Offizier seine Aufgabe.

Auf dem Hauptbildschirm sah Kirk den Pferch, und darin Spock und die anderen als Gefangene. Er fuhr zusammen, als er sah, wie einer der Männer des Sicherheitsteams versuchte, die Dornenwand des Pferchs zu erklettern. Der Fähnrich erreichte die Krone der Wand, und wurde von einem plötzlich hervorschießenden, fast armdicken Dorn aufgespießt. Er fuhr zusammen, das Gesicht von Schmerz verzerrt. Ohne Ton konnte Kirk seine Todesschreie nicht hören. Der Fähnrich verlor den Halt und hing leblos an dem riesigen Dorn, der seinen Körper durchbohrt hatte.

Das überzeugte Kirk, daß sofort gehandelt werden mußte. Er sprang vor, stieß Chekov aus dem Weg und schlug auf den Feuerknopf, doch keine Phaserflammen schossen aus der Unterseite der *Enterprise*.

»Ihre Crew hat die Phaser sabotiert, James, trotz all Ihrer Anstrengungen, das zu verhindern«, sagte eine sanfte Stimme. Lorelei stand in der offenen Tür des Turbolifts. Sie trat auf die Brücke, elegant und kindhaft. Doch der Ausdruck ihres Gesichts war alles andere als unschuldig. Ihr Gesicht zeigte Linien des Kummers und der Bürde eines langen, harten Lebens. »Ich tue Ihnen dies nicht gerne an, James. Bitte glauben Sie mir. Auf seine Art ist es auch Gewalt, aber eine Gewalt ohne Tod. Meine Gewalt ist sanfter. Der Pazifismus ist der Wahre Weg.«

»Blicken Sie auf den Bildschirm. Einer meiner jungen Offiziere ist eben auf diesem Planeten gestorben. Der Tod, Lorelei, ist etwas Endgültiges. Er ist gewaltsam gestorben, als ich das verhindern können hätte. Lassen Sie mich die Dornenwand aufbrennen und meine Crew und die drei Diplomaten herausholen. Sie können an Bord gebeamt werden, wenn sie ihre Kommunikatoren erreichen.«

»Er ist gestorben, weil er Gewalt angewendet hat. Die Tödlichkeit seines Tuns hat sich gegen ihn gekehrt. Nein,

James, ich kann Ihnen nicht erlauben, die Phaser gegen eine hilflose Zivilisation einzusetzen.«

»Lorelei! Das ist Meuterei!«

»Die Crew ist, nach Ihren Gesetzen, in einem Zustand der Meuterei. Ich nicht. Der Friede muß aufrechterhalten werden, selbst wenn das erfordert, gegen Gesetze zu verstoßen. Es gibt ein höheres Gesetz, und das ist die Bewahrung von Leben. Das Leben hat Vorrang vor jedem von Menschen erlassenen Gesetz.«

Kirk fühlte, wie das Gewebe ihrer Worte sich um ihn legte, ihn umstrickte, ihm den Blick vernebelte. Der Friede war der einzige Weg. Es war unrecht von ihm gewesen, der Phasercrew den Feuerbefehl zu geben. Lorelei trat auf ihn zu, und zum erstenmal nahm er einen Hauch von Parfüm an ihr wahr, einen Duft, der ihm die Sinne nahm. Kirk lehnte sich gegen die Computerkonsole und versuchte alles, was geschehen war, zusammenzufügen.

Friede. Krieg. Kein Krieg. Alles wirbelte durcheinander.

»Ich bin kein gewalttätiger Mensch!« schrie er, und der Widerspruch war allen auf der Brücke bewußt. »Sie zwingen mich dazu, dies zu tun!«

»Sie wollen friedvoll sein, James. Und das können Sie auch. Legen Sie die Waffen ab. Harmonische Zusammenarbeit wird uns das Strahlenschutzmaterial verschaffen. Die Antwort auf alles ist Friede, nicht Aggression.«

Die Worte summten mit einer vibrierenden Kraft. Er spürte, daß er ihnen zu glauben begann. Nein, mehr als das. Herz und Seele waren von Loreleis Behauptung überzeugt. Bis er den Blick von ihr losriß und wieder den leblosen Körper des Fähnrichs an der Dornenwand hängen sah, das einst rote Blut, das an der Dornenspitze gerann und sich schwarz färbte.

»Nein!« brüllte er. Der Ansturm von Wut und Adrenalin fegte die heimtückische Wirkung von Loreleis Worten beiseite. »Uhura, Chekov, Sulu, hören Sie mich an! Wir müssen sie retten – uns retten!«

»Captain, sie hat recht«, erklärte Uhura, und ihre Stimme klang sanft und streichelnd. »Es gibt höhere Ziele als die der Gewalt.« Ihre Augen waren auf einen Punkt gerichtet, der näher der Unendlichkeit als der Brücke der *Enterprise* zu liegen schien, als sie hinzufügte: »Wußten Sie, daß mein Name *Frieden* bedeutet?«

Kirk warf sich herum und schlug mit der Faust auf die Konsole. Schmerz schoß bis zum Ellenbogen empor. Der Schock ließ seine Schulter taub werden und immunisierte ihn gegen einen neuen Anschlag von Loreleis verführerischen Worten. Er stürmte zum Turbolift.

»James, nicht! Sie können nirgends mehr hingehen. Alle an Bord der *Enterprise* stimmen jetzt mit mir überein.«

»Ich hätte Sie nie mit Zarv debattieren lassen dürfen. Ihnen direkten Kontakt mit der ganzen Crew zu geben, war ein schwerer Fehler.«

»Es war kein Fehler, James. Es hat mir erlaubt, mit jedem an Bord in Berührung zu kommen – ausreichend. Friedliche Existenz ist niemals ein Fehler. Kämpfen Sie nicht dagegen an. Bitte«, flehte sie. »Bitte.«

Die Tür glitt zu. Kirk drückte auf den Knopf des Maschinendecks. Die *Enterprise* lag jetzt mehr tot als lebendig im Orbit. Das bißchen Leben, das ihr Stahlkörper noch barg, kam aus Scottys geschickten Fingern, die immer noch ein wenig mehr aus den Impulsmaschinen kitzelten, kam von den Methoden, die er anwandte, um die letzte Energie aus den sterbenden Warp-Triebwerken zu pressen.

Die Warnlichter waren abgeschaltet worden. Es war Scotty endlich gelungen, das Strahlungsleck abzudichten, das den Maschinenraum in eine Todesfalle verwandelt hatte. Kirk stieß die Tür auf und stürmte hinein. Scotty, Crew-Chef McConel und andere Angehörige des Maschinenpersonals standen herum, ohne etwas zu tun.

»Scotty, Sie doch nicht auch!« sagte er verzweifelt. »Ohne Sie kann ich es nicht schaffen. Es geht nicht ohne Sie!«

»Sir, es ist falsch, was wir tun. Hören Sie auf Lorelei.«

Kirks Schultern sanken herab. Nie hätte er erwartet, daß Scott ihn verlassen würde. Die treuesten seiner Offiziere wandten sich gegen ihn und lauschten Loreleis betörenden Worten. Er hatte dabei versagt, Zarv und seine Friedensmission nach Ammdon zu bringen. Er hatte zugelassen, daß sein Schiff fast zum Wrack geworden war. Seine Freunde und Männer der Crew waren auf dem Planeten gefangen und starben dort. Und jetzt hatte die verbliebene Crew sich gegen ihn gestellt, wie Spock es vorausgeahnt hatte.

Er stand mit hängenden Schultern, als Scotty zu ihm trat. »Captain, Sie sehen müde aus. Wir kommen schon allein zurecht. Wir können alles tun, was notwendig ist.«

Irgend etwas zerbrach in ihm. »Nein! Dies ist mein Schiff. Ich denke nicht daran, das Kommando abzugeben. Weder an Sie, noch an Lorelei, noch an irgend jemand anders. Das Schiff ist meine Verantwortung, und ich werde es nicht ohne Kampf aufgeben!«

Er schob Scotty beiseite und wandte sich zur Tür. Männer des Sicherheitsdienstcs verstellten ihm den Weg. Vor ihnen stand Lorelei.

»James«, sagte sie. »Ihre Aggressivität ist unglaublich tief in Ihnen verwurzelt. Sie verunsichern die anderen und rufen in ihnen Zweifel an der Ächtung jeder Gewalttätigkeit wach, die ich sie gelehrt habe.«

»Sie haben sie einer Gehirnwäsche unterzogen. Ich weiß nicht, wie sie es geschafft haben, aber Sie haben sie gegen mich gekehrt, gegen die Föderation. Sie haben gemeutert.«

»Sie sind in Einklang mit dem Universum gekommen. Statt zu kämpfen, vereinen sie sich und werden zu einem Ganzen. Es gibt keinen Konflikt mehr, wenn man Teil eines größeren Selbst wird. Es kann keinen mehr geben.«

Kirk riß den Phaser heraus, doch es war zu spät. Das letzte, was er hörte, waren Loreleis traurige Worte: »Sie sind nur betäubt worden. Selbst diese Gewaltanwendung schmerzt mich, doch sie ist notwendig, um weitere Gewalt zu verhindern.«

Der vibrierende Betäubungsstrahl eines Phasers übernahm die Kontrolle seiner Nerven. Er zuckte einmal, dann sank er bewußtlos an Deck.

Aus der Ferne kam das Rauschen von Wind durch das Laub von Bäumen. Ein tropfendes Geräusch rief alte und fast vergessene Erinnerungen in Kirks Bewußtsein wach: Regentropfen, die von Blättern fallen. Er fühlte sich, als ob sein Körper sich von ihm losgesagt hätte; Schmerz peitschte seine Sinne und zwang die Realität in ihn hinein. Er stöhnte und rollte sich auf die Seite. Warmes, sanftes Sonnenlicht badete sein Gesicht. Er blinzelte in die unerwartete Helligkeit, beschattete die Augen mit der Hand und versuchte, sich hochzustemmen. Unter ihm raschelte abgefallenes Laub, feucht und duftend, und der glatte, grüne Rasen, den er von der Brücke der *Enterprise* gesehen hatte, war wie Samt unter seinen Händen.

Kirk blickte umher. Er war auf die Oberfläche des Planeten gebeamt worden.

»Mein Kommunikator!« rief er und griff an die Stelle seines Gürtels, an der er normalerweise hing. Er war verschwunden. »Lorelei hat mich auf diesem Planeten ausgesetzt!« Panik stieg in ihm auf, klang jedoch sofort wieder ab, als er erkannte, wie viel schlimmer seine Lage hätte sein können. Lorelei hätte ihn an Bord des Schiffes gefangensetzen können. Ein Entkommen aus einer Arrestzelle war so gut wie unmöglich. So aber, in Freiheit auf dem Planeten, hatte er eine Chance.

»Als erstes muß ich Spock und McCoy finden, und dann zurück zur *Enterprise*«, schwor er sich. Er stand auf und blickte durch das Gezweig der Bäume auf die grasbewachsene Ebene hinaus, auf die die anderen hinabgebeamt worden waren. Kirk blickte hinaus und lauschte aufmerksam, als plötzlich ein Rascheln im abgefallenen Laub ihn vor sich nähernden Lebewesen warnte.

Es waren kleine Tiere, kaum größer als terranische Hauskatzen, die im Laub herumwühlten, nach Maden, Raupen und anderen Insekten suchten, sie herunterschlangen und dann weitertrotteten. Neugierig folgte Kirk ihnen und beobachtete sie. Obwohl an jeder Stelle, die die Tiere aufkratzten, zahlreiche Maden zutage gefördert wurden, fraßen sie nur ein paar davon, bevor sie weiterzogen. Die meisten Tiere würden so eine Nahrungsquelle völlig leer fressen, bevor sie sich auf die Suche nach einer neuen machten.

Die Stille begann an seinen Nerven zu nagen. Es gab keine Brunstschreie, kein Knurren von Raubtieren, kein Fauchen streitender Rivalen. Keins der Tiere, die er entdeckte, besaß Ohren, und anscheinend hatten sie auch keine Stimmbänder. Und keins von ihnen schenkte ihm auch nur die geringste Beachtung. Stirnrunzelnd trat er aus dem Wald, blieb plötzlich stehen. Irgend etwas verstörte ihn noch mehr als die Stille. Kirk wandte sich um und starrte in den Wald, und schließlich wußte er, was es war.

Da ist kein Unterholz, kein Gebüsch zwischen den Bäumen. Der Waldboden ist so sauber, als ob er in bestimmten Abständen von einem Gärtner gereinigt würde. Nirgends, wohin er auch blicken mochte, waren ein Baum oder ein Strauch nicht an seinem Platz. Und jeder von ihnen war in perfektem Zustand; nirgends auch nur eine Spur von Mehltau oder Krankheit. »Es ist wie ein Garten«, murmelte er, als er weiterging.

Eine Gruppe von Humanoiden kam auf ihn zu. Er kämpfte mit sich, ob er ihnen entgegentreten oder weglaufen und ein Versteck suchen sollte, falls es so etwas in diesem nackten Wald gab. Kirk entschied schließlich, daß sie ihn entdeckt hatten und jede Flucht sinnlos war. Er blieb stehen und blickte ihnen angespannt entgegen. Sie gingen an ihm vorbei, ohne ihn auch nur anzusehen.

»Wartet!« rief er, verwundert über ihren völligen Mangel an Interesse. »Halt!« Sie gingen weiter, ohne aus dem Tritt zu kommen. Sie marschierten im Gleichschritt. Kirk fluchte leise, weil er vergessen hatte, daß sie keine Hörorgane besaßen. Alles Schreien der Welt würde keine Wirkung zeitigen. Er begann nach Lorritsons zu Boden gefallenem Tricorder zu suchen. Er fand ihn wenig später und schaltete die Transmission zur *Enterprise* ab. Er hatte nicht die Absicht, Lorelei sehen zu lassen, was er plante.

Er setzte sich mit gekreuzten Beinen auf das Gras und begann die Tricorderaufzeichnungen zu studieren, versuchte, sich ein Bild von diesem ungewöhnlichen Planeten zu machen. Mehrmals hatte er beobachtet, daß die Humanoiden seltsame Geschehnisse, die sich in ihrer Nähe abspielten, völlig ignorierten, und nur heftig reagierten, wenn versucht wurde, Kontakt mit ihnen aufzunehmen. Spocks Versuch, eine Gedankenverschmelzung herzustellen, hatte einen Humanoiden in Rage gebracht. Mek Jokker hatte Wurzeln in den Boden gegraben, als die Schlangen ihn angriffen; die Eingeborenen waren ihnen sofort und in perfektem Gleichklang zu Hilfe gekommen.

»Perfekter Gleichklang«, murmelte er, und sein Gehirn wiederholte die Worte wieder und wieder. Er begann verschiedene Interpretationen in den Tricorder zu tasten und überprüfte die Ergebnisse, die das kleine Gerät errechnet hatte.

»Perfekte Harmonie«, sagte er schließlich. Kirk begann, den Boden aufzugraben, bis er wenige Zentimeter unter dem Rasen auf feine, wurzelartige Triebe stieß. Der Tricorder schnurrte, als er ihn über die bloßgelegten Triebe führte. Er sprang auf, als ein kleines Tier mit einer spatenförmigen Schnauze auf ihn zuwatschelte. Das Tier grub seine Schnauze in den Boden und begann, die Triebe mit Erde zu bedecken. Als es damit fertig war, verschwand es so still, wie es gekommen war. Nach wenigen Sekunden schloß sich der Grasteppich über dem kahlen Boden. Nicht die kleinste Narbe blieb zurück.

»Der Planet ist selbsterhaltend. Alles wirkt zusammen. Wenn man einen Teil stört, kommt der Rest ihm zu Hilfe. Das ist der Grund dafür, daß diese Tiere im Wald nicht alle

Maden fraßen. Die Maden erfüllen einen bestimmten Zweck. Aber opfern sich einige von ihnen auf, damit die Tiere fressen können? Wer entscheidet, wo die Grenze liegt?« Er schaltete den Tricorder aus und wünschte, Spock wäre bei ihm. Spock und Pille waren die Experten für ein ökologisches Rätsel wie dieses. Sie kannten die Antworten, die er nur zu erraten versuchte.

Kirk schritt auf die Stadt zu und achtete darauf, auf nichts zu treten, das sich bewegte, das Leben hatte. Das Gras war sicher; seine Bestimmung war es, begangen zu werden. Aber Kirk gab sich alle Mühe, keine andere lebende Substanz aufzustören. Es wurde für ihn immer wichtiger, Spock zu finden, wenn er die *Enterprise* wieder in seine Gewalt bekommen oder auch nur auf diesem Planeten überleben wollte.

KAPITEL 8

CAPTAIN'S LOGBUCH, STERNZEIT 4905.8

Ausgesetzt auf dem Planeten, bleibt mir nur ein kleiner Handlungsspielraum. Die Crew der *Enterprise* hat gemeutert, ist der pazifistischen Lehre der Alien Lorelei zum Opfer gefallen. Ich muß Spock und die anderen erreichen, sie befreien und mit ihrer Hlfe das Schiff wieder in meine Hand bringen. Die Aussichten dafür sind jedoch nicht gut.

Jim Kirk ging wie auf Eiern den schwarzen Straßenstreifen entlang, der in die Stadt führte. Er achtete peinlich darauf, nicht das sorgfältig ausgewogene Gleichgewicht zu stören, das er im Wald in Funktion gesehen hatte. Behutsam einen Fuß vor den anderen setzend, ohne irgendeinen Versuch zu unternehmen, mit den Eingeborenen in Kontakt zu kommen, setzte er seinen Weg in die Stadt fort, mit eingeschaltetem Tricorder. Die Werte, die das Gerät angab, waren erstaunlich und zeigten ihm die wunderbare Biologie dieses Planeten. Auch die Gebäude waren lebendig. Zögernd legte er seine Hand an eine Mauer, die aus Ziegeln zu bestehen schien. Er spürte eine warme, pulsierende Masse unter seiner Handfläche. Die glatte Wand wölbte sich an dieser Stelle leicht nach innen, gab gerade soviel nach, um ihm zu zeigen, daß das ganze Gebäude ein lebendes, atmendes Wesen war.

Er trat zurück und blickte zum Dachfirst des biologisch aktiven vierstöckigen Gebäudes hinauf. Humanoide gingen hinein und heraus, benutzten es wie jeder Bewohner jedes anderen Planeten seine aus Beton und Stahl errichteten Bauwerke benützt.

»Unglaublich. Sie züchten ihre Häuser. Sind sie tierisch? Pflanzlich?« Der Tricorder gab ihm keine Antwort auf die

Frage. Alles, was er von ihm erhielt, war die Anzeige hoher Lebenswerte. Die genauere Analyse dieser Informationen mußte den Experten überlassen werden.

Er trat zur Straßenmitte zurück und ging ins Stadtzentrum. Zu beiden Seiten der Straße erhoben sich die lebenden Gebäude. Einmal sah er ein Haus, das sich gerade ›im Bau‹ befand. Humanoide und winzige, herumhuschende Kreaturen, die den altairianischen Spinnenvögeln ähnelten, regten das Wachstum des Gebäudes an, halfen ihm, gerade und rechtwinkelig emporzustreben. Die Vogelkreaturen spannten Spinnwebfäden vom Grund bis zum First, eine Richtschnur, der das wachsende Bauwerk mit unheimlicher Präzision folgte. Kirk sah es vor seinen Augen wachsen. Zu Anfang betrug die Wachstumsrate nur wenige Zentimeter pro Minute, doch bald wurden mehrere Meter daraus, gewaltige Wachstumsschübe, die das Bauwerk himmelwärts streben ließen. Die Humanoiden waren weder Sklaven noch Herren. Sie arbeiteten gleichberechtigt mit den Vogel-Kreaturen, und innerhalb des wachsenden Gebäudes nagten Würmer durch die fleischige Substanz, um perfekt geformte Korridore und Räume anzulegen.

»Eine Symbiose. Alle arbeiten zusammen, alle brauchen die anderen, um zu überleben. Der perfekte Kommunismus. Einer ist von allen anderen abhängig, alle wissen, was sie tun müssen und in welchem Ausmaß. Faszinierend.« Kirk stoppte und horchte dem Wort nach. Er mußte lachen. »Ich fange schon an zu reden wie Spock. Aber es ist wirklich faszinierend.«

Als er sicher war, daß der Tricorder den ganzen Vorgang verfolgt und aufgezeichnet hatte, ging er weiter, einem Energiesignal des Geräts folgend, das zum Standort der gefangenen Männer der *Enterprise* wies.

Bald wurde die Straße unter seinen Füßen rauher. Große Placken lebendiger Straßendecke hoben sich plötzlich, um ihn zu Fall zu bringen. Er sprang zurück und starrte stirnrunzelnd auf den Boden. Die Straßendecke senkte sich wieder in ihre normale Lage. Knapp zehn Meter weiter erhob sich eine Wand aus Dornen.

»Spock!« rief er. »Sind Sie hier?«

»Es gibt keinen anderen Ort, an dem wir sein könnten, Captain«, antwortete die ruhige Stimme des Vulkaniers. »Ich nehme an, Sie sind noch in Freiheit. Es überrascht mich, daß Sie nicht den Versuch gemacht haben, uns hier herauszubeamen.«

»Der Entfernungsmesser des Transporters ist durch Überlastung während des Schaltens zerstört worden.«

»Und wir haben unsere Kommunikatoren nicht bei uns, durch die Sie ebenfalls akkurate Positionsbestimmungen erhalten könnten. Es ist so, wie ich es vermutet hatte.«

»Jim, kannst du mich hier herausholen? Ich kann Spock nicht länger ertragen. Er gibt sich so verdammt überlegen.« McCoys Stimme klang mürrisch, doch nicht ängstlich.

»Ich wünschte, ich könnte es. An Bord hat es einige Schwierigkeiten gegeben.«

Langes Schweigen auf der anderen Seite der Dornenwand. Dann fragte McCoy leise: »Meuterei?«

»Ja.« Kirk gab sich keine Mühe, seine Verbitterung zu verbergen. »Keiner der Offiziere hat zu mir gehalten. Alle sind zu Lorelei übergelaufen. Selbst Scotty und Uhura und Chekov und Sulu. Alle sind sie zu Pazifisten geworden, als ich die Phaser einsetzen wollte, um Sie aus diesem Kraal zu befreien.«

»Spock hat mit dieser Möglichkeit gerechnet. Verdammt, er hat wieder mal recht gehabt!«

»Wie kann ich euch herausholen?« fragte Kirk. »Über eine Möglichkeit, an Bord der *Enterprise* zurückzugelangen, können wir uns später unterhalten. Ich kann mich auch nicht mehr als zehn Meter nähern, weil sich die Straßendekke hebt und mich zu Fall bringt, wenn ich weitergehe.«

»Dr. McCoy hat die einzige Fluchtmöglichkeit aufgezeigt, Captain«, sagte Spock. »Haben Sie seine Instrumententasche dabei?«

»Nein. Wenn Sie sie nicht haben, muß sie bei den Kommunikatoren sein. Die Eingeborenen haben sie am Stadtrand auf einen Haufen geworfen. Ich habe lediglich den Tricorder bei mir, den Lorritson fallengelassen hat.« Kirk zögerte einen Moment, dann fragte er: »Wie geht es den Diplomaten?«

»Mek Jokkor ist tot.«

Kirk erschauerte, trotz der warmen Brise, die durch die Stadt wehte. »Ich habe zugesehen, wie er Wurzeln schlug und dadurch die Symbiose irgendwie verärgerte.«

»Das ist nicht ganz korrekt, Captain. Eine Symbiose ist ein Zusammenschluß vieler kleinerer, individueller Einheiten, die notwendigerweise zusammenleben. Ich glaube, daß dieser Planet mehr ist, daß der Planet ein einziger, riesiger, lebendiger, zusammenhängender Organismus ist.«

»Sie meinen damit, daß seine Teile sich nicht einmal untereinander verständigen müssen? Zumindest nicht so, wie ein Organismus sich mit dem anderen verständigt?«

»Das ist die einzige mögliche Erklärung, Captain. Telepathie ist nicht umfassend genug, um die Lebensform zu lenken, die den ganzen Planeten ausmacht. Mek Jokkor muß von der Lebensform als Eindringling betrachtet worden sein, der sich nur wenig von einem Krebsgeschwür unterschied. Humanoiden entfernen ein solches Geschwür – für immer. Und sie haben dabei nicht mehr Skrupel als T-Zellen in Ihrem Blutkreislauf.«

»Zarv? Lorritson?«

»Sie haben sich nach dem Tod Mek Jokkors in ein Schnekkenhaus zurückgezogen. Ich nehme an, daß sie mögliche Wege zur Herstellung diplomatischer Kontakte diskutieren, aber keiner ihrer Pläne klingt erfolgversprechend.«

»Wozu brauchen Sie McCoys Instrumententasche?« fragte Kirk.

»Sie enthält Betäubungsmittel, Jim«, kam Pilles Stimme durch die dicke Dornenwand. »Ich habe die Hecke untersucht, und sie hat nur eine einzige Wurzel. Eine gute Dosis

Metamorphin in die Pfahlwurzel würde sie lahmlegen. Und während sie ›bewußtlos‹ ist – nennen wir es einmal so – können wir hindurchbrechen und entkommen. Wenn sie sich wieder erholt hat – oder wenn die anderen Teile des Planeten spüren, daß sie schlafen gegangen ist – wird hier der Teufel los sein.«

»Es ist eine sehr unsichere Sache«, gab Spock zu, »doch sehe ich keine andere logische Möglichkeit.«

»Ich hole die Instrumententasche. Gehen Sie inzwischen nicht fort.«

»Captain Kirk, Ihr Versuch, witzig zu sein, läßt viel zu wünschen übrig.«

Der Marsch zum Stadtrand und zurück dauerte länger, als Kirk gedacht hatte. Er stopfte alle Kommunikatoren in McCoys Instrumententasche, und auch Spocks Tricorder und die Geräte, die die anderen Männer bei sich gehabt hatten. Einen der Phaser schob er in seinen Gürtel. Nichts hatte ihm bewiesen, daß er auf diesem Planeten brauchbar war. Plötzliches Absterben irgendeines Teils dieses zusammenhängenden Organismus erweckte nur Aufmerksamkeit, und das war etwas, das er tunlichst vermeiden wollte. Es war nicht genug Energie in dem Hand-Phaser, um einen ganzen Planeten zu betäuben. Dafür mochte nicht einmal die Energie der Phaserbatterien des Schiffes ausreichen, selbst nicht bei voller Leistung der Warp-Triebwerke.

Er näherte sich dem Kraal aus einer anderen Richtung. Hier erstreckte sich Rasen bis unter die Dornenwand. Doch als er sich ihr näherte, rebellierte der Rasen genauso wie zuvor die Straße und hielt ihn fest.

»Ich habe die Tasche. Soll ich sie hinüberwerfen?«

»Tun Sie es, aber vorsichtig. Sie darf die Dornen nicht berühren. Die reagieren am heftigsten.«

Kirk blickte auf – und schluckte. Ein Kloß formte sich in seiner Kehle. Oberhalb von ihm hing der Fähnrich, der versucht hatte, über die Hecke zu klettern, von einem dicken

Dorn durchbohrt. Sein Körper begann bereits zu zerfallen, doch das störte Kirk nicht so sehr wie die Art, in der der Dornenbusch um die Leiche herumwucherte, als ob er den unglücklichen Mann verschlingen würde.

»Aufpassen!« Er wirbelte die Tasche an ihrem Tragegurt mehrmals um seinen Kopf und gab sie dann im richtigen Moment frei. Sie segelte über die Dornenwand. Er hörte sie nicht drinnen aufschlagen. McCoy hatte sie gefangen wie einen Ball.

»Na also«, sagte der Arzt befriedigt. »Ich habe genügend Metamorphin, um den ganzen verdammten Planeten für eine Woche in den Schlaf zu schicken.«

»Injizieren Sie nicht so viel, daß es bei dem Dornenbusch einen Schock auslöst«, warnte Spock. »Die Betäubung muß so allmählich erfolgen, daß die Kreatur nichts davon merkt.«

»Sie machen sich zu viele Sorgen, Spock. Ich bin schließlich daran gewöhnt, Vieh zu verarzten. Die Tiere haben nie gewußt, was passierte, wenn ich an ihnen arbeitete.«

»Das erklärt Ihren Umgangston mit der Crew.«

»Hört auf mit dem Unsinn«, sagte Kirk, »und macht euch an die Arbeit. Ich fürchte, sie spüren, daß irgend etwas nicht in Ordnung ist und rücken uns auf den Pelz. Diese Kreaturen können uns vielleicht sprechen hören.«

»Das bezweifle ich, Captain. Kein tierisches oder pflanzliches Lebewesen, das wir bisher sahen, hatte Ohren oder Ohrmuscheln oder andere Hörorgane. Die Taubheit umfaßt alle Spezies. Wenn man den ganzen Planeten als einen einzigen, hochintegrierten Organismus betrachtet, ist das Hören genau so überflüssig wie Ihr Arm hören muß, was Ihr Fuß tut.«

»Ihre Analogie ist schaurig, Spock«, sagte McCoy. »Meine Betäubungsinjektion war jedoch meisterhaft.«

Noch während er das sagte, begannen die drohend aufgerichteten Dornen umzusinken. Der Körper des Fähnrichs fiel herab und schlug vor Kirks Füßen auf. Kurz darauf öffnete sich eine Bresche in der Wand. Spock drückte die jetzt gummiweich gewordenen Dornen auseinander, so daß McCoy, die drei noch lebenden Männer des Sicherheitsdienstes und die beiden Diplomaten passieren konnten. Zarv und Lorritson traten schweigend heraus, sehr kleinlaut geworden. Kein falscher Mut mehr. Sie waren wie gelähmt durch das, was ihnen geschehen war.

»Sie haben Mek Jokkor gegessen«, murmelte Lorritson, als er durch die Dornenwand in die Freiheit trat. »Sie haben ihn gegessen!«

»Richtiger gesagt«, korrigierte Spock, »ist er assimiliert worden. Unter anderen Umständen hätte Mek Jokkor am ehesten zum Erfolg kommen und Kontakt herstellen können. Unglücklicherweise hat er anscheinend die hochorganisierte Lebensform dieses Planeten bedroht.«

»Laßt uns von hier verschwinden und uns einen sicheren Platz im Wald suchen«, sagte Kirk. »Wir müssen ein paar Pläne machen.«

»Captain«, sagte Spock, »ein Platz ist genau so gut wie jeder andere, was die relative Sicherheit betrifft. Wir sind dem Kraal entkommen. Ich schlage vor, daß wir keine Zeit verlieren. Sobald die Wirkung von Dr. McCoys Spritze nachläßt, beginnt die Jagd auf uns. Solange wir nichts tun, um eine Störung zu verursachen, können wir genauso gut hier bleiben.«

»Es ist schwer zu glauben, daß ein ganzer Planet uns bespitzeln kann – oder uns entdecken kann.«

»Das ist zwar ein etwas paranoider Standpunkt, doch ist es im Prinzip richtig. Aber nun berichten Sie, was auf der *Enterprise* geschehen ist, Sir.«

Kirk berichtete in groben Zügen alles, was geschehen war, und seine Stimme wurde hart; Verbitterung stieg in ihm empor, während er sprach. Er schloß mit den Worten: »Ich habe ihnen vertraut. Besonders Scotty und der Brückencrew. Aber sie waren genauso schnell wie die anderen zum Meutern zu bringen.«

»Sie verurteilen sie zu Unrecht, Captain«, sagte Spock. »Eingesperrt und ohne eine Aufgabe hatte ich Zeit und Gelegenheit, viele Aspekte von Loreleis Anwesenheit zu durchdenken. Ich bin der Meinung, daß sie mehr als nur schauspielerische Gaben hat.«

»Was soll das heißen?«

»Sie muß empathisch sein. So wie sie Opposition spürt, wechselt sie ihre Taktik so lange, bis der Zuhörer ihren Argumenten zugänglich wird. Auf diese Weise gelangt sie zu einer maßgeschneiderten Technik für jeden einzelnen Gesprächspartner. Ein anderer Aspekt dieses Talents mag die Fähigkeit der Ausstrahlung subsonischer und ultrasonischer Harmonien sein.«

»Sie meinen, sie kann Tonhöhe und Klangfarbe ihrer Stimme einregulieren, ohne daß wir dessen gewahr werden? Das ist doch ziemlich weit hergeholt«, sagte McCoy sarkastisch.

»Es erklärt die Problemlosigkeit, mit der sie die gesamte Crew eines Raumschiffs der Föderation zu ihrer pazifistischen Philosophie bekehrt hat. Irgendwie hat sie auf jedes Besatzungsmitglied eine individuelle hypnotische Rede zugeschnitten. Sie berührt Gedankengänge, von denen wir nicht einmal ahnen, daß sie in uns vorhanden sind, und spielt dann mit ihnen. Vielleicht berühren diese Gedankengänge unsere tiefsten Ängste, Vorurteile, Ehrbegriffe und unser Ich.«

»Wollen Sie damit sagen, daß Scotty und die anderen nicht aus freiem Willen gehandelt haben?« Kirk klammerte sich an diesen Strohhalm.

»Lorelei hat sie beeinflußt wie eine Droge, die in den Blutkreislauf injiziert wird. Nicht der Empfänger ist für die Ergebnisse verantwortlich, sondern derjenige, der die Droge verabreicht.«

»Glauben Sie etwa, daß sie hypnotisch begabt ist? Daß sie andere durch mit Harmonien durchsetzte Worte betäubt? Damit würden Sie diesem kleinen Mädchen aber eine

Menge zutrauen.« McCoy hockte sich auf den Boden und kramte in seiner Instrumententasche herum, überprüfte ihren Inhalt.

»Es würde sehr vieles erklären. Ich bezweifle auch Ihre Annahme, daß sie ein kleines Mädchen ist. Ich halte sie für weitaus älter, als sie wirkt.«

»Ihr Alter steht hier nicht zur Debatte, Gentlemen«, unterbrach Kirk. »Wir müssen eine Möglichkeit finden, von diesem Planeten zu kommen und die *Enterprise* wieder in unsere Gewalt zu bringen.«

»Was immer Sie auch vorhaben«, sagte Lorritson, »es müßte sehr schnell geschehen. Ich... ich fürchte, daß der Botschafter verletzt ist.« Er hob abwehrend die Hand, als McCoy sich sofort um den Tellariten kümmern wollte. »Nein, nicht körperlich. Da ist er völlig intakt. Er stammt von einer sehr zähen Rasse ab. Es ist seine Psyche. Zarv hat noch nie in seinem Leben eine Niederlage dieser Größenordnung erlitten. Der Verlust eines geschätzten Mitarbeiters hat ihn nervlich zerrüttet, genau wie die folgenden Ereignisse.« Lorritson deutete auf die Dornenwand.

»Er ist nur deprimiert. Er wird darüber hinwegkommen – falls wir von diesem verdammten Planeten herunterkommen.«

»Der richtige Ausdruck ist ›wenn‹, und nicht ›falls‹, Doktor. Wir werden bald ein Transportmittel dafür haben.« Spock deutete in den wolkenlosen Himmel.

Kirk wandte den Kopf und starrte in die Sonne. Ein winziger silberglänzender Punkt tauchte auf, wurde rasch größer und donnerte dann über sie hinweg.

»Ein Shuttle!«

»Sehr richtig«, sagte Spock. »Unser Weg von diesem Planeten. Wir wollen uns beeilen, bevor unsere Flucht entdeckt wird.«

Die kleine Gruppe suchte sich ihren Weg durch das Zentrum der Stadt und beachtete dabei das planetarische Protokoll, niemals irgendeine Kreatur bei der Ausübung ihrer

Pflicht zu stören. Sie erreichten den gegenüberliegenden Stadtrand und begannen einen langen Marsch in das offene Land.

Zweimal verließ das Shuttle den Planeten und kehrte wieder zurück, während sie marschierten. »Es wird Strahlenschutzmaterial laden«, sagte Kirk. »Irgendwie muß es Lorelei gelungen sein, die planetarische Lebensform dazu zu bringen, ihr Strahlenschutzmaterial zu liefern.«

»Mein Tricorder fängt Spuren von Radioaktivität auf. Einer der Atomreaktoren der Lebensform muß ganz in der Nähe sein.«

»Wo, Spock?« Kirk wandte den Kopf in alle Richtungen. Flache, wellige Hügel verdeckten den Horizont, doch nirgends waren irgendwelche Anzeichen für das Vorhandensein einer industriellen Anlage zu sehen. »Sie müssen sie doch auf irgendeine Weise versorgen und die Energie ableiten. Aber es ist nicht einmal so etwas wie eine Straße hier, ganz zu schweigen von Hochspannungsleitungen.«

»Die Transportsysteme sind sehr beschränkt, Captain, und was ich davon gesehen habe, funktionierte auf organischer Grundlage. Einige der Luftfahrzeuge ähneln Flugzeugen der terranischen Geschichte, sind jedoch organisch konstruiert, so wie die Gebäude. Ihre Ähnlichkeit mit Flugzeugen ist lediglich auf die Funktionalität zurückzuführen, sowie auf die Einhaltung von Bernouillis Gleichung.«

»Eine Atomanlage muß aber durch schwere Abschirmungen aus Beton und Blei geschützt werden«, erklärte McCoy. »Ich glaubte, das sei der Grund dafür, daß das Shuttle in dieser Gegend landet. Abschirmmaterial wird in der Nähe ihres Reaktors gewonnen, so daß sie es nicht weit transportieren müssen.«

»Eine logische Folgerung, Doktor. Ich bin jedoch zu der Vermutung gelangt, daß alles auf diesem Planeten auf organischer Basis aufgebaut ist. Selbst wenn man von den Einwohnern als ›sie‹ spricht, mag das falsch sein.«

»Sie wollen damit sagen, daß alles nur eine einzige Lebensform ist?«

»Auf dieselbe Weise wie eine einzige Lebensform Mitochondria, Nuklei, endoplasmische Reticula, Golgi-Körper, Bakterien und Viren verschiedener Arten und Funktionen bildet, wie eine ganze Armee von Lebewesen das Ich bildet, das Sie sind.«

»Jedes einzelne Teil, das wir sehen – die Bäume, das Gras, die Straße, auf der wir gehen – sind alle lediglich Anhängsel einer gigantischen Kreatur?« fragte Lorritson, und zeigte damit zum erstenmal seit Verlassen des dornigen Gefängnisses Interesse.

»Integrale Bestandteile. Nicht ein einziger davon ist lebensnotwendig, doch werden alle benötigt. Es ist sehr schwer, alles Leben auf einem Planeten als Aspekte derselben Kreatur zu betrachten, doch glaube ich, daß dies hier der Fall ist. Und wenn dem so sein sollte, dürfte der Atomreaktor ebenfalls organischer Natur sein.«

»Organische Spaltung ist nicht dasselbe wie Atomspaltung«, sagte McCoy grinsend.

»Dessen bin ich mir durchaus bewußt. Und, Doktor, gerade Ihnen müßte bekannt sein, daß es auch natürliche Atomreaktoren gibt. Einer von ihnen auf ihrer Erde, auf dem afrikanischen Kontinent, wurde kritisch und lief für mehrere Jahrhunderte. Die Pechblende in einer unterirdischen Ader erwies sich als so angereichert, daß sie einen Spaltvorgang in Gang setzte. Das Felsmassiv des Kontinents hielt die Reaktion in Grenzen. Ich nehme an, daß die Dinge hier ähnlich liegen.«

»Also wird die Energie von der Lebensform direkt genutzt? Es gibt keine Turbinen oder andere mechanischen Geräte?«

»Keine«, antwortete Spock dem Captain.

»Scotty wäre sehr enttäuscht darüber.«

Sie erreichten die Kuppe eines Hügels. Kirk entdeckte die Anlage als erster. Wie Spock es vorausgesagt hatte, erwies sich der Atomreaktor als völlig organisch, eingefaßt von riesigen, pulsierenden Quadern eines grauen Materials, das wie tierisches Muskelgewebe wirkte.

»Diese grauen Stränge halten anorganische Abschirmungen fest. Innerhalb des Kerns des natürlichen Reaktors baut sich Hitze auf. Irgendeine Kreatur, die wahrscheinlich eigens für diese Aufgabe entwickelt oder gezüchtet wurde, absorbiert die Hitze direkt und leitet sie zu der außerhalb des Strahlungsbereichs befindlichen Lebensform.«

»Nichts kann in einem Atommeiler überleben, Spock«, protestierte McCoy.

»Doktor, Ihre biologische Ausbildung ist seltsam begrenzt. Haben Sie niemals den Versuch gemacht, all die seltsamen Lebensformen zu untersuchen, die innerhalb unseres Universums leben? Viele Bakterienarten gedeihen nicht nur in kochendem Wasser, man findet sie auch im hoch-radioaktiven Zentrum eines Atomreaktors.«

»Niemals von solchem Ungeziefer gehört.«

»Es gibt sie aber, und sie sind seit mehreren hundert Jahren bekannt. Man hat sie bereits im zwanzigsten Jahrhundert ausgiebig dokumentiert.«

»Captain!« rief einer der Männer des Sicherheitsdienstes. »Sehen Sie! Dort!«

Kirk sah das Shuttle aus einem Steinbruch auf der anderen Seite des natürlichen Atomreaktors himmelwärts schießen. Das Shuttle hob sich nur widerwillig vom Boden ab und zitterte unter der schweren Last, die es schleppte. Ohne ein weiteres Wort gab Kirk den anderen ein Zeichen, ihm zu folgen. Wenn sie sich beeilten, konnten sie den Steinbruch noch vor Sonnenuntergang erreichen.

»Es ist alles so, wie ich es vermutet habe, Captain«, sagte Spock mit gedämpfter Stimme. »Beachten Sie, daß alle Männer durch ihre Kommunikatoren in ständiger Verbindung mit der *Enterprise* stehen.«

Kirk nickte. Hin und wieder hörte er die Stimme Loreleis.

Die Kommunikatoren seiner hypnotisierten Männer waren voll aufgedreht. Selbst aus der erheblichen Entfernung spürte er Verlockung, als Lorelei ihre überredenden Worte sprach. Frieden. Gewaltfreiheit. Der Wahre Weg.

Spock schüttelte ihn aus seiner Benommenheit. »Captain, wenn sie sich zu stark konzentrieren, wird sie Sie hypnotisieren; mit ihren Worten – mit ihren subsonischen Harmonien.«

»Ich glaube, Sie haben recht, Spock. Es gibt keinen anderen Grund dafür, daß sie einen so engen Verbalkontakt mit diesen Männern aufrechterhält.«

»Das Abschirmmaterial wird von Würmern ausgegraben«, meldete einer der Männer des Sicherheitsdienstes. »Von riesigen Würmern mit gewaltigen Scherenkiefern. Sie durchschneiden den Fels, als ob sie Atombrenner benutzten. Kurzbeinige Echsenkreaturen schleppen die Platten dann zum Landeplatz, wo wir sie mit Antischwerkrafthebern ins Shuttle bringen. Wo *sie* sie ins Shuttle bringen«, korrigierte er sich mit gepreßter Stimme.

»Beruhigen Sie sich, Mr. Neal. Wir werden nicht gegen unsere Crew kämpfen müssen. Es muß einen besseren Weg geben.«

»Danke, Sir. Ich... ich mag nicht einmal daran denken, einem der Leute etwas antun zu müssen.«

»Jim?« fragte McCoy, als die Finger des Mannes sich in seinen Arm krallten; er starrte den jungen Offizier an.

»Nein, es ist nur sein natürlicher Widerwille gegen die Vorstellung, einen seiner Freunde zu verletzen. Lorelei hat ihn nicht umdrehen können.« Leiser setzte er hinzu: »Und ich werde dafür sorgen, daß sie es nicht schafft.«

Sie beobachteten die Szene, während die letzten Abschirmplatten verladen wurden. Das Shuttle dröhnte wieder davon, und nur eine Handvoll Männer blieb zurück. Einer von ihnen legte seinen Kommunikator neben einem Baum ab. Loreleis Stimme schallte heraus, laut und verführerisch.

»Sie spricht zu der planetarischen Lebensform. Sie hat den ganzen Planeten in ihren Bann gebracht«, sagte Spock. »Ist es da ein Wunder, daß sie die Crew einfangen konnte?«

»Nein«, sagte Kirk, plötzlich sehr müde. »Sie ist eine Meisterin der Überredungskunst. Ich frage mich wirklich, wie wir ihr die *Enterprise* entreißen können.«

KAPITEL 9

CAPTAIN'S LOGBUCH, STERNZEIT 4906.1

Wir haben uns eine Position auf einem Hügel oberhalb des Steinbruchs gesichert, in dem das Strahlenschutzmaterial für die Reparatur der *Enterprise* gewonnen wird. Die Spannung steigt mit jeder Shuttle-Ladung, die den Planeten verläßt. Es werden sicher nicht mehr viele Trips unternommen, und das Shuttle ist für uns die einzige Möglichkeit, von diesem Planeten zu entkommen. Spock ist nicht sicher, wie lange unsere Anwesenheit unentdeckt bleiben wird. Sobald die Betäubung der Dornenwand, hinter der er, McCoy und die anderen gefangengehalten wurden, abklingt, wird der ganze Planet in Aufruhr geraten. Die Flucht muß bald unternommen werden – oder wir werden diesen Planeten niemals lebend verlassen.

»Ich schätze, daß drei Komma sieben-neun-zwei Tonnen Abschirmmaterial Mr. Scott ausreichenden Strahlenschutz geben. Das bedeutet, daß nur noch eine Shuttle-Ladung zur *Enterprise* gebracht werden wird.«

»Warum haben sie das Zeug nicht einfach hinaufgebeamt?« fragte McCoy. »Es ist doch sehr zeitaufwendig, herunterzukommen und es abzutransportieren, wie sie es tun. Oder würde das die planetarische Lebensform in Rage gebracht haben?«

»Ganz abgesehen von dem Problem mit dem Entfernungsmesser des Transporters, Doktor, ist allein die Masse des Materials zu groß, um hinaufgebeamt zu werden. Wir sprechen hier nicht von einigen Gramm. Mr. Scott benötigt Tausende von Kilogramm an Masse, um seine Arbeiter vor

Strahlung zu schützen, wenn sie die Warp-Maschinen reparieren.«

Es wurde still. Kirk rannen kalte Schauer über den Rükken. Die bedrückende Stille des Ortes nagte an seinen Nerven. Keine Grillen zirpten, keine Vögel sangen, nicht ein einziger Tierlaut drang zu ihrem Versteck vor, weil es nirgends auf dem Planeten solche Laute gab. Alles erfüllte seine Aufgabe als eine geschlossene Einheit.

»Wann, glauben Sie, wird die Wirkung der Betäubung bei dem Dornbusch abklingen?«

Spock blickte McCoy an, der mürrisch und in sich gekehrt auf dem Boden hockte. »Der Metabolismus des Busches ist mir nicht bekannt, aber es kann nicht länger als noch ein paar Stunden dauern. Und wenn es geschieht, sind wir wieder die Gejagten.«

»Es wird verdammt knapp, ganz egal, was geschieht. Der letzte Shuttle-Trip steht bevor, der Planet wird unsere Flucht bemerken, und wir müssen versuchen, bis dahin keinerlei Aufmerksamkeit zu erregen.« Kirk stöhnte auf. »Und dann fangen unsere Probleme erst richtig an. Die Wiedererlangung der Kontrolle über die *Enterprise* dürfte alles andere als leicht werden.«

»Lorelei hat die gesamte Crew durch ihre sonische Hypnose an sich gebunden.«

»Es muß tiefer gehen als das, Spock«, murmelte Kirk nachdenklich. »Wenn ich sie nur sehe, fühle ich mich... anders.«

»Es mag nicht so sehr eine Frage des Anblicks sein, als vielmehr eine des Geruches, zumindest in Ihrem Fall. Sie ist zwar von einer anderen Rasse, doch ihre Spezies-Pheromone mögen auf gewisse Menschen eine erregende Wirkung ausüben.«

»Solche wie mich, zum Beispiel?« sagte Kirk mit einem kleinen Lächeln. »Möglich. Ich habe ihr Parfüm nur einmal bewußt wahrgenommen. Wenn ich es mir richtig überlege: Woher konnte sie Parfüm haben? Sie hat nicht mehr mitgebracht als die Kleidung, die sie auf dem Körper trug, als wir sie von dem Wrack retteten.«

»Der Planet Hyla würde ein interessanter und äußerst wertvoller Zugewinn für die Föderation sein, falls wir ihn finden können.«

»Falls, Spock? Sie werden hoffentlich nicht zum Pessimisten, oder?«

»Ich sehe solche Dinge immer statistisch. Die Chancen gegen unser Entkommen von diesem Planeten sind...«

Kirk hob abwehrend die Hand und schnitt seinem Wissenschaftsoffizier das Wort ab. »Schon gut. Bitte keine Einzelheiten. Wir alle wissen, daß es nur eine verschwindend geringe Hoffnung gibt.«

»Hoffnung, Captain? Ein rein menschliches Konzept, und eines, das keiner genauen Analyse standhält. Genauso wie Ihre bizarre Vorstellung vom Glück bezieht es sich im Grund genommen auf statistische Berechnungen.«

»Genug davon. Wir wollen noch ein letztes Mal den Plan durchgehen, wie wir an Bord des Shuttles gelangen wollen. Es kann eigentlich nichts schiefgehen.«

»Sir, vieles kann schiefgehen. Wenn, zum Beispiel...«

»Spock, halten Sie den Mund«, sagte McCoy. »Ich habe Ihre ständigen Kommentare endgültig satt. Und wenn Sie nicht still sind...« Er stand auf und trat auf den Vulkanier zu. Bei einem Schritt stieß sein Fuß gegen einen Baumstumpf. Der anscheinend tote Baum federte zurück, Wurzeln hoben sich aus dem Boden und wanden sich um das Holz.

»Vorsichtig, Doktor«, warnte Spock. »Alles ist miteinander verbunden. Passen Sie auf, wohin sie treten.«

»Der komischste Ort, den ich jemals gesehen habe. Selbst die Regenwürmer beschweren sich, wenn man zu hart auftritt.« Er wollte mit dem Fuß aufstampfen, überlegte es sich jedoch lieber und ging sehr vorsichtig weiter. »Okay«, sagte er, als er sich neben Kirk und Spock hockte, »ich habe eben noch einiges zu lernen. Ich kann nicht den ganzen Planeten unter Betäubung setzen, also muß ich vorsichtig sein.«

»Wir können das Shuttle nicht im Handstreich nehmen. Wir dürfen nicht das Risiko eingehen, die planetarische Lebensform merken zu lassen, daß irgend etwas nicht in Ordnung ist. Andererseits können wir auch nicht einfach hingehen, ohne entdeckt zu werden. Während des Ladevorgangs werden Posten aufgestellt.«

»Wir haben Handphaser. Warum betäuben wir die Posten nicht einfach und spazieren dann ganz gemütlich hinüber?« McCoy kratzte sich am Kopf und wiegte sich auf den Fersen vor und zurück.

»Die Lebensform aufzustören ist nur ein Teil unserer Sorgen. Wenn Lorelei auch nur den geringsten Hinweis erhält, daß das Shuttle genommen wurde, wird sie die Türen der Landebucht nicht öffnen. Oder, noch schlimmer, sie wird den Orbit verlassen und sich einen anderen Planeten suchen, um die Reparaturen durchzuführen. In beiden Fällen würden wir hier festhängen.«

»Sie muß in dem Glauben gehalten werden, daß alles nach ihren Plänen abläuft«, stimmte Kirk zu und haßte die Vorstellung, daß sie die *Enterprise* als ihr Eigentum betrachtete. »Wir können die Posten einen nach dem anderen ausschalten und durch unsere eigenen Männer ersetzen. Doch wer immer das Kommando über das Shuttle hat, muß auf diesem Posten bleiben, weil Lorelei ihn bestimmt ständig überprüfen wird.«

»Diese Sache wird komplizierter als die Strategieplanung für die Schlacht bei Rift Dreiundzwanzig, als die Romulaner versuchten, einen Keil in das Zentrum der Föderation zu treiben.«

»Pille, Sieg oder Niederlage bei diesem Unternehmen mag seine Folgen in der Geschichte zeitigen. Ich weiß, daß es übertrieben klingt, doch das ist es nicht. Zarv und Lorritson haben nach wie vor einen Auftrag zu erfüllen. Die Romulaner werden nicht auf uns warten. Der Ammdon-Jurnamoria-Konflikt wird zu einem offenen Krieg eskalieren, für den es keine friedlichen Alternativen gibt.«

»Das Shuttle, Sir!« rief einer der Männer.

Das entfernte Dröhnen war wie die Berührung mit einer Zivilisation, die sich völlig von der organischen Lebensform unterschied, die überall um sie herum war – und gab ihnen ein wunderbares Gefühl der Vertrautheit. Zwei lebende Flugzeuge schwebten lautlos über den Himmel, als ob sie das rasch herabkommende Shuttle eskortierten. Als das Shuttle in die Kurve ging und zum Anflug für eine perfekte Landung ansetzte, brausten die Luftüberwacher der planetarischen Lebensform davon, um eine andere Aufgabe zu erfüllen.

»Jetzt geht es los, Mr. Neal, Sie übernehmen den Posten auf der Anhöhe. Spock, McCoy, Sie bleiben nahe bei mir. Die anderen warten hier. Kommen Sie nur, wenn wir in Schwierigkeiten geraten.« Kirk wollte so wenige der Leute wie möglich bei der Eroberung des Shuttles dabeihaben. Zu viele Hände und Füße vergrößerten nur die Gefahr, Fehler zu machen. Dieser eine Angriff war die einzige Chance, die sie hatten. War sie vertan, war alles verloren.

Kirk sah den Sicherheitsoffizier losschleichen, beobachtete genau, wohin er trat. Als die Tür des Shuttles geöffnet wurde und die Crew ausstieg, war Neal nur wenige Meter entfernt versteckt. Sie hielten den Atem an, als ein Mann von der Shuttle-Crew an Neals Versteck vorbeiging. Ein rotes Aufblitzen, ein rascher Schlag, ein bewußtlos zusammensinkender Körper, und dann nahm Neal den Platz des Postens ein. Kirk atmete erleichtert auf. Das Trio setzte sich in Bewegung.

Vorsichtig gingen sie einen flachen Hang hinab und warteten an seinem Fuß, während die animalischen Arbeiter riesige Platten des mineralischen Abschirmmaterials auf die Kuppe des Hügels schleppten, wo die Crew Antischwerkraftschlitten unter sie schob.

»Wir müssen die Männer ausschalten, ihre Plätze einnehmen und dann ins Shuttle gelangen«, sagte Kirk. »Es gibt keine Möglichkeit für einen direkten Angriff.«

»Sir, Mr. Scott hat das Kommando.« Spock starrte durch das Zwielicht, und seine schärferen Augen nahmen mehr Einzelheiten wahr als die Kirks oder McCoys. »Er wird uns sofort erkennen, wenn wir es versuchen.«

»Ich sehe keine andere Möglichkeit.«

Spock zuckte die Schultern. Ob er damit einverstanden war oder nicht, sein Captain hatte eine Entscheidung getroffen, und sie alle hatten sich danach zu richten.

»Jetzt!«

Die drei Männer stürzten aus ihrem Versteck und fielen über die Leute her, die die Antischwerkraftschlitten unter die Felsplatten dirigierten. Kirk mußte zweimal zuschlagen, bevor sein Mann zu Boden ging. Spocks Finger umspannten ein Schlüsselbein in einem vulkanischen Nervengriff. Nur McCoy hatte Schwierigkeiten, mit seinem Mann fertig zu werden; nachher brummelte und knurrte er, daß Ärzte Patienten helfen und sie nicht verletzen sollten.

»In diesem Falle, Doktor«, sagte Spock, »ist er offensichtlich nicht Ihr Patient, sondern Ihr Opfer.«

»Sie haben recht, Spock. Er ist mein Opfer. Und für Ihre Freundlichkeit, mir das so glasklar zu machen, werde ich gratis eine Korrektur-Operation an Ihren Ohren durchführen, wenn ich wieder in meinem Lazarett bin. Es könnte Sie ein wenig menschlicher machen, obwohl ich das sehr bezweifle.«

»Das finde ich nicht im geringsten erstrebenswert, Dr. McCoy.«

Kirk gab ihnen einen Wink, die Arbeit, die die anderen begonnen hatten, zu Ende zu führen. Sie brachten die Antischwerkraftschlitten in Position und begannen, sie zu dem ein Stück entfernt stehenden Shuttle zu ziehen. Die Echsenkreaturen, die die Platten herangeschleppt hatten, beachteten sie genausowenig wie vorher die anderen Menschen. Für sie war ein externes Lebewesen wie das andere – solange es sie nicht bedrohte.

»Vorsichtig jetzt«, sagte Kirk, mehr zu McCoy als zu

Spock. »Wir dürfen uns auf keinen Fall anmerken lassen, daß irgend etwas nicht stimmt.«

»Dort ist Scotty«, flüsterte McCoy. »Er blickt in die andere Richtung.«

»In den Laderaum des Shuttles. Danach können wir uns um ihn kümmern.«

Sie dirigierten die schweren Platten in den Laderaum, sicherten sie mit Energiebändern und schickten die Antischwerkraftschlitten in die herabfallende Dunkelheit hinaus. Die Schlitten schwebten lautlos einen halben Meter über dem Boden und warteten geduldig auf die nächste Ladung. Wenn Kirks Plan glückte, würden sie sehr lange darauf warten müssen.

»Okay«, sagte er und schloß die Ladeluke in der Seitenwand des Shuttles. »Wir müssen alles in einem kurzen, schnellen Angriff schaffen. Spock, Sie schalten Scotty mit Ihrem Nervengriff aus. Pille und ich werden uns um die anderen kümmern, die im Shuttle sind.«

»Wie können wir das so schnell schaffen? Sie werden bestimmt Zeit finden, Lorelei zu warnen.«

»Vertrauen, Pille. Fertig? Los!«

Die drei Männer verließen den Laderaum und bewegten sich auf ihre Ziele zu, als ein lauter Warnschrei aus der Richtung des Steinbruchs herüberschallte. Der Schrei war wortlos, gellend – und menschlich.

»Jungs«, befahl Scotty und wandte sich auf seinem Platz im vorderen Teil des Shuttles um, »seht mal nach, was da los ist. Mir gefällt es hier nicht.« Nachdem die beiden Männer des Sicherheitsdienstes losgetrottet waren, die Phaser noch in den Halftern, drückte Scotty auf den Knopf des Kommunikators. »*Enterprise*, bitte melden.«

»Was gibt es, Mr. Scott?« meldete Loreleis sanfte Stimme sich sofort. »Es ist doch nicht zu Störungen der Biosphäre des Planeten gekommen?«

»Ich weiß nicht, was für ein Problem es gibt, Lorelei.« Während Scotty weitersprach, winkte Kirk seinen beiden

Freunden zurückzutreten. Selbst auf eine Entfernung von fünf Metern und über einen kleinen Handkommunikator war die hypnotische Wirkung der Stimme dieser hylanischen Frau spürbar.«

Kirk bedeutete den anderen, ihre Ohren mit den Händen zu verdecken. Sie taten es und zogen sich wieder in den Laderaum zurück. Spock blickte hin und wieder vorsichtig um die Ecke und überzeugte sich, daß Scotty noch immer in den Kommunikator sprach. Er wandte sich wieder den beiden anderen zu. Seine Lippen bewegten sich in lautloser Bestätigung, daß der Kontakt zwischen Lorelei und dem Shuttle noch immer bestand.

Kirk trat dicht neben Spock und flüsterte ihm ins Ohr: »Laßt uns zurückgehen und sehen, was passiert ist. Wir können Zarv und die anderen nicht zurücklassen, wenn sie entdeckt worden sein sollten.«

Spock und McCoy packten die Griffe der Antischwerkraftschlitten und schoben sie den zum Steinbruch führenden Pfad entlang, als ob sie ihre Arbeit fortsetzten. Die Dunkelheit verbarg sie jetzt völlig vor Scottys Blicken. Sie waren nur dunkle Schatten, die sich durch die Nacht bewegten.

Als sie weit genug entfernt waren, um nicht mehr gehört werden zu können, sagte Kirk: »Hat einer von euch etwas gesehen? Irgend jemand hat aufgeschrien. Es muß einer von unseren Männern gewesen sein.«

»Nicht unbedingt, Captain. Wenn der Mann, den Neal erledigt hat, oder auch einer der beiden, die Sie und McCoy ausgeschaltet haben, wieder zu Bewußtsein gekommen sein sollte, könnte er unbeabsichtigt um sich geschlagen und die planetarische Lebensform in Rage gebracht haben. Wenn das der Fall sein sollte, haben wir nur wenige Minuten Zeit.«

Kirk wollte nicht an die andere Möglichkeit denken: Die Droge, die in den Dornbusch injiziert worden war, hatte ihre Wirkung verloren. Wenn dem so sein sollte, mochte der ganze Planet nach den entkommenen Gefangenen suchen.

Doch ganz egal, was geschehen sein mochte, der Planet war gestört worden.

»Dort. Seht!«

Die beiden Männer des Sicherheitsdienstes, die Scotty losgeschickt hatte, um im Steinbruch nach der Ursache des Schreis zu sehen, wurden bei einem riesigen Felsblock festgehalten. Kniehohe, vierbeinige Tiere mit Zähnen, die eine zwei Zoll starke Holzplatte durchbeißen konnten, schnappten nach ihren Beinen. Das laute Aufeinanderschlagen ihrer Gebisse bewies, daß die Tiere es ernst meinten.

»Keine Phaser«, warnte Kirk, als McCoy den seinen zog. »Das war es, was für diesen Mist verantwortlich ist. Seht ihr es?« Er deutete auf einige der Raubtiere, die betäubt neben den drei Männern lagen, die sie vorhin bewußtlos geschlagen hatten. Ihre Kehlen waren zerfleischt worden.

»So viel zu Ihrem vulkanischen Nervengriff. Sie haben ihn zu gründlich in den Schlaf geschickt, Spock. Die Hunde haben ihn erledigt.«

»Das Ökosystem dieses Planeten funktioniert außerordentlich gut. Die Aasfresser – das müssen diese Tiere sein – haben die Männer, die wir bewußtlos schlugen, gefunden. Als sie sich nicht rührten oder sonst auf eine normale Art reagierten, begannen sie, ihre Aufgabe zu erfüllen.«

»Sie haben sie gefressen!«

»Diese Tiere haben vermeintlich in Zersetzung befindliches Fleisch beseitigt. Keiner von denen, die wir ausgeschaltet hatten, reagierte auf die allumfassende Lebensform; deshalb war es klar, daß ihre Funktion beendet war.«

Kirk hielt McCoy wieder zurück, als dieser seinen Phaser hob.

»Ich muß sie stoppen, Jim. Wenn wir nichts unternehmen, werden auch diese Männer sterben. Auch wenn sie von Lorelei verhext worden sind, sind sie nach wie vor Männer der *Enterprise*. Von *deinem* Schiff.«

»Pille.« Kirk fühlte sich von dem Dilemma in zwei Teile zerrissen. Wenn er sofort handelte, mochte er den Tod der anderen beiden Männer verhindern. Doch wenn er oder einer der beiden, die bei ihm waren, etwas unternahm, würde das nicht nur die planetarische Lebensform alarmieren, sondern es würde auch Scotty ihre Anwesenheit verraten – und Lorelei. Dann wäre eine Flucht für immer unmöglich.

Wenn sie nichts unternahmen, würden zwei Männer seiner Crew sterben. *Seiner* Crew.

»Was willst du tun, Jim?« fragte McCoy. »Sie können diese Kreaturen nicht mehr lange zurückhalten.«

»Sie benutzen nicht ihre Phaser. Loreleis pazifistisches Dogma ist ihnen so tief eingeprägt worden, daß sie nicht einmal um ihr Leben kämpfen. Faszinierend, wenn auch evolutionär unmöglich.«

»Scott! Hilfe!« brüllte Kirk. Er zog seine beiden Freunde zur Seite, vom Pfad herab und in den tiefen Schatten, wo es zu dunkel war, um irgend etwas erkennen zu können.

Sekunden später kam Montgomery Scott den Pfad entlanggetrabt.

»Die Heiligen mögen uns beistehen, sie werden lebendigen Leibes aufgefressen!« Er sprach direkt in seinen Kommunikator.

»Friede!« sagte Loreleis Stimme. Das Wort rollte aus dem Lautsprecher, besänftigte, stoppte das fieberige Schnappen der Tiere – der vielfältigen Manifestation des planetaren Lebens. »Diese Männer sind keine Bedrohung. Sie leben. Sie reagieren. Tut ihnen nichts. Sie gehören zu den anderen.«

Kirk preßte die Hände fest auf seine Ohren, um Loreleis Worte abzublocken. Doch selbst das reichte nicht aus, um ihren Verlockungen den Einlaß zu verwehren. Immerhin wurden genügend davon ferngehalten, daß er an seinen eigenen Idealen festhalten konnte, seinen eigenen Philosophien. Lorelei sprach fünfzehn Minuten lang, schmeichelnd, überredend, besänftigend. Das Resultat übertraf Kirks Erwartungen.

Das Rudel von Aasfressern schnüffelte noch ein wenig

umher; doch dann trottete es davon, um seine Aufgaben anderenorts zu erfüllen. Die beiden geretteten Männer klammerten sich aneinander, um nicht zusammenzusinken. Der Schock und ihre Wunden hatten ihre Kräfte so aufgezehrt, daß sie kaum mehr tun konnten als zittern. Der Anblick ihrer drei Freunde, tot und blutverschmiert, gab ihren Nerven den Rest. Scotty winkte ihnen, zum Shuttle zurückzugehen. Kirk wartete ab und beobachtete, fragte sich, was für eine Gelegenheit sich hier bieten mochte. Seine Crew war dezimiert worden; Verlust an Leuten, die Lorelei gehorchten, waren kein Gewinn für ihn. Es waren *seine* Männer, die starben.

Als Scott seinen Bericht abgeschlossen und seinen Kommunikator abgeschaltet hatte, schüttelte er den Kopf und begann die Toten auf einen der Antischwerkraftschlitten zu laden, die Spock am Rand des Pfades zurückgelassen hatte. Finster vor sich hinmurmelnd schob der Ingenieur die traurige Fracht zum Shuttle zurück.

»Er wird Schluß machen«, warnte McCoy. »Nach dem Tod so vieler Männer wird er zur *Enterprise* zurückkehren wollen. Er braucht sicher nicht noch mehr Abschirmungsmaterial. Es ist genug.«

»Du hast recht, Pille. Jetzt geht es los. Hole Neal und die anderen. Geht langsam auf das Shuttle zu. Spock und ich werden versuchen, Scotty auszuschalten. Dies ist unsere beste Chance.«

»Es ist unsere einzige Chance.«

Kirk antwortete McCoy nicht. Er wartete, bis der Arzt in der Dunkelheit verschwunden war, langsam und vorsichtig, um ja nicht den empfindlichen Organismus zu behelligen, der die Ökosphäre bildete. Kirk atmete tief durch, dann machte er sich auf den Weg zum Shuttle. Der Zeitpunkt des Handelns war gekommen. Wenn sie nicht bald ins Shuttle gelangten, würde es starten und sie für immer auf dem Planeten gestrandet zurücklassen. Er bezweifelte, ob Lorelei oder einer der anderen an Bord der *Enterprise* nach diesem blutigen Disaster das Shuttle noch einmal herabschicken würden.

»Sieh, Jim. Es schließt das Luk des Laderaums.«

Kirk nickte, wartete, bis Spock lautlos an Scotty herangetreten war, dann richtete er sich auf und trat in den Lichtkreis einer Taschenlampe, die neben dem Luk abgelegt worden war. Er blieb stehen, die Hände in die Hüften gestemmt, und blickte Scott an.

Der Ingenieur erstarrte.

»Captain! Sie sind es wirklich!« Dann wechselte sein Gesichtsausdruck von Freude zu Empörung. »Sie dürften doch nicht hier sein. Lorelei sagt, daß Sie in die Verbannung geschickt worden sind. Sie sind ein Störelement.«

»Ich muß zum Schiff zurück, Scotty. Lassen Sie mich im Shuttle an Bord gehen.« Kirk wandte sich um und schlug mit der Hand auf den Metallrumpf. »Die alte *Galileo sieben* hat eine recht bunte Karriere, finden Sie nicht auch?«

»Captain, ich mag Sie nicht fortschicken, aber Lorelei ist ein Mädchen mit einer sehr starken Überzeugungskraft.« Scotty griff nach seinem Kommunikator. Er hielt mitten in der Bewegung inne und erstarrte, als Spock den vulkanischen Nervengriff benutzte, um ihn daran zu hindern, sich mit Lorelei in Verbindung zu setzen.

»Ich dachte schon, Sie hätten vergessen, was Sie tun sollten.«

Spock hob eine Augenbraue. »Captain, ich habe es nicht vergessen. Da schleichen Tiere durch das Dunkel. Ich wollte sie nicht aufscheuchen.«

»Wir wollen es hinter uns bringen, Spock«, sagte Kirk, und er spürte ein Gefühl von Unruhe in sich aufsteigen. »Haben Sie schon einmal den Ausdruck gehört: ›Jemand geht über Leichen‹? Das Gefühl habe ich jetzt.« Er starrte in das Dunkel. Als er nichts sah, hob er die Taschenlampe auf und ließ ihren Strahl umherwandern. Schritte knirschten im Kies des Pfades. McCoy, Neal und die anderen traten in den gelben Lichtkegel. Botschafter Zarv und Donald Lorritson bildeten den Schluß, noch immer niedergedrückt von dem Erlebten.

»Wir müssen Scotty bearbeiten, bevor wir an Bord der *Enterprise* sind«, erklärte er. »Und da drin sind weitere zwei Männer, die – ah – ihre Sünden noch nicht eingesehen haben.«

»Hier ist einer, der noch ziemlich wütend auf die ganze Sache ist, Captain.« Neal ließ den Posten, den er bewußtlos geschlagen hatte, zu Boden gleiten. Der Mann wehrte sich gegen die festen Fesseln, mit denen seine Hand- und Fußgelenke zusammengeschnürt waren. Der über seinen Mund gebundene Kragen seiner Uniformjacke erstickte seinen Protest.

»Halten Sie ihn ruhig! Spock, was halten Sie von der Lage?«

»Mr. Scott wird die Wirkung von Loreleis Gehirnwäsche nicht leicht abschütteln können, falls dieser Mann ein Beispiel für deren Effektivität ist.« Er deutete auf den gegen seine Fesseln kämpfenden Mann des Sicherheitsdienstes. »Er ist seit mehr als zwanzig Minuten ihren sonischen Einflüssen nicht mehr ausgesetzt und steht dennoch fest auf ihrer Seite.«

»Muß es sein?« fragte McCoy. »Müssen Sie Scotty das antun?«

»Ich sehe keine Alternative.«

Kirk nickte brüsk. »Tun Sie es, Spock. Wenden Sie die vulkanische Gedankenverschmelzung an. Versuchen Sie, ihn davon zu überzeugen, daß er uns helfen muß.«

»Selbst wenn es Spock gelingen sollte, sind wir alle nach wie vor verwundbar, wenn wir in ihre Hörweite gelangen«, protestierte Neal.

»Doktor, glauben Sie, daß Sie einen passenden Wachsersatz zum Verstopfen der Ohren entwickeln können?«

McCoy lächelte und sagte: »Bei den Männern des Odysseus hat das wunderbar funktioniert. Kein Sirenengesang wird uns etwas anhaben können, wenn ich fertig bin. Neal, helfen Sie mir beim Durchsuchen des Laderaums. Ich brauche den Klumpen Juwelierwachs, den wir mitführen, um Abdrücke zu machen.« McCoy und Neal eilten davon.

Jim Kirk wandte sich um und sah, wie Spock die Hand ausstreckte, mit den Fingerspitzen über Scottys Gesicht strich. Die Finger versteiften sich, griffen fester zu. Spock und Scott begann zu zucken, und das Gesicht des Vulkaniers wurde schlaff.

»Er ist... in seinem Gehirn tobt ein Konflikt«, sagte eine Stimme, die sich ein wenig von Spocks unterschied, doch offensichtlich die des Vulkaniers war. »Ich kann keine Ordnung hineinbringen. Die Worte – ihre Worte – verwirren und vernebeln und schaffen ein Durcheinander. So nahe. So nahe bin ich daran, die Gleichung zu finden, durch die ich mich befreien kann. Ihn befreien kann.« Spock riß seine Hände zurück, als ob sie von der Haut des Ingenieurs verbrannt würden.

»Spock, sind Sie in Ordnung?«

»Absolut, Captain. Ich glaube, daß ich Erfolg gehabt habe, zumindest teilweise.«

»Captain Kirk... ich erinnere mich wieder. Ich habe versucht, sie aufzuhalten. Mein Gott, wie kann ich Ihnen jemals wieder in die Augen blicken?« Der Mann senkte den Kopf auf die verschränkten Hände und begann am ganzen Körper zu zittern. »Noch nie habe ich mich so in Schande gebracht. Es ist eine Tragödie.«

»Es wird eine Tragödie, wenn wir nicht bald von hier wegkommen. Sind Sie imstande, uns zu helfen, Scotty?«

»Jawohl, Captain. Alles werde ich tun. – Die *Enterprise*. Sie hat die *Enterprise* in ihre Gewalt gebracht. Lorelei!«

»Es wird allmählich zurückkommen. Ich habe einige Nervenverbindungen neurologisch verändert. Er wird keinen bleibenden Schaden davontragen, doch seine Erinnerungen werden für einige Tage ziemlich chaotisch sein.

»Mr. Spock. Sie waren es, der in meinem Gehirn herumgewühlt hat!«

Kirk blickte auf und sah McCoy und Neal zurückkommen. McCoy grinste und hielt einen großen Klumpen von weichem, knetbarem Wachs empor.

»Hier ist unsere Fahrkarte zum Berg Olympus.«

»Bitte, Doktor, Ihre klassischen Vergleiche stoßen auf taube Ohren.«

Leonard McCoy blieb stehen und starrte mit offenem Mund. »Wenn ich es nicht besser wüßte, könnte ich glauben, daß Spock einen Scherz gemacht hat.«

»Später, Pille. Meinst du, daß dieses Zeug wirksam ist?«

»Es muß. Es ist alles, was ich finden konnte. Preßt es fest hinein. So. Ich werde euch später die Ohren ausspülen und den Mist entfernen.« Er trat von einem zum anderen, bis er allen die Ohren mit dem Wachs verschlossen hatte. Befriedigt half er dann Neal, den Gefangenen im Laderaum des Shuttles zu verstauen. Sie hatten nicht viele Mühe damit, auch die beiden zu überwältigen, die von den Aasfressern angefallen worden waren. Sie wehrten sich nicht. Sie standen noch immer unter Schockwirkung. Mit einem gewissen Gefühl der Befriedigung sah McCoy zu, wie sie gefesselt und geknebelt wurden. Ohne weiterhin dem Einfluß Loreleis ausgesetzt zu sein, würden die Männer in ein paar Stunden wieder normal werden – oder in ein paar Tagen. Bis dahin mußten sie gefesselt bleiben. Spocks Dienste standen nicht für jedes Mitglied ihres Trupps zur Verfügung. Nicht in diesem entscheidenden Moment.

»Ins Shuttle! Ich möchte so rasch wie möglich von diesem Planeten verschwinden. Ich habe eine Vorahnung kommenden Unheils, die ich nicht abschütteln kann.«

»Captain Kirk«, sagte Lorritson. »Ich habe Sie falsch eingeschätzt. Dies ist für uns alle eine schwere Zeit gewesen. Sie haben sich hervorragend gehalten.«

»Hinein mit Ihnen! Wir können uns später gegenseitig auf die Schulter klopfen. Nachdem wir Lorelei die *Enterprise* abgenommen haben.« Kirk winkte Botschafter Zarv, sich zu beeilen, dann sah er, daß der Tellarit wie versteinert nahe dem Luk stand. »Botschafter!« schrie er, und versuchte, die Barriere zu überwinden, die das Wachs in ihren Ohren errichtet hatte.

»Zarv! Nein!« schrie Donald Lorritson. Bevor jemand ihn daran hindern konnte, sprang er aus dem Shuttle und lief seinem Vorgesetzten zu Hilfe. Ein Bein des Tellariten wurde von einer kräftigen Ranke umschlungen. Weitere Ranken wuchsen aus dem Boden und tasteten blind nach dem Botschafter.

»Spock, warten Sie!« befahl Kirk. »Zarv wird von den Ranken festgehalten.«

»Die planetarische Lebensform hat unsere Flucht jetzt bemerkt, Jim«, sagte McCoy. »Die Sensoren des Shuttles melden erhöhte Aktivität in unserer ganzen Umgebung. Flieger sind in der Luft, und eine ganze Armee von Humanoiden nähert sich von der Stadt. Wir haben keine Zeit mehr. Keine!«

»Ich muß ihn retten. Ohne die beiden gibt es keine Ammdon-Friedensmission mehr.«

Kirk stürzte aus dem offenen Luk, zertrampelte eine Ranke, die sich gerade durch den Boden bohrte, und sprang neben Lorritson. Der Mann zitterte wie Espenlaub. Kirk erkannte mit einem Blick den Grund für diese Reaktion. Eine Ranke hatte sich um Zarvs Kehle geschlungen und würgte ihn langsam zu Tode. Seine Zunge hing aus dem schweineartigen Mund, violett und geschwollen. Seine Augen quollen ihm aus dem Kopf. Es war ein Anblick, der Kirk den Magen umdrehte.

»Donald, zurück! Sie können ihm nicht mehr helfen. Sie sind jetzt der Botschafter. Es liegt bei Ihnen, den Ammdon-Jurnamoria-Krieg zu verhindern.«

»Zarv«, schluchzte der Mann. »Er war mir mehr als ein Vorgesetzter. Er... er war mein Freund. Ich kann es einfach nicht glauben. Wir haben einander so wunderbar ergänzt. Wir waren unbezwingbar als Verhandungsteam. Und mit dem armen Mek Jokkor...«

»Lorritson! Reißen sie sich zusammen!« Kirk trat um sich, versuchte, einen Pfad zum Shuttle freizukämpfen. Es war unmöglich. Er riß seinen Phaser heraus. Zwei kurze Energiestöße zeigten Wirkung, doch nicht die Wirkung, die Kirk erwartet hatte.

Die Ranken verschmorten und sanken zu Boden. Doch kam von allen Seiten Verstärkung. Ein fellbedecktes Bein schlug ihm die Waffe aus der Hand. Ranken wanden sich empor, um seine Beine zu umklammern. Lorritson war bereits zu Boden geworfen worden und versuchte, auf Händen und Knien weiterzukriechen. Kirk wehrte sich mit der Kraft der Verzweiflung, doch es war vergeblich. Die Macht eines ganzen Planeten stand gegen ihn.

»Spock!« schrie er. »Starten Sie! Lassen Sie mich zurück! Nehmen Sie die *Enterprise*! Stoppen Sie Lorelei!«

Seine verstopften Ohren ließen ihn den Wortwechsel zwischen Spock und McCoy nicht hören. Er sah, wie der Wissenschaftsoffizier McCoy zurückstieß und dann das Luk zuwarf. Er spürte eine seltsame Kombination von Stolz und Furcht. Spock war klug genug, zu gehorchen. Die *Enterprise* würde wieder genommen werden. Doch das Verlassenwerden bedeutete den Tod.

Die Triebwerke des Shuttles flammten auf. Heiße Abgase fuhren über sein Gesicht, über seine Hände, über seinen ganzen Körper.

Doch die *Galileo sieben* hob nicht ab. Spock drehte das Shuttle herum, so daß die Zündungsflammen des Triebwerks direkt auf ihn gerichtet waren. Kirk kämpfte noch verbissener, als er erkannte, was Spock vorhatte. Er hatte noch immer eine Chance zu entkommen. Die Hitze ließ die Lebensform, die ihn angriff, verdorren, ihre Kraft verlieren. Er stieß Ranken von sich, schob greifende Hände zur Seite, kämpfte sich in die Hitze der Schubdüsen vor.

»Schnell, Captain! Ich kann es nicht länger so halten!« Die Worte waren dumpf und undeutlich, doch er verstand. Er riß sich von der letzten Ranke los, die ihn festhielt, und rannte zum Luk des Shuttles. Kräftige Hände zogen ihn hinein.

»Zarv und Lorritson sind beide tot«, brachte er mühsam heraus.

»Aber Sie leben!« hörte er jemanden schreien.

Dann, als die Triebwerke des Shuttles vollen Schub gaben und der Andruck der starken Beschleunigung ihn auf die Stahlplatten des Decks warf, verlor James Kirk das Bewußtsein. Seine letzten Gedanken galten dem Tod – und Lorelei.

KAPITEL 10

CAPTAIN'S LOGBUCH, STERNZEIT 4908.0

Es ist schwer zu glauben, daß das Entkommen von dem Planeten der leichteste Teil unseres Vorhabens zur Wiederoberung der *Enterprise* sein könnte. Loreleis Macht über die Crew ist so stabil, als ob sie sie mit Ketten an sich gefesselt hätte – noch fester. Der Silberschleier ihrer Worte hat sie in eine Abhängigkeit verstrickt, die zu brechen Zeit und Mühe kosten wird. Wir haben keine Zeit mehr zu verlieren.

»Vorsicht, Spock! Sie kommen zu nahe heran!«

»Doktor, ich bin ein qualifizierter Pilot. Vor so elementaren Dingen braucht man mich nicht zu warnen. Bitte kümmern Sie sich um Ihre Patienten. Ich kann nur hoffen, daß Ihre ärztlichen Künste Ihre fliegerischen Qualitäten übertreffen.«

»Schluß mit der Kabbelei!« sagte Kirk hart und richtete sich auf. Er erinnerte sich, bewußtlos an Deck gesunken zu sein. Jetzt lag er in einer der gepolsterten Beschleunigungs-Sessel. Er hatte keine Erinnerung daran, aufgehoben und festgeschnallt worden zu sein. »Bericht!«

»Sir, wir sind weniger als tausend Meter von der *Enterprise* entfernt. Mr. Scott hat sich mit den Leuten in der Landebucht in Verbindung gesetzt. Das Tor der Bucht wird gerade geöffnet. Wir werden gleich eindocken.«

»Ja, Captain. Sehen Sie! Die Reparaturarbeiten gehen nach Plan.« Scotty drängte sich an Kirk vorbei und deutete aus dem winzigen Fenster. »Die Abschirmung ist angebracht, und sie arbeiten wie die Teufel. Meine braven Jungs und Mädchen.« Er strahlte vor Freude bei dem Anblick der Materie-Antimaterie-Kapseln, die so fachmännisch instand gesetzt wurden. Ein Warp-Triebwerk war völlig zerlegt und wurde repariert. Die Abschirmung schwebte nur wenige Millimeter über der tödlichen Antimaterie, von unsichtbaren Kraftfeldern an ihrem Platz festgehalten. Wenn alles fertig war, würden die magnetischen Behälter neu geformt werden, und die mächtige Kraftquelle des Raumschiffs konnte anlaufen.

»Wir haben sieben Männer, die Loreleis Stimme widerstehen können. Ob das genug ist?« fragte sich Kirk laut.

»Ich habe mir über diese Frage auch Gedanken gemacht, Captain. Wenn wir die Leute in der Landebucht betäuben, können wir direkt ins Maschinendeck gelangen. Von dort aus kann man ohne Schwierigkeit die Schlafgas-Kanister aktivieren. Es ist zwar nicht gerade wünschenswert, vierhundertdreiundzwanzig Mitglieder der Crew gleichzeitig aus dem Dienst zu nehmen, doch ist es auf jeden Fall leichter, als sie einzeln auszuschalten.«

»Wie immer, Spock, ist Ihre Analyse meisterhaft.« Kirk seufzte. »Ich wünschte, es wäre möglich, es auf diese Art zu machen. Aber Lorelei hat völlige Bewegungsfreiheit auf dem Schiff und wahrscheinlich die Schlafgas-Kanister abgeklemmt.«

»Sie sind friedliche Geräte, Captain. Ist das nicht die Basis ihrer Philosphie?«

»Sie können gegen sie gerichtet werden. Sie hat nicht sofort vom Schiff Besitz ergriffen. Es würde mich nicht überraschen festzustellen, daß die meisten der internen Verteidigungssysteme deaktiviert worden sind.«

»Und selbst, wenn sie funktionieren würden, können wir nichts mit ihnen anfangen«, erklärte Scotty. »Eine ganze Reihe der Leute arbeiten draußen. Ein Laut, und ein ganzes Maschinenteam wird über uns herfallen.«

»Sie können sich nicht physisch gegen uns stellen, wenn sie dem Pazifismus verschworen sind«, sagte Neal. »Das ist ein Vorteil, den wir ihnen gegenüber haben. Wir können kämpfen, sie aber nicht.«

»Sie sind nach wie vor Freunde und Kameraden, Mister«,

sagte Kirk scharf. »Und Pazifismus muß sie nicht unbedingt daran hindern, uns zu unserem eigenen Besten einzusperren. Sie sind uns an Stärke sechzig zu eins überlegen. Unsere einzige Chance liegt in der Überraschung.«

»Und in der Schnelligkeit. Wir können uns verdammt schnell bewegen, wenn es sein muß.«

»Ja, Schnelligkeit, Überraschung«, stimmte Scott zu. »Aber wenn Sie glauben, daß das Schlafgas nicht eingesetzt werden kann, was wollen Sie dann tun?«

»Wir werden Lorelei gefangennehmen. Sie in einer isolierten Arrestzelle festhalten und daran hindern, mit irgend jemand von der Crew in Verbindung zu kommen. Wenn das Schlafgas funktionieren sollte, fein, wenn nicht, wird ihr sonischer Einfluß bald abklingen.«

»Das Abklingen ihres Einflusses wird stufenweise vor sich gehen«, sagte Spock. »Während der ersten paar Tage wird man die größte Abnahme feststellen, dann wird die Kurve abflachen. Wenn wir zur Starbase zurückkehren, müssen wir möglicherweise für jedes einzelne Mitglied der Crew ein vollständiges psychologisches Profil erarbeiten.«

»Sie ausgenommen, natürlich«, sagte McCoy. »Vulkanier sind gegen diese Verlockungen immun, nehme ich an.«

»Ich kann nur geringfügige Einflüsse auf mein Verhalten feststellen. Im Gegensatz zu Menschen sind wir in der Lage, unser Handeln logisch zu überprüfen. Wenn Sie mich jetzt einen Moment entschuldigen würden, Doktor, ich muß dieses Fahrzeug eindocken.«

Vor ihnen gähnte das weit geöffnete Tor der Bucht. Geschickt lenkte Spock das Shuttle hinein und setzte es sanft auf. Er blickte Kirk an, der etwas wackelig auf die Beine kam. In seiner Hand hielt er einen Phaser, auf Betäubung geschaltet.

»Also los. Lorelei ist vermutlich auf der Brücke. Betäuben Sie so viele der Brückencrew wie möglich mit den Phasern. Niemand darf entkommen und Alarm geben. Wir sehen uns, wenn wir das Schiff wieder in unserer Hand haben.«

»Viel Glück, Captain.« Spock nickte ernst und umfaßte Kirks Schulter.

James T. Kirk wandte sich um und gab Neal einen Wink, das Luk zu öffnen. Noch bevor es ganz offen war, schickte Kirk einen feuerroten Phaserstrahl durch die Öffnung. Zwei Landebuchttechniker brachen bewußtlos zusammen. Die Marodeure stürmten vor, feuerten immer wieder auf die völlig überraschten Männer der Landebuchtcrew.

Schließlich sagte Scott: »Das sind alle, Captain. Lassen Sie mich jetzt dem Mädchen auf der Brücke meinen Report durchgeben.« Er schaltete seinen Kommunikator ein und sagte: »Lorelei, hier ist Scott. Wir sind zurück. Die letzte Ladung Abschirmmaterial wird jetzt entladen.«

»Sehr gut, Mr. Scott. Sie haben wunderbar gearbeitet.« Kirk sah, wie sich Scottys Gesichtsausdruck leicht veränderte. Selbst mit dem Wachs in den Ohren hörte er genügend von der Stimme der hylanischen Frau, um deren Verlockung zu spüren. Kirk packte ihn an der Schulter und schüttelte ihn. Scotty blinzelte und nickte rasch. Er würde sich nicht so leicht herumkriegen lassen. Nicht noch einmal.

Im Sprint erreichten sie den Turbolift und drängten sich hinein. Das Wachs in den Ohren verhinderte die Wahrnehmung der üblichen Geräusche: das Vorbeirauschen der Etagen, das elektronische Summen, das pneumatische Zischen und das sanfte Gleiten von Metall an Metall, als die Tür sich zur Brücke öffnete. Kirk trat zwei schnelle Schritte vor.

Lorelei saß auf dem Kommandantensessel und blickte aufmerksam auf den Hauptbildschirm. Kirks Blicke wanderten rasch von der Frau zu seiner Crew, die in ihre Arbeiten technologischer Unterstützung der Maschinenreparatur konzentriert war, kehrte dann zu Lorelei zurück. Lorelei, die das Eindringen fremder Kräfte spürte, schlug auf den Alarmknopf. Rote Lichter blinkten, und Glocken schrillten durch das Schiff.

Spock und Kirk begannen mit ihren Phasern zu feuern.

Chekov und Sulu sanken zusammen, betäubt. Uhura versuchte, Loreleis Körper mit dem ihren vor dem Phaserstrahl zu schützen. Es gelang ihr, und sie bekam dafür eine doppelte Ladung ab. Während der ganzen Zeit hatte Lorelei sich mit raschen Bewegungen zur Tür der Nottreppe vorgearbeitet, die zu den tieferliegenden Decks führte.

Ein kalter Luftzug traf Kirks Rücken. Er fuhr herum und sah, daß die Tür des Turbolifts sich geschlossen hatte. McCoy und Neal waren hinabgefahren, um Lorelei abzufangen. Die anderen Männer, die auf der Brücke waren, stürmten vor, nur um von Spocks akkuratem Feuer niedergestreckt zu werden. In weniger als fünfzehn Sekunden lagen alle friedlich schlummernd an Deck.

»Verdammt, Spock! Sie ist uns entwischt!«

»Wir sind im Besitz des Schiffes, Captain. Die Brücke ist für sie lebenswichtig, wenn sie die Herrschaft über das Schiff wiedererlangen will.«

Kirk ließ sich auf seinen Sessel fallen, drückte eine Ziffer in die Tastatur der Armlehne und wartete. Auf Chekovs Konsole glühten keine roten Kontrollampen auf.

»Sie hat die Gaskanister deaktiviert, wie ich es vermutet hatte. Wir mögen zwar die Brücke in unseren Besitz gebracht haben, doch sie hat den Rest des Schiffes in ihrer Hand. Wenn sie die Hilfsbrücke erreichen kann, sitzen wir wirklich im Schlamassel.«

»Ich habe den Turbolift deaktiviert. Der einzige Weg zur Brücke führt jetzt über die Treppe.«

»Oder durch den Dom.« Kirk blickte zu der Glasstahlkuppel hinauf, die die Sterne vergrößerte wie ein Fernglas. Ein Atombrenner konnte sie in wenigen Minuten aufschweißen. Sie würden zwar eine gewisse Vorwarnung erhalten, doch das brachte ihnen nicht viel. Der plötzliche Druckabfall würde sie sofort töten. Er versuchte, die Vorstellung zu verdrängen, daß das Reparaturteam am Dom arbeitete, statt am Warp-Antrieb. Sein Frontalangriff war fast erfolgreich gewesen. Aber eben nur fast.

Dicht vorbeigetroffen – und in diesem Fall, war ein Millimeter genausoviel wie ein Parsec. Lorelei war ihnen entkommen, hatte die Crew fest in ihrer Hand und konnte sich Zeit lassen. Für Kirk und die anderen war die Zeit ein Feind, der gegen sie arbeitete.

»Sir, ich habe Mr. Scott am Intercom.«

»Berichten Sie, Scotty.«

»Ich habe einen Teil des Maschinenraums sichern können. Heather McConel wird sicher bald wieder voll da sein. Das Mädchen wäscht sich nur selten die Ohren.« Er lachte amüsiert. »Die anderen – nun, die sind ein kleines Problem. Ich habe sie erst mal ins Werkzeuglager gesperrt.«

»Verschweißen Sie die Tür. Und auch die Tür des Maschinenraums. Lorelei ist entwischt. Sie wird uns die ganze Crew auf den Hals hetzen. Wir können nichts anderes tun, als sie möglichst lange aufzuhalten.«

»Jawohl, Sir.«

Scotty schaltete ab und überließ Kirk seinen düsteren Gedanken. Das Summen von Spocks Phaser riß ihn in die Realität zurück. Drei Männer brachen am oberen Treppenabsatz zusammen. Als die Turbolifttür aufglitt, war Kirk bereit. Sein Phaser betäubte die sechs Männer, die in der Kabine waren. Die Tür schloß sich wieder, und der Lift glitt abwärts.

»Ich dachte, Sie hätten den Turbolift abgeschaltet.«

»Tut mir leid, Captain. Lorelei hat die Hilfsbrücke in Besitz genommen. Sie hat meine Schaltung gelöscht.«

»Gibt es irgendeinen Sektor des Schiffes, über den Sie volle Kontrolle haben?«

»Negativ, Sir. Mr. Scott könnte mir eine gewisse Kontrolle verschaffen, doch da die Warp-Triebwerke nach wie vor abgeschaltet sind und die Energie allein von Batterien und Impulskraft kommt, gibt es nicht viele Möglichkeiten.«

»Stellen Sie die Luftzirkulations-Ventilatoren ab. Sie laufen ohnehin nur mit fünfzig Prozent Leistung.«

»Lorelei hat die Kontrolle bereits auf die Hilfsbrücke gelegt. Wir haben keinen Einfluß mehr auf irgendeines der Lebenserhaltungssysteme. Und ich kann sie auch nicht durch Zuschalten anderer Geräte mit starkem Energieverbrauch überlasten.«

»Versuchen Sie es weiter. Wir können jetzt nicht aufgeben. Wir dürfen nicht aufgeben!«

Während er das sagte, zerfloß das Bild auf dem großen Schirm, die Reparaturcrew verschwand und wurde durch Loreleis trauriges Gesicht ersetzt.

»James? Sie sind es wirklich. Sie sind ein außergewöhnlicher Mann. Es ist ein Jammer, daß Sie sich so störrisch weigern, den Weg der Gewalt zu verlassen.«

Kirk schluckte hart. Selbst der Anblick dieser Frau übte eine starke Wirkung auf ihn aus. Pheromone? Harmonien? Mehr als das? Er wußte es nicht. Das Wachs in seinen Ohren filterte den größten Teil ihrer verlockenden Stimme heraus, trotzdem aber erschauerte er unter dem Eindruck ihrer Worte.

»Bringen Sie etwas Unschärfe hinein, Spock.«

»Sofort, Captain.«

Das Bild blieb, doch jetzt wurde ihr Gesicht von einem Fischgrätmuster zerrissen. Die Worte klangen verzerrt und undeutlich, doch Kirk verstand sie nur zu gut.

»Sie können weder entkommen noch siegen. Bitte ergeben Sie sich, James. Ich möchte nicht, daß Sie zu Schaden kommen.« Als er nicht antwortete, lächelte sie traurig und setzte hinzu: »Ihr Dr. McCoy ist gefangengenommen worden.«

»Pille!« Kirk stemmte sich halb auf, beide Hände auf die Armlehnen gestützt, stand kurz vor dem Explodieren.

»Man wird ihn auf den Planeten beamen. Ich werde versuchen, der Lebensform, welche den Planeten bildet, die Situation zu erklären. McCoy wird nicht bestraft werden. Er muß nur lernen, in Harmonie mit dem Ökosystem zu leben.«

»Sie werden ihn töten! Niemand von uns kann dort leben. Wir sind Eindringlinge. Der Planet ist ein totalsymbiotisches System.«

»Ich habe den Mark-Zwei-Filter eingeschaltet, Captain. Sie kann sie jetzt weder klar sehen noch hören.«

»Sie hat McCoy gefangen.« Er sank zurück in den Sessel, plötzlich an Leib und Seele völlig ausgelaugt.

»James, du darfst dich nicht so aufregen.« Kirk schlug mehrmals mit den Fäusten auf die Armlehnen seines Sessels. Er zitterte angesichts der Notwendigkeit, etwas tun zu müssen – und der Frustration, völlig hilflos zu sein. »Dr. McCoy wird nichts geschehen. Er ist eher besser dran als zuvor, als Sie sich an Bord schlichen. Eine ganze Reihe kleinerer Verletzungen ist versorgt worden. Schwester Chapel ist bestens in der Lage, solche Wunden zu verarzten, wie sie der Doktor aufwies.«

»Lorelei, Sie wollen ihn wieder auf den Planeten zurückbeamen.«

»Ich kann keine Abweichler unter der Crew dulden. Die Gewalt ist eine Saat, die nichts anderes hervorbringt als mehr Gewalt. Ich habe mich bemüht, Sie zur Vernunft zu bringen, doch es ist mir nicht gelungen. McCoy ist gleichermaßen einem Kurs verfallen, der dem Wahren Weg zuwiderläuft.«

»Er wird auf dem Planeten sterben. Das Ökosystem ist...«

»Die Ganzheitsordnung des Lebens auf dem Planeten ist mir bekannt«, unterbrach die Frau. Kirk spürte die vibrierende Kraft ihrer Stimme, das Licht, das sie in ein sonst sehr düsteres Universum brachte. Sie versprach so viel. Warum wiedersetzte er sich ihr so? Der Friede war für ihn greifbar, er brauchte sich ihn nur zu nehmen. Alles, was er tun mußte, war, auf sie zu hören, zu hören, zu hören.

»Captain!« rief Spock und brach den Bann, den die Hylanerin über ihn breitete. »Es ist nicht klug, mit ihr zu reden, selbst nicht für kurze Zeit.«

Jim Kirk schüttelte energisch den Kopf. Das Wachs in seinen Ohren bewirkte nicht mehr, als den harmonischen Angriffen der Frau ihren stärksten Stachel zu nehmen. Sie regulierte ihre Stimme perfekt ein, heimtückisch und berechnend. Doch er widerstand ihr, da er die Waffe kannte, die er auf sich gerichtet sah. Und er mußte ihre Stimme als Waffe sehen.

Es spielte keine Rolle, daß das, was Lorelei predigte – und woran sie, dessen war er sicher, fest glaubte – der Frieden war. Diese Philosophie würde jeden Menschen auf dem unter ihnen liegenden Planeten sehr schnell zu Tode bringen. Kirk fragte sich, ob es Lorelei möglich sein würde, in diesem System zu überleben. Es ging über eine Symbiose hinaus; es war ein einziger, riesiger Organismus, der als Einheit lebte und reagierte. Jeder – ob Terraner, Hylaner oder Tellarit – der diesen Organismus störte, war ein Krebsgeschwür, das entfernt werden mußte, bevor das System angegriffen wurde. Es war eine kräftige evolutionäre Entwicklung, und Kirk wünschte, daß er und seine Crew die Zeit hätten, sie genauer zu studieren – mit Muße und auf eine solche Weise, daß die Lebensform sie nicht als Eindringlinge betrachtete.

»Lorelei, schicken Sie McCoy nicht auf den Planeten zurück. Er paßt nicht dorthin.«

»Er paßt auch nicht mehr an Bord der *Enterprise*, James. Und Sie ebenfalls nicht. Nach dem Plan aller Dinge muß die alte Ordnung der neuen weichen. Sie sind nicht flexibel genug, um den Weg des Friedens beschreiten zu können. Die Fertigkeiten des Krieges werden nicht länger gebraucht.«

»Lorelei...«, begann er, dann schaltete er den Bildschirm ab. Ein Blick auf das Backbordtriebwerk, dessen Reparatur kurz vor dem Abschluß stand, ersetzte das gramvolle Gesicht der Frau.

»Es scheint sie sehr mitzunehmen«, sagte er zu Spock. »Haben Sie den Ausdruck von Trauer in ihren Augen gesehen, auf ihrem Gesicht?«

»Zweifellos nimmt es sie mit, Captain. Es kann ihr nicht leichtfallen, all das zu tun, was sie im Namen des Friedens tut. Jedes Wesen, das sich dem Pazifismus verschrieben hat, weiß, daß der Planet unter uns tötet. Sie bietet nur eine sehr dürftige Überlebenschance an.«

»All das kostet sie Kraft.«

»Aber nicht genug, um sie besiegen zu können. Sie geht mit ihren persönlichen Reserven sehr sparsam um!«

»Ich kann nicht zulassen, daß sie McCoy auf den Planeten schickt. Ich werde es verhindern. Spock, versuchen Sie weiter, sie elektronisch einzukreisen. Ich werde versuchen, McCoy im Transporter zu befreien.«

»Sir, ich habe eine Idee, die funktionieren könnte. Sie erfordert jedoch eine ziemliche Menge an Computerarbeit.«

»Bringen Sie mich jetzt in den Transporterraum hinunter; danach können Sie tun, was zu tun ist.«

»Jawohl, Sir. Fertig.«

Die Türen des Turbolifts glitten auf. Kirk schritt auf sie zu, als ob er in den Rachen eines riesigen Raubtieres marschierte, das ihn verschlingen wollte. Nie hatte er sich so allein gefühlt wie in dem Augenblick, wo die Türen sich hinter ihm schlossen und der Lift mit atemberaubender Geschwindigkeit in die Tiefe raste. Kirk hatte kaum Zeit, sich für das feindselige Empfangskomitee zu stählen, als die Türen des Lifts auf dem Transporterdeck aufglitten.

Seine schnellen Reflexe retteten ihn. Ein halbes Dutzend Männer des Sicherheitsdienstes blockierten den Korridor, die Phaser auf Betäubung geschaltet. Sein Phaser feuerte früher, glitt die Reihe der Männer entlang und schickte sie fast gleichzeitig zu Boden. Lorelei mochte seine Crew unter ihre Kontrolle gebracht haben, doch ihre Reflexe gehorchten ihr noch nicht. Sie fochten einen inneren Kampf aus, bei dem die ihnen von ihr aufgezwungene Philosophie zwar schließlich die Oberhand gewann, doch die kurze Sekunde des Zögerns zwischen Gehorsam gegenüber der Hylanerin und ihren pazifistischen Dogmen und dem Widerwillen, einen vorgesetzten Offizier anzugreifen, gab Kirk einen kleinen Vorteil.

Er stürmte in den Transporterraum, bevor der letzte der Männer zu Boden gesunken war. Der Transporterchef machte das Gerät klar, und McCoy stand mit auf dem Rükken gebundenen Händen auf der Plattform.

»Runter von dem Ding, Pille!« schrie er. »Deaktivieren Sie den Transporter, Mr. Kyle.« Wieder die leichte Verwirrung, das kurze Zögern. Kyle wollte seinem Captain gehorchen; antrainierte Reaktionen sterben nicht so schnell. Aber Lorelei hatte ihm befohlen, den Arzt auf den Planeten zu beamen.

»Captain, ich...« Mehr brachte Kyle nicht heraus, bevor der Phaser ihn zurücktaumeln ließ und er bewußtlos an Deck fiel.

»Es ist schön, dich zu sehen, Jim. Du hast dir ja mächtig Zeit gelassen.«

»Laß das. Wir müssen auf die Brücke zurück. Spock versucht, das bißchen Kontrolle, das wir besitzen, zusammenzuhalten.«

»Wie bist du hergekommen? Sie hat alle Funktionen von der Hilfsbrücke aus übernommen.« McCoy massierte seine Handgelenke, um die Blutzirkulation wieder in Gang zu bringen, die von dem fest angezogenen Strick abgeschnürt worden war.

»Ich... ich weiß es nicht. Spock muß es getan haben.«

»Nein, James, ich habe es zugelassen. Es schien mir keine gute Taktik zu sein, Sie und den Vulkanier beieinander zu lassen.« Ihre Stimme dröhnte aus dem Intercom neben der Transporter-Konsole.

»Taktik, Lorelei? Sie sprechen wie ein General. Wie ein militärischer Kommandant. Erklären Sie uns den Krieg?« Er gab McCoy einen Wink, den Raum zu verlassen und zum Turbolift zu laufen.

»Krieg? Das ist nicht möglich, jedenfalls nicht gemäß Ihrer Definition von Krieg. Auf eine bestimmte Weise mag es

Krieg sein, wenn man den Begriff dahingehend auslegt, daß er bedeutet, einen anderen von der eigenen moralischen Überlegenheit zu überzeugen. Die Gewalt löst nichts. Wir alle müssen friedlich zusammenleben. Aber Sie sind nicht dazu fähig. Sie widersetzen sich zu stark.«

»Jim, meine Ohren. Ich... ich fühle ihre Stimme.«

Mit der Schnelligkeit eines einschlagenden Blitzes sprang Kirk los. Mit den flachen Händen schlug er McCoy hart auf beide Kopfseiten. Der Arzt schrie auf und preßte beide Hände auf die schmerzenden Ohren.

»Verdammt, du hast mich taub geschlagen!« rief er überlaut, da er seine Stimme nicht mehr hören und ihre Lautstärke regulieren konnte. Er verstummte, als Kirk einen Finger an die Lippen legte und ihn zum Schweigen ermahnte. Jetzt begriff McCoy, warum Kirk sein Gehör ausgeschaltet hatte.

»Sie widersetzen sich noch immer meiner Führung zum Wahren Weg. Ich mag Sie, James. Ich wünschte, wir hätten uns unter günstigeren Umständen kennengelernt. Ich muß auch Sie auf den Planeten schicken. Sie stören die Crew mit Ihrer kriegerischen Art.«

Die Tür, die aus dem Transporterraum führte, glitt zu. Kirk wußte, daß Lorelei viele der Stromkreise, die von ihm abgeschaltet worden waren, unter ihre Kontrolle gebracht hatte. Er zögerte keine Sekunde, als er den Selektorschalter seines Handphasers auf volle Leistung stellte. Der fuchsienrote Strahl fuhr gegen die Tür. Ein rauchendes Loch weitete sich, bis es so groß war, daß die beiden Männer hindurchkriechen konnten. Glühende Metallsplitter verfingen sich in Kirks Uniformjacke und versengten den Stoff bis auf die Haut. Er schlug sie aus, ohne sich dessen richtig bewußt zu sein, während er zu der Treppe lief, die zum Maschinenraum hinabführte. Wenn Scotty noch aushielt, bestand eine kleine Chance, den Maschinenraum als Basis für einen Frontalangriff auf die Hilfsbrücke zu benutzen.

»Nein, James, das geht nicht. Verletzen Sie keinen der

Männer. Sie sind Ihre Feunde. Sie wollen nichts Böses. Helfen Sie ihnen. Arbeiten Sie mit ihnen zusammen.« Er stolperte im Lauf, als die ganze Kraft ihrer Worte an seinen Vorsätzen nagte. Er versuchte, in seinem Gehirn Gedichtverse zu rezidieren, die Namensliste der Crew durchzugehen, an alles mögliche zu denken, nur nicht an die sanft überredenden Ranken, die durch seinen Kopf trieben. Ohne die Wachspfropfen in seinen Ohren würde er Loreleis gekonnten Verführungskünsten erlegen sein.

»James, Sie *wollen* glauben, so wie ich es tue. Barbarei ist nicht die Antwort. Freundschaft ist es. Mit anderen zusammenzuarbeiten ruft ein gutes Gefühl hervor. Es gibt mehr als nur...« Schrille Rückkopplungsgeräusche fuhren durch Kirks immer stärker werdende Benommenheit, wie ein Messer durch Butter. Das Intercom spielte verrückt, gab hohe Pfeiftöne und subsonisches Surren von sich, die ihm bis ins Mark fuhren und in seinen inneren Organen vibrierten. McCoy stützte ihn, bis er sich wieder gefangen hatte.

Das Kreischen gequälter Elektronen war wie Musik in seinen Ohren. Er konnte sich durch den Lärm kein Gehör verschaffen. Er bewegte nur die Lippen, als er sagte: »Zur Hilfsbrücke!« McCoy nickte und folgte ihm.

Kirk betäubte zwei vor der Tür stehende Wachen mit dem Phaser, und drang ein, bereit, den Kampf fortzusetzen. Doch das war nicht nötig. Lorelei saß auf dem Kommandantensessel der Hilfsbrücke, ihr Gesicht war abgezehrt und von Strapazen gezeichnet. Sie sprach, und die Worte verstärkten sich, drangen als verzerrtes Krächzen aus ihrem Mund.

»James«, sagte sie, und der Name klang, als ob jemand mit dem Fingernagel über Glas kratzte. In diesem Augenblick teilte er ihre Trauer und ihre Enttäuschung. Sein Finger spannte sich um den Abzug, und ein Strahl reiner Energie umhüllte die hylanische Frau. Sie brach über der Kontrollkonsole zusammen. McCoy eilte zu ihr, überprüfte ihren Puls und nickte. Sie würde am Leben bleiben.

Und auch die *Enterprise* und ihre Crew.

Kirk trat auf die zierliche Gestalt zu und hob sie auf seine Arme. McCoy folgte mit schußbereitem Phaser. Das Sprechen war ihnen unmöglich, selbst wenn das Rückkopplungskreischen aus jedem eingeschalteten Intercom es ihnen erlaubt hätte.

James T. Kirk blickte die Frau durch das Schimmern eines Kraftfeldvorhangs an. Lorelei saß in einer bequemen Arrestzelle, ohne jede Möglichkeit, sich mit irgendeinem außerhalb befindlichen Menschen in Verbindung zu setzen. Kirk blickte seinen Wissenschaftsoffizier an. Spock nickte. »Der Stromkreislauf ist geschlossen. Es wird nach Ihren Wünschen funktionieren, Captain.«

»Danke, Spock.« Kirk legte einen Schalter auf einem kleinen schwarzen Kasten um. Eine rote Lampe glühte auf.

»Können Sie mich hören, Lorelei?«

»Ja, James«, kam die gedämpfte, frequenzmodulierte Antwort. Ihre Stimme klang wie die eines Bassisten, nicht in der normalen Altlage Loreleis. »Sie brauchen mich nicht einzuschließen.«

»Es tut mir leid, Lorelei, aber es ist nötig. Sie haben unseren Auftrag gefährdet. Nur wenn ich Sie so isoliert halte, daß sie nicht Ihre...« Er zögerte. Er hatte ›Waffe‹ sagen wollen. »... daß sie nicht Ihre Überzeugungskraft gegen irgend jemanden auf dem Schiff einsetzen können, kann ich sicher sein, daß wir unsere Aufgabe zu Ende führen können.«

»Sie wollen also immer noch nach Ammdon? Das würde einen Krieg auslösen.«

»Das glaube ich nicht.«

»Die Botschafter sind alle tot. Sie waren Männer des Krieges, nicht des Friedens. Es war ihre Aggression, die sie getötet hat.«

»Sie sind gestorben, aber nicht an ihrer Aggression. Menschen sind anders als Sie. Wir passen nicht in die Form, die Sie für uns zurechtzuschnitzen versuchten. Botschafter

Zarv war ein Tellarit. Kein Mensch, doch uns sehr ähnlich. Mek Jokkor war nicht einmal vage menschenartig, und er paßte nicht in die Biosphäre des Planeten. Lorelei, es fällt Ihnen schwer, das zu akzeptieren, aber es gibt Orte im Universum, wo Menschen nicht willkommen sind, wo sie nicht hingehören, wo sie niemals hingehören werden.«

»Frieden ist die Antwort.«

»In den meisten Fällen ist das richtig. Es zahlt sich nicht aus, eine Kriegspolitik der Expansion zu verfolgen, wie es die Klingonen und die Romulaner tun, doch eine friedliche Gesellschaft muß in der Lage sein, sich zu verteidigen.«

»Überredung ist genug.«

»Auf Hyla vielleicht. Bei Menschen nicht.« Sie blickte ihn bedauernd an, als ob er sie völlig mißverstanden hätte. Schließlich sagte Kirk: »Ich werde dafür sorgen, daß sie so bald wie möglich nach Hyla zurückgebracht werden.«

»Sie wollen mich nicht töten?«

»Wenn Sie mich das fragen, haben *Sie* mich völlig mißverstanden.« Er drückte den Schalter an dem schwarzen Kasten, und das rote Licht erlosch. Er wandte sich zu Neal um und sagte: »Sorgen Sie dafür, daß niemand sonst mit ihr spricht. Der größte Teil der Crew steht nach wie vor unter ihrem Einfluß. Nach McCoys Ansicht wird die Wirkung während der nächsten zwei, drei Tage erheblich nachlassen, und gegen Ende der Woche sollten nur noch vage Schuldgefühle vorhanden sein. Bis dahin aber dürfen wir kein Risiko eingehen. Verstanden, Mr. Neal?«

»Jawohl, Sir.« Er salutierte, als Kirk und Spock gingen.

Draußen auf dem Korridor aktivierte Spock noch eine zweite Kraftfeldbarriere. Erst dann wandte er sich Kirk zu. »Sir, Mr. Scott bittet Sie, sofort ins Maschinendeck zu kommen. Seine Reparaturarbeiten haben ein kritisches Stadium erreicht.«

»Danke, Mr. Spock. Machen Sie weiter. Versichern Sie sich, daß alle, die mit Ihnen auf der Brücke Dienst tun, absolut loyal sind – gegenüber der Föderation.«

»Uhura, Sulu und Chekov sind in Ordnung. Ich habe an ihnen die vulkanische Gedankenverschmelzung angewandt, um sie zu überprüfen.«

»Ausgezeichnet.« Kirk lief eine Treppe hinab und drängte sich durch mehrere Gruppen verwirrt wirkenden Crewmitglieder, bis er zum Maschinenraum gelangte. Die Tür war nach der Einkerkerung Loreleis wieder aufgeschweißt worden. Sie zu reparieren mochte genauso lange Zeit in Anspruch nehmen wie die Instandsetzung der Maschinen.

»Ah, Captain, ich habe etwas, das Sie sehen müssen.« Scotty bedeutete ihm, die auf dem Computerbildschirm angezeigten Werte zu studieren.

»Was ist das? Hmm, hier ist die Energieleistung. Steigend. Das Backbordtriebwerk ist in Ordnung. Gute Arbeit, Scotty.«

»Captain, sehen Sie sich das Steuerbordtriebwerk an. Das ist nicht so gut.«

Nadelscharfe Zacken von Energiefluktuation bestätigten Scottys Worte. Kirk wußte nur wenig von solchen technischen Details, hatte jedoch genug gelernt und eine ausreichende Erfahrung als Kommandant eines Raumschiffs, um eine gefährliche Fehlfunktion erkennen zu können. Er blickte auf und runzelte die Stirn.

»Ja, Sir, es sieht schlecht aus. Ich erbitte Erlaubnis, selbst hinauszugehen und mir die Steuerbord-Materie-Antimaterie-Kapsel anzusehen.«

»Können Sie keine Roboter dafür verwenden?«

»Nein, Sir. Dazu braucht man Fingerspitzengefühl. Zu viel, um diese Arbeit den Robot-Tölpeln zu überlassen.«

»Wenn Sie die Mischung von Materie und Antimaterie ausgeglichen haben, wird die Maschine wieder glatt laufen?«

»So glatt wie ein Babyhintern, Sir!« sagte er stolz. Kirk hatte seine Antwort. Scotty wollte die Feinarbeit in der Gondel selbst durchführen. Kein anderer besaß sein Talent, sein Geschick oder seine Erfahrung.

»Tun Sie es. Und nehmen Sie nur so viele Techniker mit, wie Sie unbedingt brauchen. Sie wissen warum.«

»Weil sie noch immer teilweise unter der Wirkung der Gehirnwäsche stehen, die ihnen dieses Mädchen verpaßt hat. Verstanden, Sir. Ah – der einzige Helfer, den ich brauche, ist Heather McConel.« Kirk wandte sich um und blickte seinen Chefingenieur scharf an. Heather McConel stand in der Nähe und kaute auf ihrer Unterlippe, während sie ein Teil des Stabilisatorstromkreises einregelte. »Sie ist das beste, was wir hier haben, Captain.«

»Ich weiß. Also tun Sie's. Und bleiben Sie mit Spock in Verbindung. Er könnte Ihnen vielleicht einen Rat geben, wenn Sie Schwierigkeiten haben sollten.«

»Sir, was wir tun müssen, ist nicht schwierig. Es ist nur gefährlich.«

»Nun, Spock, wie sieht es aus?« fragte Kirk. Er biß sich auf den Daumen, während er auf dem Bildschirm verfolgte, wie die winzigen, in Raumanzügen steckenden Gestalten auf der Steuerbord-Triebwerkgondel umherkrochen. »Kommen sie weiter?«

»Die Situation hat sich kaum wesentlich verändert, seit Sie vor drei Komma zwei-vier Minuten dieselbe Frage stellten, Captain.« Spock schien immun gegen die Spannung zu sein, die wie Elektrizität durch die Brücke knisterte.

»Verdammt, dies ist wichtig. Sie sind in tödlicher Gefahr dort draußen.«

»Ja, Sir, das sind sie.«

McCoy schnaubte durch die Nase. »Kümmere dich nicht um ihn, Jim. Er hat Kühlflüssigkeit in seinen Adern. Man hat ihm alle menschlichen Gefühle herausoperiert und dafür Maschinerie hineingesteckt.«

»Doktor, alle meine Körperteile sind original. Und was Ihre Vorurteile betrifft, daß nichtorganische Teile organischen unterlegen sind, so erlauben Sie mir, Ihnen einige kompetente Arbeiten über dieses Thema zu empfehlen.«

»Ruhe!« rief Kirk. »Bericht, Spock. Wie kommt Scotty zurecht?«

Wie als Antwort auf seine Worte kam die von Knistern überlagerte Stimme des Chefingenieurs aus dem Intercom. »Der magnetische Behälter ist wiederhergestellt, aber er hat nicht die richtige Form. Der MHD-Fluß wird eingeengt.«

»Was soll das heißen?« fragte McCoy. »Hat denn MHD etwas mit dem Behälter zu tun?«

»Es ist das magnetohydrodynamische System, das nicht richtig adjustiert ist. Ohne perfekte Symmetrie innerhalb der Kraftfeldbegrenzungen könnte die Materie-Antimaterie-Reaktion durchbrechen und die ganze Gondel zerstören. Das Feld muß gleich und absolut symmetrisch sein.«

»Jetzt bin ich genau so schlau wie vorher«, knurrte McCoy.

»Scotty«, sagte Kirk. »Können Sie es adjustieren?«

»Ja, Captain. Heather hat das richtige Feingefühl für die genaue Einregulierung, nachdem ich mich um die erste Konfiguration gekümmert habe. Das einzige Problem könnte eintreten, wenn der Energiefluß beginnt. Der geringste Irrtum, und...« Seine Stimme verklang. Es bestand auch keine Notwendigkeit, es genau zu schildern. Wenn es Scotty nicht gelang, die richtige Adjustierung durchzuführen, bevor der Energiefluß wieder einsetzte, waren sie beide tot.

Sie warteten schweigend. Schließlich sagte Scott: »Bereit für einen Versuch? Gut. Spock, geben Sie mir ein Prozent Fluß.«

»Ein Prozent Fluß – jetzt.« Der Wissenschaftsoffizier beobachtete seine Instrumente und führte ein paar Feineinstellungen durch. Auf der Maschinenkonsole begannen Lampen zu flackern. Chekov lief hinüber und drückte – mit leicht bebenden Händen und schweißnassem Gesicht – den großen roten Knopf.

»Energieniveau erreicht«, meldete der junge Fähnrich.

Die Anspannung wich aus seinem Gesicht, und ein Lächeln verdrängte den Ausdruck von Nervosität und Streß.

»Wie sieht es aus, Scotty?«

»Noch ein bißchen Fummeln, Sir. So. Das wär's. Spock, geben Sie mir vier Prozent mehr.«

Die langsame Steigerung der Energieleistung hielt an, bis sie zwanzig Prozent erreichte; dann schrillten Alarmglokken.

»Scotty!« schrie Kirk.

»Strahlungsleck an einer Schwachstelle des Behälters. Heather arbeitet daran. Sie ist... sie braucht Hilfe.« Die Strahlung verzerrte alle weiteren Worte des Ingenieurs. Auf dem Bildschirm düste eine winzige Gestalt zum anderen Ende der Materie-Antimaterie-Gondel. Die beiden in Raumanzügen steckenden Gestalten vereinten sich und wurden undeutlich.

»Strahlungspegel steigend«, meldete Spock mit klarer, ruhiger Stimme. »Mr. Scott, Chief McConel, kehren Sie in den Schutz der Abschirmungsschilde zurück.«

»Nein«, kam die leise Antwort. »Wir müssen es jetzt tun oder nie. Starten Kettenreaktion... Jetzt!«

»Fluktuierende Energieleistung. Um achtzig Prozent RMS-Wert. Erbitte Erlaubnis zum Abschalten, Captain.«

»Nein, Spock. Lassen Sie es ein paar Sekunden länger laufen.«

»Das wird das Schiff zerstören. Scott und McConel können den Schub unmöglich überlebt haben.«

»Ich verstehe Scotty. Ich vertraue ihm.«

»Sir, Energie pendelt sich bei dreiundzwanzig Prozent ein«, meldete Chekov. »Die Fluktuationen sind verschwunden. Der Stabilisatorstromkreis funktioniert wieder.«

Kirk atmete tief durch. »Scotty, sind Sie da?«

»Jawohl, Captain. Es gab ein kleines Problem, aber wir haben es gelöst. Heather stellt gerade den Dilithium-Kristall auf die richtige Resonanz ein.«

»Wann werden wir volle Warp-Energie haben?«

»Schwer zu sagen, Captain. Wir müssen noch immer den völligen Neustart der Triebwerke durchführen. Dies war ja nur zur Überprüfung der magnetischen Behälter.«

»Die Rotsler-Technik für einen Neustart der Triebwerke ist unerprobt, Captain.«

»Mr. Spock, ich habe gerade ein paar Wunder miterlebt. Was kommt es da auf eins mehr oder weniger an? Ich bin sicher, daß Mr. Scott uns auf volle Energieleistung bringen kann, ob diese Technik funktioniert oder nicht.«

Innerhalb von vier Stunden waren die Maschinen der *Enterprise* auf Warp-Kapazität. Innerhalb von fünfzig Stunden legte Sulu einen Kurs nach Ammdon fest.

KAPITEL 11

CAPTAIN'S LOGBUCH, STERNZEIT 5011.1

Die Fahrt nach Ammdon war alles andere als Routine. Mr. Scott hat bei der Instandhaltung der Warp-Triebwerke Dienste geleistet, die weit über normale Pflichterfüllung hinausgingen. Der Zustand der MHD-Behälter ist, gelinde gesagt, gefährlich. Er und seine Crew werden für ihre vorbildlichen Leistungen Auszeichnungen erhalten. Die anderen Besatzungsmitglieder kehren allmählich in den Normalzustand zurück, und nur gelegentlich vorkommende Rückfälle attestieren die Macht von Loreleis Verführungskunst und ihrer sonisch-geladenen Worte. Dr. McCoy versichert mir, daß keiner von ihnen unter ihrem Einfluß bleiben wird, und daß alle ein bemerkenswert stabiles Psychogramm aufweisen, wenn man die Belastungen berücksichtigt, denen sie ausgesetzt waren. Lorelei bleibt in der Arrestzelle, wo dafür gesorgt ist, daß sie mit niemandem direkt sprechen kann. Aber obwohl alle Männer und Frauen an Bord wieder in Ordnung sind, bleibt doch noch eine schwere Hürde zu nehmen: die Ammdon-Jurnamoria-Friedensverhandlungen. Ohne Botschafter Zarv und sein diplomatisches Team besteht nur eine geringe Chance, daß wir den Krieg verhindern können. Doch es ist unsere Pflicht als Angehörige der Föderation, alles zu tun, was in unserer Macht steht, um diesen Krieg abzuwenden und die Romulaner im Orion-Arm in Schach zu halten.

»Status-Report über die Schiffe um uns herum, Mr. Chekov.«

»Captain, ich weiß nicht, was ich von ihnen halten soll. Es sind alles Kriegsschiffe. Alle sind schwer bewaffnet.«

»Spock: Kommentar?«

»Nur, daß diese Armada in der Lage ist, uns zu vernichten. Selbst mit den Warp-Triebwerken auf achtzig Prozent Leistung müssen wir unseren Energieverbrauch auf ein Minimum beschränken. Der Gebrauch von Energie für die Deflektorschilde könnte zur Instabilität in den magnetischen Behältern führen.«

»Den Krieg, Mr. Spock, sollen wir verhindern. Nur deshalb sind wir hier.« James T. Kirk starrte auf den Bildschirm. Bewegte Punkte zeigten sich verändernde Formationen von Kriegsschiffen im Ammdon-System. Die Jurnamorianer erschienen mit ihrer ganzen Flotte zum Friedensgespräch, wie es schien. Die Ammdoner nahmen das nicht auf die leichte Schulter; der größte Teil ihrer Flotte, primitiver als die Schiffe von Jurnamoria, doch zahlenmäßig überlegen, lag in Verteidigungsposition, um ein massiertes Bombardement ihres Heimatplaneten zu verhindern. Die Positionen waren gut gewählt, erkannte Kirk. Beide Seiten schienen über Admirale von überragender Fähigkeit zu verfügen. Bei einer Konfrontation würde es auf beiden Seiten hohe Verluste geben.

»Besteht irgendeine Möglichkeit, die Lunte aus diesem Pulverfaß zu ziehen?« fragte McCoy, der über Kirks Schulter blickte. Kirk wandte sich um und sah den Arzt an.

»Kaum. Solche gewaltigen Flotten umzudrehen ist keine Sache des Augenblicks. Außerdem brauchen sie einen Grund, um zu ihren Heimatbasen zurückzukehren.«

»Was wirst du jetzt tun, da Zarv und die anderen nicht mehr da sind?«

»Das ist etwas, worüber ich mir noch nicht klargeworden bin, Pille. Irgendwelche Vorschläge? Nein? Mr. Spock, haben Sie eine Idee?«

»Sir, wir sollten zu dem Planeten hinabbeamen und dort tun, was in unserer Macht steht. Ich rate, diesen Schritt bald zu machen. Ich erkenne, daß auf vielen der jurnamorianischen Schiffe die Raumwaffen gefechtsbereit gemacht werden. Selbst wenn kein direkter Feuerbefehl gegeben wird, könnte mal ein Phaser aus Versehen losgehen.«

»Und so ein Versehen kann genauso leicht zum Krieg führen, als wenn Feuerbefehl gegeben würde. Also gut. Pille, Sie und Spock und Uhura und ich werden hinabbeamen. Mr. Scott ist noch im Maschinenraum, nehme ich an?«

»Ja, Sir«, antwortete Sulu sofort.

»Gut. Mr. Sulu, Sie haben das Kommando. Falls irgend etwas Unvorhergesehenes passieren sollte, holen Sie Mr. Scott auf die Brücke. Ansonsten behalten Sie uns ständig im Auge. Beamen Sie uns an Bord, wenn die Situation es erforderlich machen sollte.«

»Glauben Sie, daß es dazu kommen könnte?« fragte Sulu.

Kirk seufzte nur und stand auf. »Ich hoffe nicht. Aber meine Künste als Unterhändler sind nicht so gut wie die als Schiffskommandant. Und ich bezweifle, daß irgendeine der beiden Seiten sich von mir befehlen lassen wird, vernünftig zu sein.«

Er deutete mit einer Kopfbewegung auf den Turbolift, und die kleine Gruppe von Offizieren machte sich auf den Weg, um zum Planeten hinabgebeamt zu werden.

»Versucht er, schwer von Begriff zu sein?« fragte Uhura. Die Bantufrau bediente den Übersetzungscomputer, um den Leuten der *Enterprise* eine verständliche Fassung der Rhetorik zu geben. »Er redete doch im Kreis herum. Es ist *nicht* die Schuld meines Computers, daß er einen solchen Unsinn von sich gibt.«

»Ich weiß, Uhura. Beruhigen Sie sich. Die Diplomatie scheint aus neunundneunzig Prozent heißer Luft und einem Prozent Irrsinn zu bestehen.«

»Ich möchte widersprechen und das Verhältnis umkehren, Jim«, murmelte McCoy. »In diesem Raum ist mehr Irrsinn versammelt, als man aufzählen kann.«

»Wenngleich ich keinen funktionellen Wert in Dr. McCoys Anregung sehe, stimme ich doch mit seiner Einschätzung der Situation überein«, sagte Spock. »Keine noch so große Menge von Reden wird eine der beiden Seiten zum Nachgeben bewegen.«

»Aber ich muß es versuchen.« Kirk erhob sich, gab ein Handzeichen, daß er um das Wort bitte und wurde von dem Moderator des Geschreis – Kirk konnte es nicht als Debatte bezeichnen – erkannt. Es dauerte eine Weile, bis das Lärmen in der riesigen Halle verklungen war. Die Parlamentshalle von Ammdon war mehrere hundert Meter lang. Die hohe Gewölbedecke verlieh dem Raum die Atmosphäre einer Kathedrale, und die darin herrschende Kühle verstärkte diesen Eindruck noch. Der reichgeschnitzte Verhandlungstisch war nicht nur mit den üblichen Bergen von Papieren, Aktenkoffern und Analysegeräten bedeckt, sondern man sah auch eine Vielzahl kleiner Heizgeräte, um die Hände der Diplomaten vor Erfrierungen zu schützen. Der Parlamentssaal von Ammdon war nicht geheizt worden; obwohl auf dieser Seite des Planeten jetzt tiefster Winter herrschte, ging der Rat von Ammdon nicht von der Tradition ab, indem er für Wärme sorgte.

Auf eine gewisse Weise war dies recht passend, fand Kirk. Die Debatte war hitzig, und die Stimmung eisig.

Er blickte die Reihe der am Tisch sitzenden Männer und Frauen an. Der Vizeregent von Ammdon hatte die Offiziere der *Enterprise* an die Mitte der linken Tischseite plaziert. Rechts von Kirk saßen der Vizeregent und seine Berater. Links saßen Jurnamorias Botschafterin des Friedens und ihr sechsköpfiger Stab. Kirk regulierte unauffällig sein Kehlkopfmikrophon ein, das Spock aus einem ihrer Kommunikatoren zusammengebastelt hatte. Die anderen hatten sich auf die primitiven Verhältnisse in dem Parlamentssaal entsprechend vorbereitet; er hatte nicht gewußt, daß man einen Verstärker brauchte.

»Vizeregent, Botschafterin, wir reden viel und erreichen

wenig. Die Differenzen, die Ihre beiden Welten trennen«, sagte er und bemühte sich, nicht zu lächeln, als McCoy leise ›Blödsinn‹ murmelte, »sind nicht unüberbrückbar.«

»Falsch!« – »Er hat keine Ahnung!« kamen die Zwischenrufe erheblich lauter als McCoys Bemerkung.

Kirk hob die Hand, und es trat wieder Ruhe ein. Er wußte jedoch, daß diese Ruhe nicht auf empfängliche Gemüter schließen ließ.

»Wir von der Föderation haben einen Friedensplan erarbeitet, der sowohl für Ammdon, als auch für Jurnamoria von Vorteil wäre. Wir bieten beiden das technische Wissen an, das Ihre darniederliegende Landwirtschaft braucht, und auch Finanzhilfe zum Aufbau neuer Industrien. Mit der Energie und der Arbeitskraft Ihrer Planeten und dem enormen Wissen und Reichtum der Föderation können wir ein neues Morgen schaffen. Wir können Arm in Arm vorwärtsschreiten, in eine Zukunft, die mit Wohlstand erfüllt ist – und mit Frieden.«

»Schöne Worte«, sagte die jurnamorianische Botschafterin des Friedens. Sie lächelte ironisch, als sie hinzusetzte: »Was Sie Jurnamoria anbieten, ist nichts. Nichts! Wir wollen nicht unter der Fuchtel eines fremden Aggressors stehen. Alles, was wir wollen, ist das, was rechtmäßig unser ist – und das *sie* uns gestohlen haben!« Sie erhob sich und deutete mit einer dramatischen Geste auf den Vizeregenten.

»Es kann keine fremde Herrschaft über ammdonisches Farmland geben«, sagte der Vizeregent eisig. »Und auch kein Dienern vor fremden Diktatoren!«

»Sir, Lady, bitte!« flehte Kirk. Doch es war nutzlos. Die beiden schleuderten sich gegenseitig Beleidigungen an die Köpfe; Kirk setzte sich und wartete, bis sie sich abreagiert haben würden.

»Das war eine gute Rede, Sir«, sagte Uhura. »Auch wenn sie nicht darauf gehört haben.«

»Danke. Ich habe den Text in Zarvs Kabine gefunden. Ich

frage mich, ob er ihn nicht besser wiedergegeben haben würde.«

»Nicht viel besser, Captain«, sagte Spock leise. »Mein Tricorder zeigt Werte an, die auf intensive Erregung hindeuten. Es wäre angebracht, eine Vertagung anzuordnen, bis beide Seiten sich beruhigt und ihre Standpunkte neu durchdacht haben.«

Kirk nickte, erhob sich und bat erneut um das Wort. Was er jetzt hörte, ließ ihn vor Entsetzen erstarren.

»Jurnamorianische Hexe! Ihre Kriegsschiffe sind nichts im Vergleich zu dem Starship der Föderation, das jetzt um unseren Planeten kreist.« Das Lächeln des Vizeregenten wurde zu einem überlegenen Grinsen. »Unser Pakt mit der Föderation verpflichtet sie zur bedingungslosen Verteidigung Ammdons. Nehmen Sie Ihre Flotte und kehren Sie zu Ihrem jämmerlichen Planeten zurück.«

Uhuras Computer gab einen erschrockenen Schrei von sich, als die Botschafterin des Friedens ihrem ammdonischen Widerpart antwortete. Die Beleidigung, die sie von sich gab, war nicht übersetzbar.

»... wir gehen jetzt. Wir werden sehen, welchen Wert dieser hochgelobte Verteidigungspakt hat. Ich glaube, daß sie Feiglinge sind. Sie werden nicht kämpfen. Sie werden den Schwanz einklemmen und weglaufen und Ihren faulenden Kadaver den Geiern überlassen.«

»Es hat den Anschein, Captain«, sagte Spock, »daß ein Antrag auf Vertagung sich erübrigt.«

»Sie haben ein so umfassendes Verständnis für menschliche Angelegenheiten, daß ich immer wieder darüber erstaunt bin, Spock«, antwortete McCoy. Die Offiziere der *Enterprise* beobachteten schweigend, wie die Botschafterin des Friedens von Jurnamoria und ihr Gefolge aus dem Raum stürmten. Das wütende Klicken ihrer Stiefelabsätze hallte noch durch die lange, aus Stein erbaute Halle, als die Jurnamorianer längst verschwunden waren.

»Sehen Sie, wie sie ist, Captain Kirk?« fragte der Vizeregent. »So starrköpfig. Sie versucht nicht einmal, unseren Standpunkt zu sehen.«

»Vizeregent Falda, Sie sollten vielleicht Ihre Taktik ein wenig aufpolieren.«

»Das glaube ich nicht«, sagte der Mann, und seine Stimme wurde eisig.

»Botschafter Zarvs vorzeitiger Tod hat zweifellos die Probleme verschärft, denen wir uns hier gegenübersehen; wir benötigen mehr Freiheit, um uns vorbereiten zu können. Unsere Subraum-Funknachricht an Starbase Eins wird ein anderes qualifiziertes Team herbringen, in einem Monat oder so, denke ich.«

»In einem Monat? Solange können wir nicht warten, Captain Kirk. Mit Jurnamorias ganzer Flotte um unseren Planeten würden wir nicht so lange überleben.«

»Ein Waffenstillstand kann so lange dauern, bis ein formelles Übereinkommen abgeschlossen werden kann.« Kirk klammerte sich an Strohhalmen fest. »Wenn sie sich auf eine Entfernung von zwanzig AE* zurückziehen würden, wäre das für Sie akzeptabel? Mit dem Ortungsinstrumentarium, das die Föderation Ihnen zur Verfügung stellen wird, ist das eine ausreichende Distanz, um jeden Angriff rechtzeitig genug erkennen zu können.«

»Nein.«

»Die *Enterprise* wird nicht Ammdons Kriege führen, Vizeregent Falda. Wir bleiben neutral, wenn Sie Feindseligkeiten provozieren.«

Spocks Kommunikator summte laut. Er schloß das Gerät, bevor er sich Kirk zuwandte. »Ich glaube nicht, daß Ammdon Feindseligkeiten provozieren wird, Captain.«

»Warum nicht?«

»Mr. Sulu meldet, daß die jurnamorianische Flotte auf die *Enterprise* feuert.«

---

*AE = Astronomische Einheit; 1 AE = mittlere Entfernung der Erde von der Sonne: 149,6 Mill. km – Anm. d. Red.

Kirk raste zur Brücke, seine Offiziere im Gefolge wie den Kondensstreifen einer Rakete, die durch die Atmosphäre schießt. Scotty hatte das Kommando übernommen, sobald Sulu erkannte, daß die Jurnamorianer sich bereit machten, auf die *Enterprise* zu feuern.

»Meldung, Scotty.«

»Es ist nicht so schlimm, Sir«, sagte er. »Die Waffen, die sie benutzen, können unsere Deflektorschilde nicht durchschlagen, selbst bei halber Energie. Aber ich weiß nicht, was passiert, wenn wir kämpfen und die Deflektoren aufrechterhalten müssen. Die Fluktuationen in dem magnetischen Behälter werden immer schlimmer.«

»Gefahr?«

»Ja, Captain, wenn es noch viel länger dauert.«

»Gehen Sie in den Maschinenraum zurück und tun Sie, was Sie können, um alles zusammenzuhalten. Ich werde die Phaser nicht einsetzen, wenn es nicht unbedingt erforderlich sein sollte, aber ich brauche volle Deflektorleistung, bevor wir hier heraus sind.«

»Das wird verdammt riskant werden, Sir.«

»Ich habe volles Vertrauen zu Ihnen, Scotty.«

»Jawohl, Sir.« Der Ingenieur kehrte zu seinen geliebten Maschinen zurück, um sie so zuverlässig wie möglich laufen zu lassen, damit sie der *Enterprise* die Energie lieferten, die sie für den sich um sie herum entwickelnden Kampf brauchen würde.

»Sir, die ammdonischen Schiffe haben das Feuer erwidert. Sehen Sie?« Der Hauptbildschirm war ein Spiegelbild der entflammenden Schlacht. Anfangs deuteten nur wenige Spuren auf den Austausch von Raketenfeuer zwischen den Schiffen hin. Dann erhellte sich der ganze Raum wie ein RR-Lyrae-Stern, als mehr und mehr der Kriegsschiffe ihre Salven abfeuerten. Bald wurde es für das Auge unmöglich, zwischen den ammdonischen und den jurnamorianischen Schiffen zu unterscheiden.

»Spock, Deflektoren auf fünfundsiebzig Prozent.«

»Fünfundsiebzig Prozent, Sir.«

Kirk saß, das Kinn in die Handfläche gestützt, und dachte fieberhaft nach. Wenn die *Enterprise* auch nur eine einzige Salve von Photonentorpedos abfeuern würde, wäre die Schlacht vorbei. Und Jurnamoria wäre für immer im romulanischen Lager. Die verbleibenden, kampfunfähig geschossenen Schiffe würden Funknachrichten mit einem vollen Bericht über das Geschehen an ihren Heimatplaneten senden, wenn sie nicht ohnehin schon behauptet hatten, daß die *Enterprise* an der Schlacht teilgenommen habe.

»Sir, wollen Sie, daß ich einen Kurs festlege, um von dem Planeten wegzukommen?« fragte Sulu.

»Wir können nicht ausreißen.«

»Wir können aber auch nicht bleiben und kämpfen«, sagte McCoy. »Dieses Schiff ist zu viel für sie – für Tausende von ihnen.«

»Ich weiß. Selbst wenn wir unsere Phaser mit schwacher Energieleistung einsetzen würden, könnten wir die meisten von ihnen vom Himmel pusten. Technologisch sind beide Planeten um Jahrhunderte hinter uns zurück.«

»Nur, wenn man technologischen Fortschritt mit der Fähigkeit zu töten mißt«, argumentierte McCoy. »Was wirst du tun, Jim? Lorelei hatte recht, nicht wahr? Anstatt einen Krieg zu verhindern, lösen wir ihn aus.«

»Es wäre anders gekommen, wenn Zarv und Lorritson und Mek Jokkor die Verhandlungen geführt hätten.«

»Sie gestatten, daß ich anderer Meinung bin, Captain«, sagte Spock. »Ich habe die ganze Debatte aufgenommen und sie einer detaillierten Computeranalyse unterzogen. Die Situation ist zu festgefahren, als daß es irgend jemandem gelingen könnte, eine der beiden Parteien zum Nachgeben zu bewegen. Die Motive des Vizeregenten stimmen auf bemerkenswerte Weise mit der Theorie überein, die Lorelei umrissen hat. Und die Botschafterin des Friedens bleibt allen Argumenten unzugänglich, weil sie den Vizeregenten persönlich haßt.«

»Vielleicht eine getrennte Konferenz mit jeder der beiden Parteien...«, überlegte Kirk. »Anstatt mit beiden gemeinsam zu verhandeln, hätten wir uns mit jeder einzeln zusammensetzen und erst eine Basis für eine friedliche Beilegung erarbeiten sollen, bevor diese gemeinsame Konferenz stattfand.«

»Darüber ließe sich streiten. Jetzt feuern nicht weniger als sechs Kriegsschiffe auf uns. Die Deflektorschilde halten; doch in den MHD-Behältern der Warp-Antriebe ist ein erheblicher magnetischer Flux eingetreten.«

»Halten die Dilithiumkristalle? Besteht Gefahr, daß die Instabilität sie platzen läßt?« Ohne die Dilithiumkristalle würde der gesamte Stromkreis des Erregerstabilisators ausfallen und die magnetischen Behälter würden zusammenfallen. Dann würde die *Enterprise* entweder wieder tot im Raum treiben, oder sie konnte in einer verheerenden Eruption von Materie und Antimaterie explodieren.

»Im Augenblick sind wir noch nicht in Gefahr. Aber wenn weitere jurnamorianische Schiffe sich an dem Angriff auf uns beteiligen, läßt sich die Wirkung nicht voraussehen.«

»Soll ich das Feuer erwidern, Sir?« fragte Chekov begierig. Sein Finger zitterte über dem Feuerknopf, der die geballte Energie unvorstellbar potenter Phaserstrahlen aufblitzen lassen würde.

»Halten Sie die Energie auf den Phasern minimal. Machen Sie die Photonentorpedos feuerbereit. Stellen sie ihre Zündung so ein, daß sie tausend Kilometer vor jedem Ziel explodieren.«

»Sir, das richtet keinen Schaden an.«

»Mr. Chekov, Ihre Blutrünstigkeit bei der Verteidigung dieses Schiffes ist lobenswert, aber ich will diese Flotte nicht vernichten. Ich will den Leuten nur zeigen, was wir tun könnten – und nicht tun.«

»Sir«, sagte der junge Fähnrich beschämt.

»Das wird nichts nützen, Jim«, sagte McCoy erbittert.

»Sie werden glauben, daß wir sie nur nicht vernichten, weil wir das nicht können. Wenn ein Planet von kriegerischem Blutdurst befallen wird, wie diese beiden, kann der allein durch Sieg oder Tod gestillt werden.«

»Mr. Chekov, sind die Torpedos so eingestellt, wie ich es befohlen habe?«

»Jawohl, Sir.«

»Feuern Sie Rohre vier bis sieben – jetzt!«

Chekovs Finger drückte hart auf den Feuerknopf. Ein Vibrieren lief durch das Schiff, als die vier Photonentorpedos aus den Rohren geschossen wurden. Auf dem Bildschirm hinterließen sie grellrote Spuren, die sich lebhaft von denen der kleineren, unwirksameren Raketen abhoben, welche die anderen Schiffe feuerten. Der Bildschirm wurde grellweiß, als die vier Torpedos eine Million Meter vor ihren Zielen explodierten.

»Sir, sie greifen wieder an. Drei der Schiffe, auf die wir gefeuert haben, sind manövrierunfähig. Die anderen formieren sich zum Angriff auf uns und lassen den ammdonischen Schiffen freie Bahn.«

»Scotty, geben Sie mir Impuls-Energie, um den Orbit zu verlassen. Wir wollen versuchen, sie von Ammdon fortzulocken, wenn wir schon nichts anderes tun können.«

Das Schiff erbebte, als Energie in die Zündkammern der Impulstriebwerke strömte. Kirk wußte, daß er mit diesem Manöver viel riskierte. Energie für die Impulstriebwerke war mehr als knapp; der Gebrauch von Warp-Energie wäre eine konservativere Lösung gewesen, doch er machte sich Sorgen über die wachsende Instabilität dieser Maschinen. Wenn er Phaserenergie brauchen sollte, würde er sie von deren gewaltigen Energiereserven abziehen müssen, selbst wenn die nur zu achtzig Prozent nutzbar waren.

»Sie folgen uns, Sir. Ihr Kommunikationsoffizier hat Peilung auf uns und gibt Kursanweisungen«, berichtete Uhura. »Sonst ist kaum Funkverkehr zwischen den Schiffen.«

»Sie wissen, was Sie zu tun haben. Dies ist eine sehr kriegerische Zivilisation. Sie sind ausreichend trainiert, um auch ohne Direktiven zurechtzukommen.« Kirk lehnte sich zurück und genoß die kurze Atempause, die sie gewonnen hatten, indem sie die Flucht ergriffen.

»Sir, der Vizeregent möchte mit Ihnen sprechen. Er wirkt sehr aufgebracht.«

»Das kann ich mir vorstellen, Lieutenant. Gut, schalten Sie ihn auf den Bildschirm.« Kirk sah zu, als die Raumdarstellung auf dem Schirm auseinanderplatzte und dann das Gesicht von Vizeregent Falda dort erschien. Die schokoladenfarbene Haut des Mannes war vor Wut noch dunkler geworden. Kirk glaubte, Funken aus den tiefschwarzen Augen sprühen zu sehen, als Falba den vergeblichen Versuch unternahm, seine Wut zu zügeln.

»Captain Kirk«, sagte er, und der Name klang in seinem Munde wie eine Beleidigung. »Sie laufen davon wie ein geprügelter Köter. Sie werfen Ammdon den Wölfen zum Fraß vor, die vor unserer Tür lauern. Was ist diese, Ihre Föderation wert, wenn sie nicht den Schutz gewährt, den unser Vertrag mit ihr uns garantiert?«

»Vizeregent, seien Sie gegrüßt.« Kirk wartete auf eine Antwort des Mannes. Als keine kam, lächelte er und sagte milde: »Wir haben keine Lust, zwischen den Fronten kriegführender Parteien zu liegen. Wir haben keine Lust, uns diesen Krieg auch nur anzusehen. Wir bringen das Angebot von Frieden, von Hilfe.«

»Hilfe bedeutet Vernichtung dieser Invasoren! Sie bombardieren meinen Planeten, selbst zu dieser Minute. Wir sind ihnen zwar zahlenmäßig überlegen, doch ihre Waffen sind besser als die unseren. Wir brauchen Ihre Feuerkraft, um sie zu stoppen. Ohne sie sind wir zum Untergang verdammt.«

»Jim«, flüsterte McCoy. »Solltest du dich nicht mit Starfleet in Verbindung setzen und neue Befehle anfordern?«

»Das würde nichts nützen. Ich weiß genauso viel über die Situation wie irgend jemand dort – sogar mehr. Wenn ich nicht damit fertig werden kann, wie könnte das ein Bürokrat schaffen, der vierhundert Parsec entfernt sitzt?«

Kirk hob die Hand, um einen Einwand McCoys abzuwehren. »Ich will die Verantwortung nicht abschieben, Pille. Dies ist meine Aufgabe. Ich habe Befehl, den Frieden zu erhalten, und genau das werde ich tun. Ich *werde* es tun!«

»Captain Kirk, werden Sie zurückkehren, um Ammdon zu verteidigen, oder müssen wir dies als einen Bruch des Paktes mit der Föderation betrachten?« Das Gesicht des Vizeregenten starrte vom Bildschirm auf ihn herab.

»Wir werden zurückkehren, Vizeregent Falda. Wenn Ihre Schiffe nicht mehr auf uns feuern, was sie getan haben.«

»Die Hitze des Gefechts«, entschuldigte sich der Mann unaufrichtig. »Unseren friedliebenden Kommandanten fehlt es an Praxis. Manche von ihnen feuern auf alles, was ihnen ins Visier kommt.«

»Ich bin sicher, daß es so passiert ist. Aber da ist eine Bedingung, die wir an unsere Rückkehr knüpfen. Wir werden uns wieder an den Konferenztisch setzen und über eine für beide Seiten akzeptable *friedliche* Lösung Ihrer Probleme mit Jurnamoria diskutieren.«

»Ich soll mich mit Botschafterin Ganessa an einen Tisch setzen? Unmöglich. Sie hat diesen Angriff befohlen. Ich verkehre nicht mit Mördern.«

»Ich bin sicher, daß sie dasselbe sagen wird, Captain«, warf Spock ein. »Ihre Bioprofile weisen auf extreme Feindschaft gegeneinander hin. Wenn Ammdon oder Jurnamoria irgendwelche anderen Unterhändler ernannt haben würde, hätte dies vielleicht vermieden werden können. Bei diesen beiden ist der Persönlichkeitskonflikt zu groß.«

»Sie sind einander zu ähnlich«, sagte Kirk mit zustimmendem Nicken und wußte noch immer nicht, wie er diesen interplanetaren Krieg und alle seine weitreichenden Folgen entschärfen sollte.

Das Aufflackern einer roten Lampe zog Kirks Aufmerksamkeit auf sich. Überall auf der Brücke blinkten Warnlichter. Die auf volle Energieleistung geschalteten Deflektorschilde waren jetzt kaum noch in der Lage, den gegen das Schiff gerichteten Beschuß abzuwehren.

»Phaser, Sir? Mehr Torpedos?« Chekov fuhr nervös mit der Zunge über seine Lippen, den Blick auf den Bildschirm gerichtet, dessen Angaben ihm zeigten, wie nahe der Zeitpunkt lag, an dem die Schilde zusammenbrechen würden.

»Mehr Energie auf die Deflektoren.« Kirk überlegte angestrengt. Wenn sie jetzt mit voller Warpgeschwindigkeit nach Starbase Eins laufen würden, mochten sie sie erreichen, bevor alles an Bord der *Enterprise* zusammenfiel oder explodierte. Doch damit war nichts erreicht. Der Krieg zwischen Ammdon und Jurnamoria würde weitergehen, und die Romulaner würden bekommen, was sie wollten: einen interplanetaren Krieg, den sie für ihre eigenen Expansionspläne ausbeuten konnten. Wenn die *Enterprise* kämpfte, könnte die jurnamorianische Flotte vernichtet werden, und dann mußte Jurnamoria sich aus Gründen der Selbsterhaltung mit den Romulanern verbünden. Es schien keine Möglichkeit zu geben, jede der beiden Flotten zu vernichten, ohne daß es zu immensen Verlusten kam.

»Spock, identifizieren Sie das Flaggschiff, auf dem sich die Botschafterin des Friedens, Ganessa, befindet.«

»Schon erledigt, Sir. Ihr Schiff ist die Bor. Entfernung siebzehn Komma Null Lichtsekunden, Kurs...«

»Lassen Sie das. Sulu, bringen Sie uns näher heran. Halten Sie die Deflektoren unter voller Energie. Mr. Chekov, benutzen Sie Torpedos, um die anderen auf möglichst große Distanz zu halten. Versuchen Sie, anfliegende Raketen mit unseren Phasern abzufangen, auf niedrige Energiestufe geschaltet.«

»Was haben Sie vor?« fragte Spock.

»Machen Sie den Transporter klar, Mr. Spock. Ich will nahe genug an das Flaggschiff der Botschafterin herankommen, um sie an Bord der *Enterprise* beamen zu können. Gleichzeitig will ich die *Enterprise* in eine solche Position bringen, daß wir auch den Vizeregenten an Bord beamen können.«

»Aber das kannst du nicht tun, Jim. Ihre Deflektorschilde lassen dich nicht durch«, protestierte McCoy.

»Du vergißt etwas, Pille. Dies sind sehr primitive Schiffe. Sie haben keine Deflektoren.«

»Sie müssen aber welche haben!«

»Nein, Sir«, sagte Sulu. »Keins von ihnen hat Deflektoren. Ich habe nicht daran gedacht, bevor der Captain es erwähnte. Wir sind zu sehr daran gewöhnt, gegen Schiffe zu kämpfen, die unser technisches Niveau aufweisen.«

»Also gut, Sie beamen die beiden Führer an Bord. Und was dann? Sie werden einander noch immer hassen.«

»Dr. McCoy, dein Mangel an Glauben ist erschütternd. Ich glaube eine Möglichkeit zu sehen, die viele unsere Probleme durch ein kleines Treffen lösen könnte.«

McCoy schüttelte den Kopf. Scotty kam auf die Brücke gestürmt und schrie: »Die Maschinen halten das nicht mehr aus, Captain. Die Deflektorschilde fressen zu viel Energie.«

»Gehen Sie auf vierzig Prozent Leistung herunter, wenn Sie den Transporter benutzen.«

»Den Transporter?« rief er überrascht. »Aber, Captain, das ist nicht möglich. Ich weiß schon jetzt nicht, ob ich das Schiff zusammenhalten kann oder nicht.«

»Tun Sie, was ich Ihnen sage. Spock wird den Befehl geben. Mr. Spock?«

»Nähern uns den Koordinaten, Sir. Ungefähr entfernungsgleich zur Oberfläche von Ammdon und dem jurnamorianischen Flaggschiff. Transporterraum: Aktivieren Sie – jetzt.«

Die Lichter der Brücken wurden matter, als Energie von den internen Systemen auf den Transporter umgeleitet wurde. Sobald der gewaltige Energiehunger des Transporters befriedigt worden war, befahl Kirk volle Energie auf die Deflektoren und einen Kurs, der von Ammdon fortführte.

»Bringen Sie uns außerhalb der Reichweite beider Flotten«, sagte er zu Sulu. »Ich möchte, daß *diese* Friedenskonferenz nicht gestört wird.«

Er schwang sich aus dem Sessel und winkte Spock und McCoy, ihn zu begleiten. McCoy brummte unwirsch vor sich hin. Der Ausdruck auf Spocks Gesicht war nicht deutbar.

KAPITEL 12

CAPTAIN'S LOGBUCH, STERNZEIT 5012.5

Mein Schiff schwebt in Gefahr. Der heftige Angriff der jurnamorianischen Flotte hat mehrere Teile der *Enterprise* ernsthaft beschädigt. Mr. Scott und seine Leute reparieren die Stromkreise, die für die Erhaltung der Warpenergie am dringendsten benötigt werden. Ich habe befohlen, die Führer von Ammdon und Jurnamoria zu einer letzten Konferenz an Bord zu beamen. Es gibt eine letzte Taktik, die ich noch ausprobieren kann, um den Frieden auf diese Planeten zu bringen. Wenn sie fruchtlos bleiben sollte, muß ich nach Starbase Eins zurückkehren und den Romulanern in dieser Sektion des Raums freie Hand lassen. Aber ich glaube nicht, daß mein Plan fehlschlagen wird. Mein Argument für den Frieden ist so wirkungsvoll, daß der Vizeregent von Ammdon und die Botschafterin des Friedens von Jurnamoria sich ihm nicht widersetzen können.

»Ich protestiere gegen diese Behandlung, Captain Kirk«, sagte Vizeregent Falda eisig. »Ihre Technologie ist dazu da, uns zu helfen, nicht, um uns zu kidnappen. Ich verlange, sofort auf meinen Planeten zurückgebracht zu werden. Der Krieg, der gegen uns tobt, erfordert meine persönliche Anwesenheit.«

Auf der einen Seite des Transporterraums stand die Botschafterin des Friedens, Ganessa, die Arme unterhalb ihres kleinen Busens verschränkt. Sie starrte auf alles und auf nichts, bis Spock versuchte, sie beim Arm zu nehmen und sie auf den Korridor hinauszuführen. Die Frau begann, vor Wut zu toben, und schleuderte Spock gegen die Wand.

»Sie verfügt über bemerkenswerte Kräfte, Captain. Ich

hatte eine solche Kraft bei den Jurnamorianern nicht erwartet.«

»Fassen Sie mich noch einmal an, Sie deformierte Kreatur, und ich zeige Ihnen wie stark Jurnamorianer wirklich sind.«

»Es wird Ihnen nichts geschehen, Botschafterin. Darauf gebe ich Ihnen mein Wort«, sagte Kirk.

»Ihr Wort? Was ist das schon? Das Wort eines Mannes, der sich mit den Ammdonianern einläßt? Das Wort eines Kidnappers? Wie haben Sie mich aus der Sicherheit meines Schiffes herausstehlen können? Die *Bor* ist das stärkste Schiff im Raum, doch es wurde kein Alarm gegeben, als Ihr Enterkommando eindrang.«

»Eindrang?« fragte McCoy verwundert.

»Sie müssen irgendein teuflisches Gas benutzt haben, um meine Crew zu betäuben. Dann haben Sie mich überwältigt und hierher verschleppt.«

»War sie zu irgendeinem Zeitpunkt bewußtlos, Mr. Kyle?« fragte McCoy, um ihre Gesundheit besorgt. »Ein Schlag auf den Kopf könnte sowohl das Zeitgefühl als auch die Wahrnehmung gestört haben.«

»Doc, sie ist in einem Stück und tobend vor Wut hier angekommen. Ich weiß gar nicht, worüber sie sich so aufregt.«

»Vizeregent, Botschafterin, bitte kommen Sie mit mir. Da Sie anscheinend nicht willens sind, das auf meine persönliche Bitte hin zu tun, erteile ich Ihnen hiermit als Captain dieses Schiffes den Befehl dazu.« Ein Team des Sicherheitsdienstes, die Phaser gezogen, trat in den Transporterraum. »Bitte, eskortieren Sie unsere Gäste zu den Arrestzellen.«

»Zu den Arrestzellen?« wiederholte Falda. »Also wollen Sie mich einsperren. Ich werde dafür sorgen, daß der Pakt mit der Föderation aufgekündigt wird. Und wenn Sie mich töten sollten, wird mein Nachfolger es tun.«

»Erkennen Sie jetzt, mit was für einer Eidechse Sie das Bett teilen, Falda?« höhnte Ganessa. »Diese Leute sind genau so hinterhältig, wie es die Romulaner behauptet haben.«

»Ich habe den Romulanern mißtraut. Ihre Motive waren zu durchsichtig. Aber vielleicht habe ich voreilig gehandelt. Vielleicht hätten sie doch Ammdon zum Vorteil gereichen können.«

»Sie gereichen jetzt Jurnamoria zum Vorteil, Dreckfresser.« Die Frau stakte los, den Kopf hoch erhoben. Falda warf Kirk einen vernichtenden Blick zu und folgte ihr mit einigem Abstand, nahe genug, um Ganessa im Auge zu behalten, doch weit genug, um vor jedem möglichen Angriff sicher zu sein.

Als das Sicherheitsteam und die beiden unfreiwilligen Gäste im Turbolift verschwunden waren, nahm McCoy Kirk beim Arm und drehte ihn herum. »Was hat das zu bedeuten, Jim? Du kannst die beiden doch nicht mit Gewalt festhalten. Das ist ein Verstoß gegen…«

»… die Anweisung zur Nichteinmischung in das Recht der Selbstbestimmung einer Zivilisation. Darüber bin ich mir durchaus im klaren. Aber ich werde mich sogar noch mehr einmischen. Ich muß eine friedliche Regelung erreichen, damit keine der beiden Seiten Starfleet genau schildern möchte, was bisher geschehen ist.«

»Sie werden dich hängen, Jim, und die ganze Crew mit dir. Ich habe nicht das geringste Bedürfnis, mir den Hals strecken zu lassen.«

»Sie haben völlig recht, Doktor«, erklärte Spock, der die Treppe herabkam. »Ihr Hals ist auch so schon recht lang. Ein weiteres Dehnen würde Ihnen das Aussehen eines Truthahns geben.«

Kirk packte McCoy beim Arm und drückte zu, damit er nicht auf Spocks Sarkasmus reagieren sollte. Zu Spock sagte er: »Ist die Arrestzelle für unsere Gäste bereit?«

»Mehr als bereit, Captain. Ich wünsche Ihnen Glück bei diesem Vorhaben.«

»Ich dachte, Sie glauben nicht an Glück, Mr. Spock?«

»Das tue ich auch nicht. Doch Sie glauben offensichtlich daran. Würden Sie sonst diese Sache riskieren?«

»Gehen wir zu den Arrestzellen. Ich möchte sehen, wie weit die Dinge gediehen sind.« Der Turbolift kam herab, und die drei Männer traten hinein. Der Lift brachte sie rasch zum nächsten Deck hinauf. Bevor sie den Zellentrakt betraten, zog Spock eine Handvoll Ohrenpfropfen aus seiner Tasche, reichte je zwei Kirk und McCoy und drückte ein Paar in seine Ohren.

»Wozu sind die?« fragte McCoy.

»Ich habe sie von Mr. Spock eigens für diesen Zweck anfertigen lassen. Sie filtern alle Frequenzen außer denen zwischen zweihundertfünfzig und tausend Hertz heraus.«

»Das entspricht in etwa dem normalen Umfang menschlicher Stimmen.«

»Sie filtern Harmonien und Timbres und andere interessante, doch bisher so gut wie unerforschte Qualitäten der Sprache heraus. Alles, was Sie hören, wird flach und sogar uninteressant klingen, doch der Grund für den Gebrauch dieser Ohrstöpsel wird Ihnen bald klar werden.«

Kirk winkte seinen beiden Freunden, den Arresttrakt zu betreten. Mr. Neal erwartete sie dort; er hatte ebenfalls Stöpsel in seinen Ohren. In der großen Zelle, die Lorelei bisher allein bewohnt hatte, befanden sich jetzt zwei Besucher. Weder der Vizeregent von Ammdon noch die Botschafterin des Friedens von Jurnamoria schienen die Gesellschaft der zierlichen Frau jedoch zu schätzen.

»Wir protestieren, Kirk. Dies ist eine grobe Verletzung der Kriegsordnung. Sie sind nicht berechtigt, drei Personen in einer Zelle dieses Ausmaßes einzusperren.«

»Besonders, wenn zwei von ihnen Führer sind«, setzte der Vizeregent hinzu und starrte Ganessa an.

»Wie es scheint, haben Sie bereits eine Gemeinsamkeit entdeckt. Sie wollen beide nicht länger in dieser Zelle bleiben, als absolut notwendig. Ich glaube nicht, daß Sie viel länger hier sein müssen.«

»Lassen Sie uns hinaus. Sofort!« sagte die Botschafterin im Befehlston.

»Bald.« Er wandte sich Lorelei zu und sagte: »Ein Wort unter vier Augen, bitte.« Die zierliche Frau trat zu Kirk, und ihre Hand berührte einen der Ohrstöpsel, die er trug. Sie machte jedoch nicht den Versuch, ihn zu entfernen.

»Sie vertrauen mir so wenig?« fragte sie nur.

»Lorelei, Sie müssen Ihrer Philosophie folgen, der Aufgabe, für die Sie Ihr ganzes Leben lang als Sprecherin von Hyla ausgebildet worden sind. Sie können meine Bitte abschlagen. Wenn Sie den Krieg ausbrechen sehen wollen, den Sie nur zu genau vorausgesagt haben.«

»Die Anwesenheit Ihres Schiffes hat den Krieg ausgelöst?« fragte sie. Kirk nickte nur. Die Worte der Frau hallten ein wenig, klangen flach und fast leblos durch die Ohrstöpsel. Lediglich die Intensität ihrer Persönlichkeit beeinflußte ihn – oder waren es auch ihre Pheromone, auf die er so intensiv reagierte? Selbst mit den Ohrstöpseln mußte Jim Kirk sich wehren, um nicht in den Bann dieser Frau zu geraten.

»Ich wünschte, ich könnte Befriedigung darin finden, Ihnen zu sagen: ›Ich habe es ja vorausgesehen‹. Diese Redewendung ist mir neu, doch sie paßt für so viele Ihrer Situationen. Auf Hyla gibt es kaum eine Gelegenheit, solche Worte zu gebrauchen. Wir kennen unser Geschick, und alle tragen dazu bei, es zu erfüllen.«

»Ich kann weder mit Ganessa noch mit Falda weiterkommen. Würden Sie mit ihnen reden? Nur ein paar Minuten lang? Versuchen Sie, sie davon zu überzeugen, daß ihr Krieg töricht ist und daß sie zusammenarbeiten sollten.«

»Ich werde sehen, was ich tun kann; aber ich werde nicht für Ihre Föderation sprechen.«

»Sprechen Sie für den Frieden. Das ist es doch, was wir beide in dieser Angelegenheit wollen.«

Sie nickte energisch. Die Müdigkeit verschwand aus ihrem Gesicht, und sie trat zu den anderen in die Zelle zurück. Wenn sie einst unter der Belastung gestanden hatte, eine ganze Raumschiff-Crew davon zu überzeugen, daß sie sich auf einem falschen Weg befand, hatte sie es jetzt nur mit zwei Personen zu tun. Lorelei begann zu sprechen, zuerst in Hylanisch, dann in der gemeinsamen Sprache von Ammdon und Jurnamoria.

Kirk stand bei Spock und McCoy; sie beobachteten, wie die Frau mehr und mehr von der ammdonischen Sprache erfaßte.

»Es ist wirklich erstaunlich, Captain, wie rasch sie eine Sprache erlernt. Lorelei eignet sich nicht nur die rohe Grammatik an, sie scheint auch intuitiv alle Nuancen zu begreifen.«

»Und ihre Körpersprache ist Teil davon. Sieh doch nur«, sagte McCoy. »Siehst du, wie sie ihre linke Schulter leicht anhebt und die rechte senkt, wenn sie zu Ganessa spricht? Das muß eine Geste der Ehrfurcht sein, der Anerkennung ihrer Position.«

»Und ihrer eigenen Position«, sagte Kirk lächelnd.« Falda und Ganessa haben noch nicht einen Bruchteil dessen gesehen, was Lorelei zu bieten hat. Sie ist gerade eben dabei, ihre Sprache zu beherrschen.«

»Sie hat vier Komma drei-neun Minuten dazu gebraucht«, erklärte Spock.

»Während nur fünf Minuten des Plauderns mit ihnen, des Tastens, der Suche nach ihren Schwächen. In zehn Minuten wird sie erreichen, daß sie einander die Hände schütteln.« Kirk spürte die Vibrationen von Loreleis Stimme selbst durch die Ohrstöpsel. Er sah, daß sie wirklich Vertrauen ausstrahlte, als sie ihre Lehren über den Wahren Weg, über Frieden und Zusammenarbeit darlegte. Wie durch Zauberei verschwanden die Stirnrunzeln und die Anspannung aus den Gesichtern von Ganessa und Falda und wurden durch einen Ausdruck gegenseitigen Mißtrauens ersetzt. Bald darauf verschwand jedoch auch der, und die lebenslangen Feinde begannen miteinander zu diskutieren, nicht voller Haß, sondern zum beidseitigen Nutzen.

Drohungen kamen in ihrer Sprache nicht mehr vor, als sie die bestmöglichen Bedingungen für ihre beiden Planeten aushandelten.

»Es ist wirklich kaum zu glauben«, sagte McCoy. »Die beiden benehmen sich jetzt wie Geschäftspartner und nicht wie Kommandeure feindlicher Armeen. Ich kann es sogar *fühlen,* wenn Lorelei zu ihnen spricht. Sie muß irgendeine sonische Überzeugungskraft aufgedreht haben.«

»Dessen bin ich sicher. Beachte doch ihren Gesichtsausdruck, wenn ihre emphatischen Kräfte einen Stimmungswechsel spüren. Zwei Feinde werden zu vorsichtigen Freunden. Und wenn mich nicht alles täuscht, sind Falda und Ganessa als Führer stark genug, um ihre Völker mitzuziehen. Sie werden mit Friedensplänen nach Ammdon und Jurnamoria zurückkehren, anstatt mit Kriegstaktiken. Und sie werden daran festhalten, trotz der Falken, von denen sie zweifellos seit vielen Jahren umgeben sind.«

Befriedigt gab Kirk den anderen ein Zeichen, Lorelei und die beiden Führer allein zu lassen, damit sie die noch verbleibenden Meinungsverschiedenheiten ausräumen konnten. Der einzige Punkt, in dem er sich irrte, war die Zeit, die Lorelei brauchte, um Ganessa und Falda dazu zu bringen, sich die Hände zu reichen. Es waren nicht zehn Minuten. Es waren acht.

»Ich weiß noch nicht, was ich mit Lorelei tun soll«, gab Kirk Spock gegenüber zu. Der Captain der *Enterprise* legte seine müden Füße auf die Kante seines Schreibtischs und lehnte sich im Sessel zurück. Seine Kabine war jetzt so ziemlich das einzige Refugium, das er noch hatte. Die Crew wuselte überall herum, reparierte alles, das sie reparieren konnte, und traf Vorbereitungen für den langen Trip zurück zu Starbase Eins. Lorelei hatte bei Ganessa und Falda großen Erfolg gehabt, aber deren Kabinette weigerten sich anfangs, friedliche Aktionen zu unterstützen – bis auch sie Gelegenheit hatten, mit Lorelei zu sprechen.

»Rechtlich ist sie nicht Staatsbürgerin der Föderation«, erklärte Spock. »Deshalb kann sie nicht als Botschafter der Föderation fungieren.«

»Darüber mache ich mir keine Sorgen. Wir können ja irgendeinen hochtrabenden Titel erfinden. Repräsentantin oder Sonderberaterin oder Delegierte ohne Portfolio. Irgend etwas, das offiziell klingt. Das ist das Wenigste. Was ich noch nicht weiß, ist, welche Wirkung sie auf Ammdon und Jurnamoria haben wird.«

»Sie wird sie nicht gegen uns kehren, das ist sicher. Jedenfalls solange sie ihrem sogenannten Wahren Weg folgt.«

»Aber, Spock«, rief Kirk, ließ seine Füße zu Boden fallen und lehnte sich im Sessel vor, »wir müssen auch an die Romulaner denken. Die werden die beiden Planeten nicht in Ruhe lassen, wenn sie Wind von irgendwelchen pazifistischen Neigungen kriegen. Sie werden über sie herfallen und sie vereinnahmen, wie Wölfe, die sich auf Lämmer stürzen.«

»Ihre Metapher riecht nach Dr. McCoy.«

»Sie ist trotzdem einiges Nachdenken wert.«

»Vielleicht sollten wir die Romulaner wissen lassen, daß die Föderation keine Intervention in diesem System dulden wird.«

Kirk schüttelte den Kopf. »Wenn Lorelei in diesem System ihren Willen durchsetzt – und das wird sie bestimmt –, wie können wir die Romulaner heraushalten?«

Ein leichtes Anheben von Spocks Mundwinkeln ließ Kirk aufmerksam werden. Irgend etwas amüsierte seinen Wissenschaftsoffizier. Doch was immer es auch war, es mußte von größter Wichtigkeit sein.

»Was ist es, Spock?«

»Ich hatte gerade so eine Idee, Captain. Meinen Sie, man könnte es arrangieren, daß Lorelei von den Romulanern gekidnappt wird?«

»Gekidnappt? Aber dann würde sie doch...« Kirk stoppte, begann dann zu lachen. »Sie würden sie nicht töten. Und die Romulaner wären für sie die Herausforderung ihres Lebens. Die Beilegung eines Krieges zwischen zwei rückständigen Planeten würde ihr wie ein Kinderspiel vorkommen, verglichen mit der Kraft, die sie aufwenden müßte, um die Romulaner in friedfertige Bürger zu verwandeln.«

»Es mag nicht durchführbar sein, doch es lohnt sich, darüber nachzudenken, Captain.«

»Sie haben recht, Spock. Und bis sich dieses Problem stellt, soll sie hier Frieden stiften; das kann sie besser als jeder andere. Ich sehe den Tag kommen, an dem Leute wie Zarv und Lorritson keinen Job mehr haben, wo alle Verhandlungen für die Föderation von Hylanern geführt werden.«

»Unter der Voraussetzung, daß sie sich mit der Politik der Föderation abfinden können. Ihnen müssen wir doch ungemein kriegerisch vorkommen.«

»Sie sind Vulkanier. Könnten Sie die Herausforderung vergeben, einen Hylaner davon zu überzeugen, daß wir das nicht sind, daß wir nur Frieden suchen, aber bereit sind, für die Verhütung größerer Gewalt zu kämpfen?«

»Nein, Captain. So eine Chance könnte ich nicht ungenutzt lassen. Und Sie könnten es auch nicht.«

»Sie haben so recht, Spock. Wir wollen alle, die es angeht, von dieser Entscheidung benachrichtigen.«

Pfeifend, und ziemlich falsch, weil er noch immer die Ohrenstöpsel trug, lächelte Jim Kirk. Es würde nicht mehr lange dauern, bis diese Ohrenstöpsel an Bord der *Enterprise* überflüssig waren.

»Sind alle Betroffenen damit einverstanden?« fragte Kirk.

»Das Volk von Jurnamoria ist mit Lorelei einverstanden«, sagte Ganessa, die Botschafterin des Friedens.

»Und das Volk von Ammdon ebenfalls.« Falda zögerte einen Moment, dann setzte er hinzu: »Es gibt da noch ein paar Punkte, bei denen Meinungsverschiedenheiten bestehen. Lorelei hat sich bereit erklärt, sich mit ihnen zu befassen.«

»Gut.« Er wandte sich dem Bildschirm zu, der jetzt die Arrestzelle zeigte, in der Lorelei noch immer untergebracht war, damit die Qualitäten für ihre sonische Gehirnwäsche aus ihrer Stimme herausgefiltert werden konnten, und sagte: »Sie haben verstanden, Lorelei, daß sie die Föderation nicht offiziell vertreten?«

»Das ist mein Wunsch. Ich repräsentiere auch nicht Hyla, obwohl ich eine Sprecherin bin. Dies ist eine persönliche Mission.«

»Die Föderation wird später einen Botschafter herschikken, um die Bedingungen für einen Handelsvertrag zwischen allen Parteien auszuhandeln.«

»Damit haben wir gerechnet«, erklärte Vizeregent Falda. »Lorelei hat uns davon überzeugt, daß eine Zusammenarbeit zwischen unseren Kulturen zu beiderseitigem Nutzen wäre.«

Kirk verbarg seine Überraschung. Wenn Lorelei so etwas gesagt hatte, so aus eigenen Motiven. Vielleicht erhoffte sie sich volle Bewegungsfreiheit auf allen Planeten der Föderation, um ihre Philosophie vom Wahren Weg zu verbreiten, wenn sie als Repräsentantin von Ammdon und Jurnamoria dort Zugang fand. Das kümmerte ihn jedoch nicht sonderlich. Mit solchen Dingen sollten sich die Diplomaten und Politiker auseinandersetzen. Er hatte seinen Befehl ausgeführt und einen Krieg gestoppt. Für den Augenblick war der romulanische Vorstoß durch den Orion-Arm vereitelt worden.

»Ich brauche noch einige zusätzliche Informationen von Lorelei, bevor wir sie nach Ammdon beamen.«

»Was gibt's, James?« fragte sie ruhig. Zum erstenmal hörte er keine sonischen Vibrationen in ihren Worten. Sie besaßen keine überredenden Untertöne, sondern drückten einfach Neugierde aus.

»Wir haben keine Möglichkeit, Hyla von Ihrem Überleben in Kenntnis zu setzen. Die Explosion an Bord Ihres Schiffes hat Ihren Kommunikationsoffizier daran gehindert, mehr als ein einfaches SOS zu funken. Jede Information, die uns helfen könnte, Hyla zu finden, wäre uns sehr willkommen.«

Sie blickte Kirk einen Augenblick forschend an, dann lächelte sie. »Früher würde ich da gezögert haben. Sie *sind* kriegerisch, doch Sie sind auch bereit zu lernen. Ja, ich werde Ihnen alle Informationen geben, die ich Ihnen geben kann, so daß Sie Hyla finden.«

Für einen Moment herrschte Schweigen; dann sagte Kirk: »Wir werden uns wiedersehen, Lorelei, dessen bin ich sicher.«

»Ich auch, James. Wir werden uns unter glücklicheren Umständen wiedersehen.«

Der Bildschirm wurde dunkel. Kirk stemmte sich aus dem Kommandantensessel und sagte zu seinen beiden Gästen: »Mr. Spock wird Sie zum Transporterraum begleiten und Sie nach Ammdon zurückbeamen. Falls es irgend etwas gibt, das Sie brauchen sollten, zögern Sie bitte nicht, sich mit der Föderation in Verbindung zu setzen.«

Doch Ganessa und Falda hörten ihn kaum. Sie nickten nur kurz und gingen hinaus, die Schultern aneinandergelehnt, und sprachen leise miteinander. Spock folgte ihnen zum Turbolift.

»Da geht ein glückliches Paar«, sagte McCoy.

»Hmmm. – Oh, sie besprechen sicher... Verträge«, sagte Kirk augenzwinkernd.

»Du redest schon wie Spock. Die beiden lieben sich. Stell dir das vor: So lange haben sie einander gehaßt, und jetzt... wer weiß?«

»Ja, Pille, wer weiß.« Er wandte sich zu Sulu um und erbat Statusmeldung.

»Transporter aktiviert. Ganessa, Falda und Lorelei auf den Planeten gebeamt.«

»Gut, Mr. Sulu. Berechnen Sie den Kurs nach Starbase Eins, Mr. Scott«, rief Kirk. »Wäre es zuviel verlangt, wenn ich Sie um Warp-Faktor eins bitten würde?«

»Ich kann für die Maschinen nicht garantieren, Sir, aber Warp-Faktor eins vertragen sie schon ein paar Wochen lang.«

»Ausgezeichnet. Gehen Sie auf Kurs nach Starbase Eins, Mr. Sulu. Warp-Faktor eins.«

Alles war wieder in Ordnung für James T. Kirk. Die Crew hatte zu ihrer normalen Routine zurückgefunden, alles war friedlich, und der Auftrag hatte trotz einiger Hindernisse erfolgreich ausgeführt werden können.

Die *Enterprise* erzitterte vor Energie, dann sprang sie aus dem Orbit direkt auf den Kurs nach Starbase Eins, wo eine gründliche Überholung und eine sehr nötige Ruhepause für Crew und Maschinen warteten.